KNAUR

Über die Autorin:
Antje Szillat arbeitete viele Jahre für ein großes Filialunternehmen, bevor sie nach der Geburt ihres ersten Sohnes damit begann, sich ihren Kindheitstraum zu erfüllen, und endlich mit dem Schreiben anfing. Zunächst als freie Redakteurin für unterschiedliche namhafte Magazine (Print und Online), bis sie 2007 ihren ersten Jugendroman verfasste und veröffentlichen konnte.
Seit 2007 ist sie als freie Autorin tätig und hat inzwischen rund 60 Bücher bei großen, bekannten Verlagen veröffentlicht.
Im Kinderbuchbereich ist ihr eine Bestsellerreihe geglückt, die inzwischen in viele Sprachen übersetzt wurde.
Antje Szillat ist verheiratet und lebt mit ihrem Mann und ihren Kindern in einer Kleinstadt zwischen Hamburg und Hannover, wo sie auch ihrer großen Liebe, dem Pferdesport, frönt.

ANTJE SZILLAT

Herz am langen Zügel

Roman

KNAUR

Besuchen Sie uns im Internet:
www.knaur.de

FSC
www.fsc.org
MIX
Papier aus verantwortungsvollen Quellen
FSC® C083411

Originalausgabe Januar 2019
Knaur Taschenbuch

Ein Imprint der Verlagsgruppe
Droemer Knaur GmbH & Co. KG, München

Covergestaltung: ZERO Werbeagentur, München
Coverabbildung: © FinePic/shutterstock
Satz: Adobe InDesign im Verlag
Druck und Bindung: CPI books GmbH, Leck
ISBN 978-3-426-52274-5

2 4 5 3

Für meinen Danny

*Du bist als Pferd der beste Mensch,
den man zum Freund haben kann.*

Prolog

Mit den *Zügeln* in der Hand auf dem Weg ins Wunderland

Das Gatter war hoch und schien Malin unüberwindbar. Sie musste sich auf die Zehenspitzen stellen, sich ganz groß machen, um einen Blick auf die Ponys in dem matschigen Auslauf erhaschen zu können.

Heute Morgen beim Frühstück hatte sie mit angehört, wie sich ihre Eltern über die Ponys vom Klünderhof unterhielten. Ihre Mutter hatte die Zustände dort als Schande bezeichnet, und ihr Vater hatte zustimmend genickt und gemeint, dass es gut sei, dass der Amtstierarzt im Zuge der Zwangsversteigerung des Hofes auch endlich die armen Ponys beschlagnahmt hatte.

Malin verstand nicht so richtig, was sie damit meinten und warum sie sich darüber so aufregten. Dass die armen Ponys sich bestimmt freuten, diesem Elend zu entkommen, konnte sie auch nicht feststellen. Sie tobten vergnügt im Auslauf miteinander herum.

Malin hätte ihnen zu gerne noch länger beim Spielen zugesehen, doch ihr Vater drängte zum Aufbruch. Er hatte die kleine Kehrmaschine, derentwegen sie hierhergekommen waren, ersteigert und wollte nun zurück nach Hause fahren.

»Nur noch einen kleinen Moment«, bettelte Malin.

»Was gibt es denn da Spannendes zu sehen?«, fragte ihr Vater ungeduldig.

»Ponys, ganz viele süße Ponys. Aber am süßesten von allen ist das Braune mit dem weißen Fleck auf der Stirn. Schau doch mal, Papa, wie niedlich es guckt«, schwärmte Malin.

»Kind, komm da weg«, befahl ihr Vater. »Das ist gefährlich.«

Erschrocken wich Malin vom Gatter zurück und sah ihren Vater mit großen Augen an.

»Warum?«

So besorgt, wie ihr Vater guckte, rechnete sie fest mit seiner Vermutung, dass sich keine Ponys hinter dem Gatter befanden, sondern Löwen, Tiger oder vielleicht sogar Monster.

Doch ihr Vater seufzte nur tief und erklärte: »Die haben bestimmt alle miteinander irgendwelche Krankheiten, und ich möchte nicht, dass wir irgendetwas davon mit in unseren Stall schleppen.«

Malin begriff auch jetzt nicht, was er meinte, denn krank sah für sie keines der Ponys aus und erst recht nicht das süßeste von allen, der Braune mit dem weißen Fleck. Das wollte sie ihrem Vater auch so sagen. Doch er ließ ihr keine Chance, drängte stattdessen erneut zum Aufbruch.

Malin wollte so gerne noch bleiben. Aber sie war ja nur ein sechsjähriges Mädchen, dem die Pferde ihres Vaters manchmal nicht ganz geheuer vorkamen mit ihren großen Köpfen und flinken Hufen. Doch in dieses braune Pony, welches ihr gerade zugeblinzelt hatte, hatte sie sich auf Anhieb verliebt.

Es sollte jedoch noch fast zwei Wochen dauern, bis Malin das nächste Mal mit leicht zittrigen Knien am Gatter stand, zwei Zuckerstückchen und eine große Möhre in den Taschen. Ihr Herz hämmerte so laut, dass sie sich sicher war, die Ponys auf der anderen Seite könnten es hören.

»Und, siehst du es?«, fragte ihr Vater. »Ist es noch da, oder hat es bereits ein neues und hoffentlich besseres Zuhause gefunden?«

Malin zuckte erschrocken zusammen. Nein, das durfte nicht sein. Jetzt hatte sie Tag für Tag von nichts anderem als dem Pony geredet, gebettelt und gefleht, immer wieder erklärt, dass sie ohne das Braune mit dem weißen Fleck bestimmt nicht mehr leben könnte, und endlich hatte ihr Vater zugestimmt, es sich wenigstens noch einmal anzugucken – und jetzt war ihnen jemand anders zuvorgekommen?

Malin spürte, wie ihr die Tränen in die Augen stiegen, während sie fieberhaft den rumpligen Auslauf absuchte. Doch von dem Braunen keine Spur. Ihr Pony war nicht mehr da.

»Es ... es ist weg«, schniefte sie todtraurig.

Ihr Vater tätschelte ihr tröstend den Kopf. »Magst du ein anderes von ihnen? Was ist zum Beispiel mit dem kleinen Schimmel dort hinten bei den alten Reifen? Das sieht doch nett aus. Und laut Amtstierarzt sind sie zum Glück alle gesund. Wovon ja fast nicht auszugehen war.«

Malin schüttelte den Kopf. »Nein, ich will nicht. Ich will kein anderes Pony ...«

Enttäuscht wollte sie sich gerade vom Gatter abwenden, als sie ein leises Wiehern vernahm. Unter einer Plane, die den Ponys wohl als Unterstand dienen sollte, aber inzwischen so tief abgesackt war, dass höchstens ein Schäferhund drunterpasste, lugte der Kopf des braunen Ponys mit dem weißen Fleck hervor.

»Da!«, rief Malin aufgeregt. »Papa, da ist es!«

Von diesem Moment an waren Malin und ihr Pony Cleo unzertrennlich. Er war ihr bester Freund, ihr Seelenverwandter, ihr Ein und Alles, ihre große Liebe. Daran änderte sich auch nichts, als Malin viel zu lange Beine bekommen hatte, um auf Cleo zu reiten, und zur Freude ihres Vaters aufs Großpferd umgesattelt hatte.

Eines ihrer Lieblingspferde war die Fuchsstute Delaya, ein vielversprechendes Dressurtalent, das laut Malins Vater unbedingt aufs große Viereck gehörte. Doch so talentiert sie auch war, so zickig zeigte sie sich im Umgang und vor allem in der Herde mit den anderen Stuten. Einzig den kleinen Cleo duldete sie an ihrer Seite, und so wurde er zu ihrem ständigen Weide- und Paddockpartner.

Das passte gut, denn so war es Malin möglich, Cleo als Handpferd mitzunehmen, wenn sie mit Delaya ins Gelände ging.

Es geschah an einem Nachmittag im Oktober, eine Woche vor Malins sechzehntem Geburtstag. Nach tagelangem Dauerregen hatte sich der Himmel endlich mal wieder etwas aufgehellt. Malin wollte die Regenpause nutzen und gleich, nachdem sie aus der Schule gekommen war, mit Delaya und Cleo einen Ausritt zum Waldsee machen.

Trotz des eisigen Windes schnaubte Delaya zufrieden und trabte gemächlich den Weg entlang, Cleo trippelte artig neben ihr her. Malin lenkte die Stute und Cleo vorsichtig über einen kleinen Hügel hinweg, dann hatten sie eine Lichtung erreicht. Der Wind pfiff hier noch kräftiger durch die Bäume, sodass sie sich bedrohlich hin und her bogen. Malin schien es eine Ewigkeit her zu sein, dass das Gras auf der Lichtung grün und weich gewesen war. Jetzt war alles verrottet und der Boden von matschigen Stellen übersät.

Die Kälte kroch ihr in die Knochen. Keine gute Idee von ihr, ins Gelände zu gehen, dämmerte ihr allmählich. Zumal es jetzt auch schon wieder zu regnen anfing.

»Ich glaub, wir reiten lieber wieder zurück«, beschloss sie und wendete Delaya, die nun wie ausgewechselt schien. War sie auf dem Hinweg noch entspannt dahingetrabt, so scharrte sie jetzt vor Ungeduld mit dem Huf. Malin hatte Mühe, sie unter Kontrolle zu bringen, hielt die Zügel kurz und presste die Knie gegen ihren Körper. Gleichzeitig versuchte sie, Cleo, der sich allmählich von Delayas Anspannung anstecken ließ, am Führstrick in Schach zu halten. Delaya kämpfte mit zurückgelegten Ohren gegen Malins Paraden an und wollte sich seitwärts herauswinden. Es erforderte Malins ganze Kraft, sie daran zu hindern, schon im engen Dickicht des Waldes loszustürmen.

Als sie schließlich den Abhang hinter sich gebracht und den weichen, sandigen Waldweg erreicht hatten, war Malin einen kurzen Moment unachtsam. Delaya warf sich nach vorne, riss ihr dabei die Zügel aus den Händen und galoppierte aus dem Stand los. Das alles geschah so schnell, dass Malin auch Cleos Führstrick durch die Finger glitt.

Während Delaya im gestreckten Galopp den Weg entlangpreschte, nahm Malin aus dem Augenwinkel wahr, dass Cleo ihnen folgte. Doch schon bald wurde der Abstand zwischen durchgehendem Pferd und hinterhergaloppierendem Pony immer größer und größer.

So jagten sie auf eine Weggabelung zu. Malin versuchte erneut, das Tempo zu drosseln. Sie richtete sich auf, lehnte sich weit im Sattel zurück und zog mit aller Kraft an den Zügeln. Doch Delaya reagierte nicht. Sie lief wie von Sinnen weiter. Hilflos musste Malin mit ansehen, wie sie sich der Weggabelung näherten.

Sie kann bei diesem Tempo nicht wenden, schoss es ihr panisch durch den Kopf. Sie wird das Gleichgewicht verlieren und stürzen.

Panik breitete sich in Malin aus. Sie war wie gelähmt, konnte nur noch darauf warten, dass sich die Stute im letzten Moment herumwarf und sie selbst abgeworfen wurde.

Schließlich hatten sie die Gabelung erreicht. Malin glaubte schon, dass Delaya den Weg verlassen und geradeaus mitten ins Dickicht preschen würde, da warf sie sich mit einer solchen Heftigkeit nach rechts, dass Malin aus dem Sattel flog.

Wie durch ein Wunder landete sie auf ihren beiden Füßen und schaffte es sogar, Delayas Zügel festzuhalten.

Die Stute war wohl selbst so perplex, dass sie abrupt stehen blieb.

Das alles hatte nur einen Bruchteil von Sekunden gedauert, aber es hatte ausgereicht, damit Delaya endlich wieder zur Besinnung kam. Ganz verwirrt, heftig schnaufend und mit hängendem Kopf stand sie da und ließ sich von Malin beruhigend die schweißnasse Brust klopfen.

»Ganz ruhig, Delaya, alles ist gut. Ganz ruhig«, redete Malin auf das Pferd ein, während ihr von einem auf den anderen Moment alle Farbe aus dem Gesicht wich. Malins Magen verkrampfte sich, Übelkeit stieg in ihr auf. Erst jetzt wurde ihr so richtig klar, wie schlimm es für sie hätte enden können.

Zitternd atmete sie durch.

Von Cleo war noch immer nichts zu sehen. Womöglich hatte er den direkten Weg genommen und war quer durchs Unterholz zurück zum Hof galoppiert. Sorgen musste sie sich seinetwegen bestimmt nicht machen, dessen war Malin sich sicher, als sie ihren Fuß in den Steigbügel stellte und sich zurück in Delayas Sattel schwang.

Der Gesichtsausdruck ihrer Mutter hätte sie vorwarnen müssen. Doch Malin nahm an, dass sie sich ihretwegen mal wieder Sorgen gemacht hatte. Dass Cleo allein auf den Hof zurückgaloppiert kam, ließ ja wahrhaftig nichts Gutes vermuten.

»Wo ist Cleo? Schon in seiner Box?«

Ihre Mutter nickte, wollte dann aber wissen: »Was ist denn überhaupt passiert?«

Einen Augenblick lang zögerte Malin und entschied sich dann für die Halbwahrheit. »Ich war einen kurzen Moment unachtsam, und das hat der kleine Racker dafür genutzt, um schon mal nach Hause vorzulaufen.«

Malin rutschte aus Delayas Sattel und bat ihre Mutter, sie kurz zu halten.

»Ich kümmere mich gleich um Delaya, aber erst mal möchte ich nach Cleo sehen!«

Sie fand ihr Pony auf drei Beinen stehend in seiner Box, es blickte ihr aus großen Augen entgegen. Ihr Vater lehnte an der Boxentür und machte einen so deprimierten Eindruck, dass Malins Magen sich unheilvoll zusammenzog.

»O nein!«, rief Malin und stürmte an ihrem Vater vorbei in die Box. »Hat er sich verletzt? Schlimm? Papa, jetzt sag doch was!«

»Nun mach dich mal nicht gleich so verrückt. Bestimmt hat er sich nur vertreten«, hoffte ihr Vater. »Der Tierarzt kommt sowieso jeden Moment, weil die Fohlen geimpft werden müssen. Dann kann er sich Cleo auch gleich mal mit angucken.«

Natürlich machte Malin sich dennoch Sorgen. Ganz besonders, als der Tierarzt kurze Zeit später mitleidig den Kopf schüttelte.

»Hm, sieht leider nicht gut aus. Ich fürchte, er hat sich im Bereich des Fesselgelenks einen Bruch zugezogen. Aber mit Sicherheit und vor allem, ob es sich um einen glatten Bruch oder einen Trümmerbruch handelt, kann ich erst sagen, wenn ich das Bein geröntgt habe.«

Malin blieb die Luft weg, gleichzeitig zog sich ihr Magen schmerzhaft zusammen, während sie ihren Vater sagen hörte: »Joachim, jetzt rede nicht lange um den heißen Brei herum. Du bist ein erfahrener Tierarzt und kannst mir auch ohne Röntgenbilder sagen, was los ist.«

Der Tierarzt schluckte schwer, bevor er mit bitterer Miene nickte. »Es ist ein Bruch. Ohne Zweifel …«

»Aber … aber«, stammelte Malin ängstlich, »es ist doch nicht so, dass er nicht wieder gesund werden kann?«

Der Tierarzt zuckte vage mit den Schultern. »Es gibt schon Möglichkeiten. Aber das bedeutet natürlich eine große OP für dein Pony, und ob er anschließend schmerzfrei ist, ist auch ungewiss. Aber mehr kann ich dazu wirklich nur sagen, wenn ich ihn geröntgt habe.« Er wandte sich an Hannes Heuer. »Wollt ihr ihn mir in die Klinik bringen? Ich muss noch kurz bei Rudolfs vorbei und ein Medikament abgeben, aber wenn du hier in einer Viertelstunde losfährst, Hannes, dann passt das.«

Doch Hannes Heuer schüttelte den Kopf. »Das Pony ist Mitte zwanzig. Und wie du schon gesagt hast, selbst nach einer OP ist der Ausgang ungewiss.« Er stockte, wandte sich Malin zu und legte ihr sanft die Hand auf den Unterarm. »Kind, es ist besser, wenn wir ihn erlösen.«

Malins Herz setzte einige Schläge lang aus, während es ihr regelrecht die Luft abschnürte.

»Papa, bitte«, flehte sie ihn an. »Bitte, bitte, gib Cleo eine Chance. Bitte, Papa. Und wenn es wegen dem Geld ist, ich habe doch noch das von der Konfirmation auf dem Sparbuch. Und falls das nicht reicht, dann verzichte ich aufs Taschengeld. So lange, bis ich meine Schulden bei euch abgezahlt habe.«

»Passt auf«, schlug der Tierarzt vor, »ich bringe kurz das Medikament weg, und ihr besprecht euch in der Zeit. Okay? So was muss man ja nicht zwischen Tür und Angel entscheiden.«

»Wir erlösen das Pony! Es ist besser so. Quälen soll er sich nicht, und wenn Malin genau darüber nachdenkt, dann wird sie zu demselben Ergebnis kommen«, war sich Hannes Heuer sicher.

Malin schüttelte wild den Kopf. Sie flehte ihren Vater an, doch er ließ sich nicht umstimmen. Die Sache war beschlossen, und dann sagte auch der Tierarzt, dass es wohl tatsächlich das Beste für Cleo sei.

Für Malin brach eine Welt zusammen. Sie umarmte ihr Pony verzweifelt und schluchzte dabei bittere Tränen in sein weiches Fell. Es fühlte sich für sie so an, als würde ihr Herz in tausend Einzelteile zerspringen. Von diesem Moment an war nichts mehr gut – da waren nur noch Cleos dunkle Augen, die sie ohne Furcht anblickten, die auf sie vertrauten – und Malin konnte ihm einfach nicht helfen.

»Jetzt sei doch vernünftig«, mischte sich nun ihre Mutter ein. »Du kannst ihn doch sowieso schon lange nicht mehr reiten.«

Malin starrte sie an. »Spinnst du?«, presste sie fassungslos hervor.

»Kind, das geht wirklich zu weit«, wurde sie von ihrem Vater dafür gerügt. »Ich verstehe deinen Kummer. Aber es ist besser so für das Pony und …«

Malin wollte nichts mehr hören, wollte keine weiteren Erklärungen. Sie wollte nur noch weg.

Fluchtartig verließ sie den Stall. Das Rufen ihrer Mutter überhörte sie einfach. Sie hatte das Gefühl, jeden Moment zu ersticken, wenn sie nicht schnell an die frische Luft kam.

Sie lief hinaus, stürmte über den Hof, ließ alles hinter sich. Rannte einfach weiter, ohne Ziel.

Keuchend und schwitzend erreichte Malin schließlich das Ufer des kleinen Waldsees. Abrupt blieb sie stehen, stützte sich mit den Händen auf den Oberschenkeln ab und versuchte, zu Atem zu kommen. Tränen liefen ihr übers Gesicht, tropften von ihrem Kinn hinunter ins Gras. Im Sommer hatte sie hier mit Cleo oft Rast gemacht, im flachen Wasser herumgeplanscht und sich anschließend ins warme Gras gelegt, während Cleo zufrieden neben ihr gegrast hatte. Die Erinnerung an diesen glücklichen Moment zerriss Malin innerlich. Sie schluchzte auf und schlug die Hände vors Gesicht. Zitternd hockte sie sich hin und umschlang ihre Beine.

Wie konnte das alles nur geschehen? Warum hatte sie nicht besser aufgepasst? Sie hätte es wissen und vernünftiger sein müssen. Das alles war ihre Schuld. Sie allein war dafür verantwortlich, was passiert war. Und jetzt hatte sie ihn auch noch allein gelassen.

»Cleo«, flüsterte Malin, »es tut mir so leid.«

Sie zog die Nase hoch, wischte sich die Tränen von den Wangen und richtete sich auf. Dann lief sie zum Hof zurück. Sie musste an Cleos Seite bleiben – bis zu seinem letzten Atemzug. Das war sie ihm schuldig.

Kapitel 1

Mein *Gold* klimpert nicht,
es glänzt in der Sonne
und wiehert in der Nacht.

Hier ist ein Anruf für dich!«, rief Sybille Hohnsen ihrer Chefin hinterher, die mit eiligen Schritten den Flur entlanglief.

»Jetzt nicht! Ich muss ins Meeting. Bin spät dran!«, entgegnete Malin Heuer gehetzt, ohne ihren Schritt zu verlangsamen.

Doch so leicht ließ sich Sybille nicht abwimmeln. »Es ist aber wichtig, Malin! Sonst würde ich dir das Telefon bestimmt nicht hinterhertragen. Und dass das Meeting bereits vor fünf Minuten beginnen sollte, ist mir als deiner persönlichen Assistentin natürlich bekannt.«

Malin hatte die Hand schon auf die Türklinke des großen Konferenzsaals gelegt. Sie war wirklich in Eile. Gleich beim ersten Meeting als neue Leiterin des Produktmanagements zu spät zu kommen war wahrhaftig kein guter Einstand. Doch Sybilles Stimme hatte so dringlich geklungen, und wenn es nicht wirklich wichtig gewesen wäre, wäre sie bestimmt die Letzte, die sie in diesem Moment mit einem Telefonat behelligen würde.

»Okay«, seufzte sie und wandte sich zu ihrer Assistentin um. Sie nahm ihr das Telefon ab, doch bevor Malin in den Hörer sprechen konnte, raunte Sybille ihr noch zu: »Soll ich kurz drinnen Bescheid geben, dass du dich noch einen Moment verspätest? Ich könnte behaupten, dass du im Stau stehst.«

Doch Malin winkte ab. »Nein, das ist nicht nötig. Ich geh da jetzt gleich rein. Das Telefonat wird schon keine Ewigkeit dauern.«

Sybilles skeptischer Gesichtsausdruck hätte Malin eigentlich stutzig machen müssen – vorausgesetzt, sie hätte ihn wahrgenommen. Doch dafür war sie wie immer viel zu beschäftigt.

Seitdem sie bei Hagen & Hagen, einem großen Filialunternehmen im Bereich Kosmetik und Pflege, direkt nach dem Abitur einen dualen Studienplatz ergattert hatte, stand sie unter Dauerstrom. Mit dem Betriebswirtschaftsdiplom in der Tasche war es zunächst in der Layoutservice-Abteilung weitergegangen. Nicht gerade ihr Traumjob, doch die Festanstellung nach dem Studium ermöglichte es ihr, weiterhin in ihrem geliebten Hamburg wohnen zu bleiben und bei Hagen & Hagen kontinuierlich ihre Karrierepläne zu verfolgen.

Mit zweiunddreißig Jahren konnte sie nun stolz von sich behaupten, alles erreicht zu haben, was sie sich einst im beschaulichen Stolzenburg als Teenager erträumt hatte: einen tollen Job, eine todschicke Wohnung, einen illustren Freundeskreis, mit dem sie ihr unabhängiges Großstadtleben in vollen Zügen genießen konnte.

»Malin Heuer hier!«, sprach sie mit geschäftsmäßigem Tonfall in das Telefon, während sie ungeduldig die dünnen Absätze ihrer High Heels auf dem Granitfußboden hin- und herdrehte. Eine leidige Angewohnheit, die zur Folge hatte, dass sie Stammkundin beim Schuster war.

»Malin, bist du es?«, vernahm sie die gedämpfte Stimme ihrer Mutter.

Malin bedachte ihre Assistentin mit vorwurfsvollen Blicken, während sie mit den Lippen tonlos formte: »Was soll das, Sybille? Das ist meine Mutter!«

Ein Anruf von ihrer Mutter war nett, aber bestimmt kein Grund, sie von einem wichtigen Meeting abzuhalten. Sybille hätte ihr einen Zettel hinlegen können: Du sollst deine Mutter zurückrufen!, so, wie sie es immer tat. Und wenn Malin nicht irgendetwas Wichtigeres dazwischenkam, folgte sie dieser Aufforderung in der Regel dann auch. Selten sofort, oftmals einige Zeit später, zugegeben, manchmal vergaß sie es auch ganz, sobald der Zettel in den Papierkorb gesegelt und somit aus ihrem Blickfeld verschwunden war.

»Ja, Mama, ich bin es!«, antwortete Malin und gab sich Mühe, nicht allzu kurz angebunden zu klingen. »Wirklich lieb, dass du anrufst, nur leider passt es gerade überhaupt nicht bei mir. Ich muss in eine ganz wichtige Besprechung. Aber ich melde mich heute Abend. Okay?«

»Malin, es tut mir leid, dass ich dich während der Arbeit störe …«

»Nicht schlimm, Mama«, schnitt Malin ihr ungeduldig das Wort ab. »Aber jetzt muss ich wirklich Schluss machen. Also, bis heute Abend dann. Und grüß mir bitte Papa ganz lieb.«

»Papa ist vom Heuboden gestürzt«, gab ihre Mutter zurück. Ihre Stimme war kaum mehr als ein verängstigtes Hauchen. »Er … er wird gerade operiert. Der Notarzt im Krankenwagen hat gemeint, sein Zustand sei kritisch …« Die Stimme ihrer Mutter brach. Im nächsten Moment hallte ein verzweifeltes Schluchzen durch die Leitung.

Malin erstarrte. Ihr Herz setzte für ein paar Schläge aus. Sie war unfähig, etwas zu sagen, ihre Mutter zu trösten, sich nach Details des Unfalls zu erkundigen. Sie stand einfach nur da, den Hörer in der Hand, aber nicht mehr am Ohr, und hatte Mühe, Luft zu bekommen.

Sybille legte ihr die Hand auf den Unterarm. »Malin? Was ist denn passiert?«, erkundigte sie sich besorgt bei ihrer Chefin, die sie niemals zuvor so apathisch erlebt hatte. »Du bist ja ganz blass.«

»Mein Vater …«, krächzte Malin. »Er ist verunglückt …«

Betroffen presste Sybille die Hand auf den Mund. »O mein Gott, wie schrecklich«, wisperte sie. Doch nach einem kurzen Moment besann sie sich schließlich ihrer Aufgabe als Malins Assistentin und ging gewohnt pragmatisch vor. »Ich sage jetzt zunächst einmal im Konferenzsaal Bescheid, dass das Meeting leider verschoben werden muss, weil dir etwas Unvorhersehbares dazwischengekommen ist.«

Malin hörte zwar die Worte ihrer Assistentin, doch keines davon kam wirklich bei ihr an.

»Und du, Malin, telefonierst jetzt bitte mit deiner Mutter weiter. Sie ist doch noch immer am Apparat, oder?«

Malin nickte zerstreut. Doch erst als Sybille sie erneut am Unterarm berührte, erwachte sie aus ihrer Erstarrung und presste das Telefon wieder an ihr Ohr.

»Mama, in welchem Krankenhaus seid ihr? Du bist doch bei ihm …?«

»Ich dachte schon, du hättest einfach aufgelegt, weil du doch arbeiten musst«, gab ihre Mutter eingeschüchtert zurück.

»Nein, Mama, das würde ich doch nicht machen. Was denkst du denn von mir?«

Schweigen. Dann wieder ein leises Aufschluchzen und die bittere Vermutung, dass ihre Mutter ihr solch ein herzloses Verhalten anscheinend tatsächlich zutraute.

»In welchem Krankenhaus ist Papa?«, wiederholte Malin ihre Frage. Es brachte nichts, verletzt zu reagieren. Jetzt ging es um ihren Vater, nicht um sie und um das, was ihre Mutter über sie dachte.

»Sie haben ihn ins Oststadt-Krankenhaus gebracht«, schluchzte ihre Mutter. »Ich durfte mitfahren …«

»Okay, Mama, ich setze mich jetzt sofort ins Auto. Wenn ich gut durchkomme, bin ich in zweieinhalb Stunden bei euch. Du kannst mich jederzeit auf dem Handy erreichen, also halte mich bitte auf dem Laufenden, ja?!«

»Du kommst hierher?« Die Stimme ihrer Mutter klang ehrlich erstaunt.

»Natürlich komme ich«, gab Malin fassungslos zurück. »Mama, sag mal, wofür hältst du mich denn?«

Schweigen. Dann ein leises Räuspern und schließlich: »Fahr bitte vorsichtig, Kind.«

Zehn Minuten später lenkte Malin ihr silbernes Mercedes-Coupé vom Firmenparkplatz. Sybille hatte ihr kluges Organisationstalent mal wieder unter Beweis gestellt, indem sie Malin via Handy dem Meeting zugeschaltet hatte. Nun kämpfte sich Malin durch den dichten Hamburger Verkehr Richtung Autobahn, während sie sich über die Freisprechanlage mit ihrem Team austauschte, diverse Studien und Marktanalysen in Auftrag gab und abschließend über eine innovative Strategie anlässlich der Einführung eines neuen Produktes beriet.

Malin hatte schon gut hundertfünfzig Kilometer auf der Autobahn zurückgelegt, als sie sich schließlich von ihrem Team verabschiedete und bemüht heiter versprach, beim nächsten Meeting nicht nur akustisch, sondern auch physisch anwesend zu sein. Anschließend gab es noch einige weitere wichtige Themen mit ihrer Assistentin zu besprechen, bevor Malin endlich das Telefonat beendete.

Als sie von der Autobahn abfuhr, um die letzten knapp fünfzig Kilometer auf der Landstraße zurückzulegen, kam ihr bestürzt in den Sinn, dass sie die ganze Zeit über nicht ein einziges Mal an ihre Eltern gedacht hatte. Der Job hatte sie mal wieder so beansprucht, dass die Sorge um ihren Vater gänzlich in den Hintergrund gerückt war. Einfach ausgeblendet – Malin schämte sich vor sich selbst.

Das Telefon klingelte. Malin warf einen Blick auf die Anzeige ihrer Freisprechanlage, und ihr Magen zog sich unheilvoll zusammen.

»Mama, gibt es Neuigkeiten? Hast du schon etwas von Papa gehört? Ist die OP gut verlaufen?«, rief sie, noch immer erfüllt von diesem schlechten Gewissen. Es rumorte in ihr, nagte an ihr, ließ die Schamesröte vom Hals in ihr Gesicht hinaufkriechen, während sie mit angehaltenem Atem auf die Antworten ihrer Mutter wartete.

Doch die ließ sie zappeln. Bestimmt nicht bewusst. Nein, so war Gisa Heuer nicht. Alles, was sie tat, geschah aus dem Bauch heraus. Strategisches Handeln war ihr völlig fremd. »Bist du bald da?«

»Zwanzig Minuten, sagt das Navi«, gab Malin hastig zurück. »Was ist mit Papa?«

»Sie haben ihn gerade auf die Aufwachstation gebracht«, erklärte sie mit tonloser Stimme. »Der Arzt, der ihn operiert hat, war auch schon bei mir. Ein netter Mann, groß und schlank mit grauen Schläfen. Ich denke, so Ende fünfzig. Er hat einen sympathischen Eindruck auf mich gemacht. Sehr vertrauensvoll, und sein Händedruck war fest. Ein fester Händedruck ist gut, er vermittelt einem das Gefühl, dass jemand weiß, was er tut … sein Handwerk versteht.«

»Mama!«, rief Malin mit leisem Vorwurf. »Mir ist völlig egal, wie der Chirurg aussieht, ich möchte wissen, was er dir über Paps' Zustand gesagt hat. Ist die OP gut verlaufen?«

»Jetzt sei doch nicht gleich wieder so bissig«, beschwerte sich ihre Mutter mit eingeschnappter Stimme.

Malin begann, innerlich von zehn rückwärts zu zählen. Es war wie immer. Ihre Mutter fühlte sich von ihr gemaßregelt, war beleidigt, und Malin musste sich beherrschen, sie ihre Ungeduld nicht noch mehr spüren zu lassen.

»Ich bin nicht bissig, nur sehr besorgt«, behauptete sie versöhnlich. »Was hat der Arzt denn nun zu dir gesagt, Mama?«

Erneutes Schweigen. Dann wieder dieses wohlbekannte tiefe Seufzen, bevor Malin sie fast schon beiläufig sagen hörte: »Ach, du weißt doch, Kind, ich kenne mich mit diesen ganzen medizinischen Fachbegriffen nicht so aus.«

Bleib ruhig. Bleib einfach ganz entspannt und reg dich nicht auf, ermahnte Malin sich selbst.

»Okay, aber mal abgesehen vom medizinischen Kauderwelsch, was hat er dir über Papas Zustand gesagt? Ist zum Beispiel das Wort ›kritisch‹ noch einmal gefallen?«

»Nein … ich glaube nicht.«

Malin atmete schnaufend durch.

»Jetzt schnaufst du gleich wieder«, hielt ihre Mutter ihr vor. »Ich habe doch schon gesagt, dass ich den Arzt nicht verstanden habe. Es ging auch alles so schnell. Er kam auf mich zu, hat mir tausend Dinge erklärt und war auch schon wieder weg«, verteidigte Gisa Heuer sich wie ein Schulkind, das sich die schlechte Note selbst nicht erklären konnte.

»Egal, Mama, ich bin ja bald im Krankenhaus angekommen, und dann versuche ich selbst noch mal, mit dem Arzt zu sprechen«, lenkte Malin ein.

Es führte zu keinem Ergebnis, wenn sie nun auch noch miteinander zu zanken anfingen. Doch zumindest verriet ihr das unterschwellig bockige Verhalten ihrer Mutter, dass ihr Vater nicht in Lebensgefahr schwebte. Auch wenn sie sich manchmal etwas kindisch aufführte und Malin sich des Öfteren schon gefragt hatte, wer von ihnen beiden eigentlich die Mutter und wer die Tochter war, würde sie doch jetzt nicht so beleidigt reagieren, wenn ihr Mann gerade um sein Leben kämpfte.

»Auf welcher Station liegt Papa? Und wo finde ich dich?«

»Ich … ach, Malin, da muss ich jetzt erst einmal schauen …« Wieder dieses leidvolle, überforderte Stöhnen. »Vorhin habe ich da nicht so drauf geachtet, weil wir ja durch die Notaufnahme ins Krankenhaus gegangen sind. Ich suche mal nach einer Schwester, die müssen das ja wissen …«

»Nein, lass es gut sein, Mama! Ich frage einfach unten am Empfang. Bis gleich!«, beeilte sich Malin zu sagen und beendete dann schnell das Telefonat, bevor ihr noch endgültig der Geduldsfaden riss und sie etwas von sich gab, was sie später bitter bereuen würde.

Wie sagte ihr Vater immer: »Geduld ist eine Tugend, und davon braucht man bei Mama manchmal eine gehörige Portion.« Stets mit einem Augenzwinkern und auf jeden Fall liebevoll. Ihre Eltern führten auch nach über vierzig Jahren eine gute Ehe, in der allerdings die Rollenverteilung seit dem ersten Kennenlernen klar geregelt war. Hannes Heuer war für alles, was draußen auf dem Hof, den Feldern und den Stallungen anfiel, verantwortlich, Gisa kümmerte sich um Haus, Herd und die Kinder.

Das Kinder-Thema war dann auch schon der einzige wunde Punkt im Miteinander der Heuers in ihren langen Ehejahren gewesen. Während Hannes sich noch weiteren Nachwuchs gewünscht hatte, unbedingt einen Sohn, der später mal den Hof samt der erfolgreichen Pferdezucht übernehmen würde, hatten Gisa nach zwei vorangegangenen Fehlgeburten der Mut und auch ein wenig die Kraft verlassen. Malin war ein Einzelkind geblieben und hatte zum Kummer ihrer Eltern nicht für den Hauch eines Momentes in Erwägung gezogen, später einmal das elterliche Anwesen samt Acker- und Weideflächen zu übernehmen. Das Gegenteil war sogar der Fall gewesen, ihre ehrgeizige Tochter hatte es kaum abwarten können, dem dörflichen Güllemief ihrer Kindheit zu entkommen. Hinaus in die große, weite Welt, hinein in das schillernde Großstadtleben, wo sie sich endlich richtig und angekommen fühlte.

Malin hatte das Krankenhaus erreicht. Sie parkte ihren Wagen und stieg aus. Bevor sie sich auf den Weg vom Parkplatz zum Haupteingang machte, schloss sie für einen kurzen Moment die Augen und atmete tief durch. Papa wird das schon packen. Er ist topfit, ein Mann wie ein Fels in der Brandung. Hände wie Wagenräder, breites Kreuz, nicht der leiseste Ansatz eines Bauches, worauf er extrem stolz war. Hannes Heuer lebte für seine Pferdezucht, in Malins Augen war er der wahre Pferdeflüsterer. Aus der Liebe, der Leidenschaft für diese wunderbaren Geschöpfe zog er seine Kraft und Energie – Tag für Tag, auch noch im Alter von über siebzig Jahren. Zweifelsohne war er Malins Held ihrer Kindheit gewesen, und daran hatte sich bis heute nichts geändert, auch wenn sie selbst der ländlichen Pferdeidylle nichts abgewinnen konnte und heilfroh war, dass das alles längst hinter ihr lag.

KAPITEL 2

Die Leidenschaft für Pferde
ist wie ein Keim, der nie verwelkt,
egal, welche *Wege* das Leben für dich vorsieht.

Der ältere Mann hinter dem Informationsschalter gab Malin bereitwillig Auskunft und schenkte ihr anschließend ein so herzliches Lächeln, dass sie beschloss, es als gutes Omen zu nehmen. Fast ein wenig beschwingt lief sie zu den Fahrstühlen hinüber, drückte mehrere Knöpfe auf einmal und wartete darauf, dass sich eine der Türen öffnete.

Bald darauf stand Malin vor der breiten Milchglasfront der Aufwachstation, auf der sich ihr Vater noch immer befinden sollte. Die vier Stühle an der schlichtweißen Wand davor waren unbesetzt. Malin dachte kurz daran, ihre Mutter, die sie eigentlich hier vermutet hatte, zu suchen. Doch dann verwarf sie den Gedanken wieder, bestimmt hatte man sie inzwischen zu ihrem Mann gelassen, damit er beim Aufwachen aus der Narkose in ein ihm vertrautes Gesicht blicken konnte.

Sie legte den Finger auf den kleinen weißen Klingelknopf. Die Tür öffnete sich fast augenblicklich, und eine junge Krankenschwester erschien.

»Guten Tag. Ich möchte zu Hannes Heuer.« Und weil die Schwester nicht sofort etwas erwiderte, fügte Malin erklärend hinzu: »Ich bin seine Tochter.«

Die Krankenschwester musterte sie mit ausdrucksloser Miene. Dann zuckte sie mit den Schultern. »Einen Augenblick bitte, da muss ich erst nachfragen, ob schon jemand zu ihm darf.«

»Aber ist denn meine Mutter nicht schon bei ihm?«, wunderte Malin sich.

»Wie gesagt, ich muss erst mal fragen«, blieb die Krankenschwester vage.

Die Tür schloss sich wieder, und Malin stand da wie bestellt und nicht abgeholt. Sie dachte daran, ihre Mutter auf dem Handy anzurufen. Doch falls sie tatsächlich bereits im Aufwachraum bei ihrem Mann war, hatte sie das Gerät sowieso ausstellen müssen.

Nach einer Weile, die Malin wie eine Ewigkeit vorkam, öffnete sich die Tür erneut, und die Schwester gab ihr ein Zeichen, ihr zu folgen.

»Die Stationsschwester sagt, Sie können kurz zu ihm«, erklärte sie.

Malin warf einen flüchtigen Blick auf das kleine weiße Namensschild am Kittel der jungen Frau. Schwesternschülerin Svenja. Das erklärte ihre Unentschlossenheit, fand Malin und folgte ihr durch die Tür über einen breiten Gang in einen kleinen Raum. Dort musste sie sich grüne Schutzkleidung überziehen. Zum Schluss reichte die Schwesternschülerin ihr noch einen Mundschutz. »Den bitte auch anlegen.«

»Warum eigentlich die Schutzkleidung?«, wunderte

Malin sich. »Ich dachte, mein Vater befindet sich auf der Aufwachstation?«

Schwesternschülerin Svenja schüttelte mit nach unten gezogenen Mundwinkeln ihren blonden Zopf. »Nö, die Oberschwester hat gesagt, ich soll Sie zur Intensivstation begleiten.«

Malin zuckte unmerklich zusammen. Intensivstation? Was war passiert, dass man ihren Vater nun doch dorthin gebracht hatte? Hatte es Komplikationen gegeben? Die Fragen brannten ihr auf der Seele. Doch sie der jungen Svenja mit den naiven blauen Augen zu stellen war vermutlich vergeudete Zeit.

»Legen Sie jetzt bitte den Mundschutz an«, forderte Schwesternschülerin Svenja sie noch einmal auf.

Malin nickte, griff mit leicht zittrigen Fingern danach und folgte dem jungen Mädchen in einen länglichen Raum mit einer großen Glasfront.

»Sie müssen hier bitte noch einmal kurz warten«, erklärte die Schwesternschülerin und verschwand durch eine weitere Tür.

Malin schaute ihr irritiert hinterher, bevor sie einen Schritt an das Fenster herantrat. Dann einen weiteren. Unsicher. Noch einen halben – und dann nahm sie die Gestalt in dem Krankenbett wahr. Der Kopf war in einen Verband eingewickelt, nur Stirn, Nase, Mund und Augen lagen frei. Eine Vielzahl von blinkenden Geräten befand sich im Raum. Schläuche und dünne Kabel führten zu einem reglosen Körper.

Malin sah ihn und mochte es dennoch nicht glauben. Nein, das konnte einfach nicht ihr Vater sein, der dort lag. Schmal, hilflos … mit einem weiß umwickelten Kopf.

Unwillkürlich legte sie die Hand gegen die Scheibe, ihre Stirn folgte, presste sich gegen das kalte Glas. Ihre Augen füllten sich mit Tränen. Das da war ihr Vater, ihr großes, starkes, unbeugsames, unverwüstliches, stets zwinkerndes Papilein, und doch kam er ihr wie ein Fremder vor.

Malin starrte so gebannt zu ihm hinüber, dass sie überhaupt nicht bemerkte, dass jemand in den Raum getreten war. Erst als sich eine warme Hand auf ihre Schulter legte, wandte sie sich halb um und blickte in die verständnisvollen braunen Augen einer deutlich älteren Krankenschwester.

»Geht es, oder möchten Sie sich kurz setzen?«

»Nein danke …«, Malin schüttelte den Kopf, »alles in Ordnung.«

Erst jetzt fiel ihr auf, dass sich noch jemand neben der Schwester befand. Und obwohl Malin wegen des Mundschutzes und der blauen Haube, die wie eine Badekappe am Kopf anlag, nur die Augen erkennen konnte, wusste sie sofort, dass sie ihre Mutter vor sich hatte.

Sie streckte ihre Arme aus, machte einen Schritt auf Malin zu und zog sie dann fest an sich. Nun konnte Malin die Tränen nicht länger zurückhalten. Sie vergrub ihr Gesicht an ihrer Schulter. Malins Mutter sagte nichts, strich ihr nur sanft über den Rücken so wie früher, als sie noch klein war und Trost in den warmen und sicheren Armen ihrer Mama gesucht hatte, und wartete, bis sie sich wieder beruhigt und ihr Körper aufgehört hatte zu beben. Dann löste sie ihre Umarmung, schob Malin sanft etwas von sich, umfasste ihre Schultern und blickte ihr in die Augen.

»Wollen wir jetzt zu Papa gehen?«

Malin nickte zaghaft.

Wenige Atemzüge später stand sie an seinem Bett. Malin blickte in sein Gesicht. Sie erkannte seine Augen, die dichten Brauen, von denen sie in diesem Moment völlig absurd dachte, dass er sie unbedingt mal wieder etwas zupfen sollte, seine gerade Nase mit dem kleinen Höcker auf dem Nasenbein und seinen Mund, die schmalen Lippen, kaum mehr als zwei Bleistifte. Sie wollte ihn gerne berühren, ihn streicheln, irgendetwas tun, damit er bemerkte, dass sie da war, und die Augen aufschlug, sie mit diesem Zwinkern ansah und dann mit seiner rauen Stimme sagte: »Hallo, meine Kleene, schön, dass du deinen alten Herrn auch mal wieder besuchst.«

Es gab nichts, wirklich gar nichts, was sie sich in diesem Moment mehr wünschte. Hamburg, ihr toller neuer Job, die vielen spannenden Menschen, mit denen sie zu tun hatte, das fantastische Großstadtleben, die elitären Clubs, die noblen Restaurants, nichts von all dem zählte in diesem Augenblick, in dem sie dastand, sich so elend wie nie fühlte und in ihr die Angst schmerzhaft brannte, dass ihr Vater die Augen vielleicht nie wieder aufschlagen würde.

»Wird er wieder gesund, Mama?«, wisperte sie und war weit entfernt von der toughen Karrierefrau, die ihrer Mutter in so vielem überlegen war, die niemals so werden wollte wie diese, die ihre Chance genutzt hatte und der Trostlosigkeit entkommen war. Hin und wieder kehrte sie zurück. Eine kurze Stippvisite, ein schnelles Hallo, ein Stück selbst gemachter Apfelkuchen von Mama, und schon war sie auch schon wieder mit einem Fuß im Auto.

»Bis demnächst, Mama und Papa. Ja, eventuell an Weihnachten ... wenn nichts Wichtiges dazwischenkommt. Ansonsten garantiert zu deinem Geburtstag, Mama ... vielleicht, falls mein Terminkalender es zulässt.«

»Ich hoffe es, Malin«, sagte ihre Mutter leise. »Was soll ich denn ohne Papa anfangen? Das geht doch überhaupt nicht.«

Sie streckte die Hand nach der ihres Mannes aus. Noch zögerte sie, aber dann streichelte sie zaghaft über seine Finger und das kleine Stückchen Handrücken, in das kein mit weißem Leukoplast beklebter Schlauch hineinführte.

»Hannes«, flüsterte sie. »Hannes, hörst du mich? Ich bin's, Gisa. Und weißt du, wer noch da ist, Malin. Ist das nicht schön? Du hast doch gestern erst gesagt, dass du dich kaum noch erinnern kannst, wie sie aussieht, deine Kleene, weil sie sich so lange nicht zu Hause hat blicken lassen.« Sie stockte, lachte leise auf und fuhr schließlich mit fast schon amüsierter Stimme fort. »Ach, so ist das, mein Lieber, ich habe dich durchschaut. Du bist mit Absicht vom Heuboden gestürzt, damit du endlich deine Tochter mal wieder zu Gesicht bekommst. Du hast erreicht, was du wolltest, sie ist hier. Jetzt musst du aber auch die Augen aufmachen und sie begrüßen. Hörst du,

Hannes, sonst sitzt sie wieder in ihrem Auto, und du hast nicht einmal mitbekommen, dass sie da war.«

Malin stand dabei und fühlte sich schrecklich. Schrecklich verantwortlich. Auch wenn sie wusste, dass das völliger Blödsinn war.

»Frau Heuer, ich denke, es ist jetzt genug«, meinte die Schwester. »Ihr Mann braucht seine Ruhe und Sie bestimmt auch. Fahren Sie nach Hause.«

»Aber … aber … ich kann ihn doch nicht einfach hierlassen«, stammelte Malins Mutter.

Die Schwester umfasste sanft ihren Ellbogen und dirigierte sie zur Tür. »Wir haben Ihre Telefonnummer. Falls es Neuigkeiten gibt, rufen wir Sie sofort an. Sie können also ganz beruhigt sein.«

Malin hatte sich inzwischen wieder etwas gefangen. Der emotionale Ausbruch ihrer Mutter hatte sie zu ihrer gewohnten Stärke und Haltung zurückfinden lassen.

»Mama, die Schwester hat recht. Es ist besser, wenn ich dich jetzt erst einmal nach Hause bringe und du dich dort ein bisschen ausruhst.«

Ihre Mutter sah sie mit großen Augen an. »Und du? Fährst du dann gleich wieder zurück nach Hamburg?«

Malin zögerte. Sybille hatte sämtliche Termine für sie abgesagt. Auch das Dinner mit Claas, einem sehr attraktiven Rechtsanwalt, den sie seit geraumer Zeit regelmäßig datete. Schon möglich, dass sich aus der zunächst sehr lockeren Beziehung irgendwann etwas mehr entwickelte. Allerdings war sich Malin noch immer nicht im Klaren darüber, ob sie das überhaupt wollte.

»Nein, ich fahre natürlich nicht sofort zurück.«

»Heißt das, du bleibst über Nacht?«

Vage zuckte sie mit den Schultern. »Mama, lass uns das doch bitte draußen besprechen.«

Der eben noch so hoffnungsvolle Schimmer in den Augen ihrer Mutter verschwand sofort wieder. »Musst du ja auch nicht, Kind. Ich komme schon alleine klar …«

»Ihre Tochter hat recht«, kam die Krankenschwester Malin nun zu Hilfe. »Sie sollten sich wirklich lieber draußen weiter beraten.« Damit schob sie Gisa Heuer aus dem Zimmer, in dem ihr Mann intensiv überwacht wurde. Malin warf noch einen letzten wehmütigen Blick auf ihren Vater, bevor sie den beiden Frauen folgte.

»Ich würde gerne noch mit dem behandelnden Arzt sprechen«, bat Malin die Schwester.

Die Schwester nickte. »Ich schau mal, ob ich ihn erreichen kann. Sie können inzwischen die Schutzkleidung ablegen und dann bitte draußen vor der Station warten. Ich sage Ihnen Bescheid, sobald ich Näheres weiß.«

»Danke«, sagte Malin und brachte sogar ein kleines Lächeln zustande.

Dr. Sandmann, so hieß der Chirurg, der Hannes Heuer operiert hatte, befand sich leider schon wieder in der nächsten OP. Die Schwester war sich aber sicher, dass es nicht allzu lange dauern würde, und schlug Malin und ihrer Mutter vor, unterdessen in die Krankenhaus-Cafeteria zu gehen.

»Ich schicke dann die Schwesternschülerin zu Ihnen runter, sobald Dr. Sandmann Zeit für Sie hat«, versprach sie Malin, bevor sie wieder hinter der Milchglaswand verschwand.

Kurz darauf saßen sich Mutter und Tochter an einem kleinen ovalen Tisch in der Krankenhaus-Cafeteria gegenüber. Der kurze Moment, in dem Malin sich in ihre Kindheit zurückversetzt gefühlt und in den Armen ihrer Mutter Trost und Schutz gesucht hatte, war längst vorbeigezogen. Nun kam es Malin wieder so vor, als hätte sie ein verschrecktes Kind vor sich. Und das hatte nicht allein mit dem unsicheren Verhalten ihrer Mutter zu tun, auch ihre körperliche Verfassung gab Malin ernsthaft zu denken.

Gisa Heuer war schon immer schlank gewesen, aber jetzt hätte man sie eher als mager bezeichnen können. Die sonst so strahlend blauen Augen, die Malin von ihr geerbt hatte, wirkten stumpf und lagen in tiefen Höhlen, die von dunklen Schatten umgeben waren. Die Wangen wirkten eingefallen, die Nase ungewohnt spitz, die Haut im Gesicht und am Hals so durchsichtig, dass man die Adern durchschimmern sehen konnte.

Malin streckte ihre Hand über den Tisch nach der ihrer Mutter aus.

»Mama, ich glaube, es ist besser, wenn ich dich doch erst einmal nach Hause bringe. Du siehst wirklich erschöpft aus.«

Doch ihre Mutter winkte ab. »Nein, Kind, ich bitte dich, mir geht es gut. Du machst dir unnötige Sorgen.«

Malins Augenbrauen wanderten skeptisch nach oben. »So siehst du aber nicht aus, Mama. Und seit wann bist du denn überhaupt so dünn?«

Ihre Mutter kniff die Lippen zusammen, die von unzähligen kleinen Falten umgeben waren – auch das war neu für Malin. »Ich wollte halt ein paar Pfund abnehmen«, behauptete sie und entzog Malin ruckartig ihre Hand.

»Du und abnehmen? Warum? Du bist die Letzte, die das nötig hat.«

Ihre Mutter starrte auf die Tischplatte, als gebe es dort etwas Spannendes zu entdecken. »Du bist doch selbst so dürr«, murmelte sie trotzig.

Malin atmete tief durch, während sie die Schultern durchdrückte und sich kerzengerade auf ihrem Stuhl aufrichtete.

»Gut, lassen wir das«, lenkte sie ein und wechselte das Thema. »Wie ist das mit Papa denn nun eigentlich passiert?«

Doch ihre Mutter blieb einsilbig. »Ich war in der Küche.«

Malin nickte verstehend. »Okay, dann hast du also nicht gesehen, wie er gestürzt ist. Aber wie hast du ihn dann gefunden? Ich meine, wie bist du auf ihn aufmerksam geworden?« Die große Scheune, in der unten die Strohballen und oben das Heu für die Pferde gelagert wurden, befand sich nicht in unmittelbarer Nähe des zweigeschossigen roten Backsteinhauses der Heuers, sodass ihre Mutter aus dem Küchenfenster keinen Blick darauf hatte. »Hat er um Hilfe gerufen?«

»Das konnte er ja gar nicht«, erwiderte sie.

»Und warum konnte er das nicht, Mama? Jetzt lass dir doch bitte nicht jedes einzelne Wort aus der Nase ziehen.« Malin bemerkte selbst, dass ihre Stimme ungeduldig klang. Doch diese verstockte Art ihrer Mutter, dieses

Ringen um jedes Wort – am liebsten hätte sie sie an den Schultern gepackt und aus ihrer Lethargie gerüttelt.

»Er war ja bewusstlos.«

»Die ganze Zeit? Ist er nicht wenigstens einen Moment lang wieder zu sich gekommen? Auch nicht, als der Notarzt eingetroffen ist?«

»Nein, ist er nicht …«, murmelte ihre Mutter.

Malins Magen zog sich schmerzhaft bei der Vorstellung zusammen, dass ihr Vater womöglich seit mehreren Stunden ohne Bewusstsein war. Er hatte sich am Kopf verletzt. Zumindest sprach der Verband dafür. Doch die Schwester hatte beiläufig auch etwas von einer Hüftverletzung erwähnt.

»Mama, weißt du denn, weshalb Papa operiert wurde? Oder anders, woran? Am Kopf oder an der Hüfte?«, versuchte es Malin erneut ganz ruhig und einfühlsam.

»Jetzt stell mir doch nicht so viele Fragen«, beschwerte ihre Mutter sich mit weinerlicher Stimme. »Ich weiß es doch nicht … ich weiß überhaupt nichts. Das habe ich dir doch gesagt. Mehrere Male sogar schon.«

Sie beugte sich zu ihrer Handtasche hinunter, die seitlich neben dem Stuhl stand, und wühlte hektisch darin herum. Ein weißes Stofftaschentuch mit hellblauer Spitze kam schließlich zum Vorschein, in das sie geräuschvoll hineinschnupfte.

»Tut mir leid, Mama, ich wollte dich nicht so bedrängen und erst recht nicht aufregen«, entschuldigte Malin sich.

Ihre Mutter nickte, ohne sie dabei anzusehen.

»Soll ich uns vielleicht noch einen Kaffee holen? Du

kannst natürlich auch eine Tasse Tee trinken«, bot Malin an.

Ihre Mutter hob unentschlossen die Hände und ließ sie wieder zurück in ihren Schoß fallen.

»Oder magst du vielleicht ein Stück Kuchen? Der Käsekuchen sieht ganz lecker aus, finde ich. Du isst doch so gerne Käsekuchen.« In Anbetracht der knöchrigen Schultern ihrer Mutter, die spitz unter dem schlichten hellblauen Pullover hervortraten, war das mit dem Kuchenstück vielleicht nicht die schlechteste Idee.

»Ich habe keinen Appetit.«

Malin klemmte sich eine lange blonde Haarsträhne hinters Ohr, die sich aus ihrem kunstvollen Dutt am Hinterkopf gelöst hatte, während ihr ein völlig neuer Gedanke kam. Womöglich war alles noch viel schlimmer.

»Mama, ich muss dich das jetzt fragen, weil du wirklich nicht gut aussiehst. Bist du krank?«

Ihre Mutter zuckte zusammen, als hätte sie eine Ohrfeige verpasst bekommen. Ihre eben noch so tief liegenden Augen traten regelrecht aus den Höhlen hervor. »Was redest du denn da? Warum soll ich krank sein? So ein Blödsinn.« Verärgert schüttelte sie den grauen Kurzhaarkopf.

Malin wollte etwas erwidern, ihrer Mutter versichern, dass sie nicht die Absicht hatte, sie zu beleidigen, sondern sich ernsthaft um sie sorgte, als die Schwesternschülerin von vorhin mit wippenden Schritten die Cafeteria durchquerte und vor ihrem Tisch stehen blieb.

»Schwester Helga hat mich gebeten, Ihnen Bescheid zu sagen, dass Dr. Sandmann jetzt Zeit für Sie hat.«

Malin sprang so ruckartig auf, dass die Stuhlbeine ein quietschendes Geräusch auf dem Linoleumfußboden verursachten und sich sämtliche Blicke in der Cafeteria auf sie richteten.

»Ich komme!«, rief sie und wandte sich kurz zu ihrer Mutter um. »Möchtest du dabei sein, oder kann ich schnell alleine mit Dr. Sandmann sprechen?«

Ihre Mutter zuckte kraftlos mit den dürren Schultern. »Geh du mal ruhig alleine, Kind.«

»Gut, Mama«, erwiderte Malin.

Im Weggehen hörte sie ihre Mutter noch irgendetwas murmeln. Vielleicht hatte sie es sich doch noch anders überlegt und wollte Malin begleiten. Aber Malin war es lieber so, und sie beschloss, ihr Gemurmel einfach zu ignorieren.

KAPITEL 3

Pferde geben uns *Flügel*,
die wir
nicht haben.

Dr. Sandmann war tatsächlich ein attraktiver Mann, stellte Malin fest, als er sie bat, auf dem Stuhl ihm gegenüber Platz zu nehmen. Vorausgesetzt, man stand auf diesen George-Clooney-Typ in etwas jünger. Und auch die Sache mit dem Händedruck stimmte. Fest, trocken und vertrauenerweckend.

»Sie sind also die Tochter?«, begann er das Gespräch mit angenehm dunkler Stimme.

Malin nickte. »Wie steht es um meinen Vater?«, beschloss sie sofort auf den Punkt zu kommen.

Dr. Sandmann lehnte sich auf dem Stuhl etwas zurück, wodurch sich sein hellblaues Poloshirt spannte und eine gut durchtrainierte Bauchpartie darunter erahnen ließ. »Wir haben es bei Ihrem Vater mit einem Bruch im Bereich der Hüftgelenkspfanne zu tun gehabt und operativ die Knochenbruchstücke wieder in ihre ursprüngliche Position zurückgeführt, wo wir sie mithilfe von Metallplatten und -schrauben fixieren konnten.«

»Dann ist er also an der Hüfte operiert worden?« Malin atmete innerlich auf. Ein Hüftbruch erschien ihr längst nicht so lebensbedrohlich wie eine Kopf- oder vielleicht sogar Hirnverletzung.

»Sie fragen so überrascht, wovon sind Sie denn ausgegangen?«, gab Dr. Sandmann mit der Andeutung eines Lächelns zurück.

»Der Kopfverband hat mich verunsichert«, antwortete Malin. »Und natürlich bin ich sehr besorgt darüber, dass mein Vater das Bewusstsein verloren und laut meiner Mutter auch bei Ankunft in der Notaufnahme noch nicht wieder zurückerlangt hat. Hinzu kommt, dass es erst hieß, er befände sich auf der Aufwachstation, und dann lag er plötzlich auf der Intensivstation.«

Dr. Sandmann beugte sich leicht auf seinem Stuhl vor, schlug das rechte Bein über und umfasste mit seinen feingliedrigen Händen das Knie. »Ich gebe Ihnen recht, das hört sich zunächst einmal alles etwas besorgniserregend an. Aber ich kann Sie beruhigen. Ihr Vater hat sich bei dem Sturz eine Platzwunde am Hinterkopf zugezogen, die wir mit fünf Stichen genäht haben. Darüber hinaus konnten wir nach dem EEG aber ein Schädel-Hirn-Trauma ausschließen. Dass Ihr Vater zunächst das Bewusstsein verloren hat, ist eine reine Schutzfunktion des Körpers. Die schwere Hüftfraktur, die er sich zugezogen hat, ist sehr schmerzvoll für ihn gewesen. Starke Schmerzreize können dazu führen, dass Teile des vegetativen Nervensystems, die dämpfend auf Herz und Kreislauf wirken, verstärkt reagieren. Dann kann es zu einer sogenannten reflexvermittelten

Ohnmacht kommen, wie es bei Ihrem Vater der Fall war.«

»War? Soll das heißen, er ist inzwischen wieder bei Bewusstsein?«, fragte Malin voller Hoffnung.

Dr. Sandmann nickte. »Ja, das ist er. Allerdings war er das bereits, als er bei uns eingeliefert wurde.«

»Komisch«, wunderte Malin sich. »Warum hat meine Mutter dann behauptet, er sei es die ganze Zeit über nicht gewesen?«

»Tja«, erwiderte Dr. Sandmann ratlos, »das kann ich Ihnen leider auch nicht beantworten.«

Malin nickte nachdenklich. »Vielleicht der Schock. Meine Mutter stand garantiert völlig neben sich und kann sich jetzt nicht mehr ganz genau an alles erinnern«, vermutete Malin.

»Schon möglich«, stimmte Dr. Sandmann ihr zu.

»Und warum liegt mein Vater auf der Intensivstation? Wenn ich Sie gerade richtig verstanden habe, dann ist die OP doch gut verlaufen.«

»Das stimmt. Allerdings ist ihm anschließend ein paarmal der Kreislauf weggesackt, sodass wir beschlossen haben, Ihren Vater noch einen Moment lang intensiver unter Beobachtung zu behalten. Inzwischen ist er aber auf seine Station gebracht worden.«

Malins Herz reagierte auf die unerwartete gute Nachricht mit einem kleinen erleichterten Hüpfer. »Oh, wie schön. Darauf habe ich jetzt gar nicht zu hoffen gewagt.«

Dr. Sandmann lächelte. »Es tut mir leid, dass wir Sie und Ihre Mutter so lange im Ungewissen gelassen haben. Die Schwester hat auf mein Okay für die Verlegung Ihres Vaters auf die Normalstation gewartet, ich war jedoch schon wieder in einer anderen OP«, entschuldigte er sich.

»Um Himmels willen, Sie müssen mir doch nichts erklären«, beeilte sie sich zu versichern. »Ich bin einfach nur heilfroh über die gute Nachricht.«

»Schön«, meinte Dr. Sandmann und machte Anstalten, sich zu erheben.

»Wie geht es denn nun weiter? Wie lange muss mein Vater im Krankenhaus bleiben?«, wollte Malin jedoch noch von ihm erfahren.

»Wenn es jetzt zu keinen weiteren Komplikationen kommt, dann denke ich, können wir ihn in zehn Tagen in die anschließende intensive Rehabilitationsphase entlassen.«

»Er muss in eine Rehaklinik?«, rief Malin verwundert.

Dr. Sandmann nickte. »Nach so einer großen Hüftoperation braucht es anschließend eine zielgerichtete Rehabilitation. Die Nachbehandlung ist genauso wichtig wie die OP selbst, um Ihrem Vater zu einer umfassenden Genesung zu verhelfen.«

»Und wie lange wird das dauern?«

Dr. Sandmann erhob sich. »Gehen Sie mal von drei bis vier Wochen aus. Im Bedarfsfall kann der behandelnde Arzt vor Ort jedoch auch eine Verlängerung beantragen.«

Malin erhob sich jetzt ebenfalls von ihrem Stuhl. »Gut, das hört sich ja überschaubar an«, fand sie.

Doch Dr. Sandmann machte ihre Hoffnung gleich wieder zunichte. »Nicht dass wir uns jetzt falsch verstanden haben, ich habe Ihnen lediglich das ungefähre Zeitfenster für die klinische Genesung Ihres Vater genannt. Das bedeutet jedoch nicht, dass damit die Rehabilitationsmaßnahmen abgeschlossen sind. Gehen Sie bitte erst einmal davon aus, dass es fünf bis sechs Monate dauert, bis er in seinen gewohnten Alltag zurückkehren kann.«

»Was?«, rief Malin fassungslos aus. »So lange? Aber … puh, wie soll das denn funktionieren?«

Dr. Sandmann war erkennbar irritiert über Malins heftige Reaktion. »Ihr Vater ist zwar für Anfang siebzig in einer guten körperlichen Gesamtverfassung, soweit ich das beurteilen kann, aber dennoch dauert der Heilungsprozess bei einem älteren Menschen natürlich wesentlich länger. Ich gehe jetzt aber mal davon aus, dass er anschließend ohne große Einschränkungen oder Schmerzen seinen Alltag wieder weitestgehend bewältigen kann.«

Malin wurde äußerlich ganz ruhig, während sie endlich das aussprach, was inzwischen unheilvoll in ihr rumorte. »Kann mein Vater denn in absehbarer Zeit seinen landwirtschaftlichen Betrieb wieder aktiv mitgestalten?«

Nun wirkte Dr. Sandmann aufrichtig überrascht. »Ihr Vater arbeitet noch?«

Malin nickte. »Er ist Landwirt und bewirtschaftet rund dreißig Hektar Ackerland. Hauptsächlich Weizen, Raps und Mais. Als zweites Standbein züchtet er sehr erfolgreich Pferde.«

Dr. Sandmann verzog nachdenklich den Mund, während er sich mit der linken Hand das glatt rasierte Kinn rieb. »Tja, ich weiß ja nicht, wie viele Angestellte Ihr Vater hat oder wer sonst noch so alles in dem Betrieb mitarbeitet, aber Ihr Vater fällt auf jeden Fall für jegliche körperliche Arbeit für das nächste halbe bis Dreivierteljahr aus. Natürlich immer vorausgesetzt, die Genesung verläuft wie geplant.«

Malins Knie wurden weich. Bis auf einige Saisonarbeiter beschäftigte ihr Vater lediglich einen einzigen festen Angestellten. Die wichtigsten Arbeiten erledigte er seit Jahren selbst. Hannes Heuer war ein Macher, ein Mann, den es kaum auf dem Stuhl hielt. Wenn andere abends nach einem harten Arbeitstag gemütlich im Fernsehsessel saßen, war Hannes entweder noch draußen auf dem Feld oder bei seinen geliebten Pferden.

Ausruhen kann ich mich später unter der Erde noch lange genug, war einer seiner Lieblingssprüche. Und nun sollte dieser aktive Mann, der so stolz darauf war, dass er stets alles allein bewerkstelligen konnte, der fest davon überzeugt war, dass er sich durch seine tägliche körperliche Arbeit und die viele frische Luft die Topform eines jungen Mannes erhalten hatte, über Monate zur Untätigkeit verdonnert werden. Mal abgesehen davon, dass Malin im Moment nicht die geringste Ahnung hatte, ob Sven, der seit einigen Jahren bei ihrem Vater als Hilfskraft arbeitete, überhaupt in der Lage war, all die nun anfallenden Arbeiten, die sonst ihr Vater verrichtete, geregelt zu bekommen. So, wie Malin Sven in Erinnerung hatte, war er nie übermäßig fleißig gewesen. Ihr Vater musste ihm oftmals drei-, viermal eine Anweisung geben, bevor er sie endlich umsetzte. Malin hatte sich mehrfach darüber gewundert, dass ihr Vater sich nicht längst nach einem anderen landwirtschaftlichen Gehilfen umgesehen hatte. Aber irgendwie schien er an Sven zu hängen.

Dass Sven in der Lage war, den Hof für eine Weile selbstständig zu managen, konnte Malin sich nur schwer vorstellen. Aber gut, dann musste ihr Vater eben vorübergehend noch jemanden einstellen.

»Tja«, meinte Dr. Sandmann leichthin, bevor er Malin die Hand zur Verabschiedung hinhielt. »Dann ist jetzt vielleicht der passende Moment gekommen, um den Betrieb in die Hände der jüngeren Generation zu übergeben.«

Malin ergriff völlig perplex seine Hand, schüttelte sie kurz, murmelte ein leises Danke und lief dann wie in Trance den Gang entlang.

Die Absätze ihrer schwarzen High Heels klapperten auf dem grauen Steinfußboden, als sie die große Krankenhausempfangshalle eilig durchschritt und kurz darauf wieder vor dem Bistrotisch stand. Ihre Mutter saß in beinah unveränderter Position da und schaute sorgenvoll zu ihr auf.

»Was ist mit Papa?«, krächzte sie. »Du bist ganz käsig, Kind. Ist er …« Sie brachte den Satz nicht zu Ende, schlug stattdessen die Hand vor den Mund und begann leise zu wimmern.

»Nein, Mama, alles ist gut«, beeilte sich Malin zu versichern. »Papa geht es gut. Sie haben ihn sogar schon auf Station verlegt. Wir können jetzt gleich zu ihm.«

Die Erleichterung ließ die eben noch so angespannt dasitzende Gisa Heuer regelrecht in sich zusammensacken.

»Gott sei Dank«, hauchte sie. »Für einen bangen Moment habe ich befürchtet …« Sie brachte den Satz nicht zu Ende. Aber Malin verstand auch so.

»Entschuldige, Mama, ich wollte dich nicht erschrecken.«

Ihre Mutter war schon aufgesprungen, drückte ihre Handtasche wie einen Schutzschild vor die Brust und wollte mit hektischem Blick wissen: »Wo müssen wir hin?«

»Station 4, Zimmer 212!«, antwortete Malin.

Hannes Heuer hielt die Augen geschlossen, als Malin und ihre Mutter kurze Zeit später das Zweibettzimmer betraten, in dem er jedoch momentan der einzige Patient war.

Erst als seine Frau ihm sanft die Hand auf den Oberarm legte, öffneten sich blinzelnd seine Lider, und ein Lächeln erschien auf seinem Gesicht.

»Gisa«, krächzte er leise und so kraftlos, dass es Malin einen Stich mitten ins Herz versetzte.

»Was machst du bloß für Sachen?«, wisperte Gisa. Tränen traten ihr in die Augen und liefen in kleinen Rinnsalen über ihre eingefallenen Wangen.

»Nun weine doch nicht, mein Mädchen«, bat Hannes sie, während er mühsam nach ihrer Hand griff und sie an seine Brust zog.

Malin stand dabei und empfand diese kleine Geste als etwas unglaublich Schönes. Es war das Sinnbild ihrer großen Liebe füreinander. Hannes, der sich selbst in diesem Moment, da er mit verbundenem Kopf und frisch operierter Hüfte im Krankenbett lag, darum bemühte, seine Frau, sein Mädchen, wie er sie noch immer liebevoll nannte, zu trösten. Und Gisa, die nicht im Geringsten daran dachte, ihm die Starke und Tapfere vorzuspielen, weil sie wusste, dass ihr Mann es überhaupt nicht von ihr erwartete. Er war ihre warme und sichere Decke, in die sie sich schmiegen und unter der sie jeden Moment ihrer Ehe sicher sein konnte, dass sie sie behütete. Hannes war der Starke, Gisa diejenige, die sich fallen lassen konnte und es auch tat.

Ein dicker Kloß in Malins Kehle ließ sie sich räuspern, was ihren Vater auf sie aufmerksam machte.

»Malin?«, krächzte er erstaunt. »Du bist ja auch da!«

Malin stellte sich auf die andere Bettseite und tätschelte ihrem Vater sanft die Wange.

»Ja, natürlich bin ich da«, lächelte sie ihn lieb an. »Aber um auf Mamas Frage zurückzukommen, was machst du denn bloß für Sachen, Papa?«

Er versuchte zu lachen, verzog dann aber schmerzhaft das Gesicht. »Ich bin über eine Heugabel gestolpert ...«

Das Sprechen strengte ihn noch hörbar an.

»Schon gut, Papa, das kannst du uns alles noch später genau erzählen. Wir wollten auch nur kurz nach dir sehen und lassen dir jetzt auch besser mal wieder deine Ruhe«, beschloss sie.

Er klappte den Mund auf, bestimmt, um ihr zu widersprechen. Doch Malin blieb dabei. »Wir kommen morgen früh wieder, Papa. Schlaf jetzt noch ein bisschen.« Sie beugte sich zu ihm hinunter und hauchte ihm einen sanften Kuss auf die Wange. Dann wandte sie sich an ihre Mutter. »Ich geh schon raus«, erklärte sie, weil sie ihren Eltern noch einen kurzen Moment ganz für sich lassen wollte.

Draußen ließ sie sich erst einmal mit dem Rücken gegen die weiß getünchte Wand sinken. Der Anblick ihres Vaters hatte Malin wirklich zugesetzt. Doch das war es nicht allein, was sie innerlich so aufwühlte. Das fast schon kindlich naive Verhalten ihrer Mutter, die erkennbare Hilflosigkeit machten ihr mindestens ebensolche Sorgen.

Tief durchatmend nahm sie ihr Handy aus der Handtasche und stellte es an. Sie wollte gerade die Nummer ihrer Assistentin eintippen, als ihr bewusst wurde, dass das auf einem Krankenhausgang vielleicht keine so gute Idee war. Also beschloss sie, ihr stattdessen eine Nachricht zu schicken:

Hallo Sybille, ich kann leider heute nicht zurück nach HH fahren. Muss bei meiner Mutter bleiben. Bitte sag für morgen die Vormittagstermine ab. Melde mich später noch mal telefonisch bei dir. LG – Malin.

Als sie das Telefon wieder in ihrer Tasche verstaut hatte, kam ihre Mutter aus dem Krankenzimmer.

»Papa möchte dich noch mal kurz sprechen«, sagte sie leise und hatte schon wieder sichtlich mit den Tränen zu kämpfen.

Malin drängte sich an ihr vorbei. Mit vier großen Schritten war sie bei ihrem Vater am Bett.

»Papa, du sollst dich doch jetzt ausruhen!«, erinnerte sie ihn mit leisem Vorwurf.

Hannes Heuer suchte Malins Hand, fand sie und drückte sie leicht. »Du musst mir etwas versprechen«, krächzte er.

Malins Herz verkrampfte sich. »Papa«, rief sie beklommen. »Jetzt rede doch nicht so, als ob du …« Sie hielt inne, als sie ihren Vater kraftlos den Kopf schütteln sah.

»Es geht nicht um mich. Ich komme schon wieder auf die Beine. Unkraut vergeht nicht, das weißt du doch«, sagte er und bemühte sich um ein zuversichtliches Lächeln.

»Das kann ich dir auch nur raten«, murmelte Malin berührt.

»Es geht um Mama. Sie ist in letzter Zeit ziemlich tüdelig.«

»Tüdelig?« Malin sah ihren Vater mit großen Augen an. »Was meinst du damit?«

Angestrengt japste er nach Luft. »Vergesslich. Deine Mutter wird immer vergesslicher. Und sie bringt so viel durcheinander. Du musst also nicht alles für bare Münze nehmen, was sie dir so erzählt.«

Malin wagte es kaum auszusprechen. »Alzheimer?«, hauchte sie.

»Unwahrscheinlich«, gab ihr Vater vage zurück. »Ich wollte mit ihr schon lange zum Doktor, aber sie weigert sich. Und dünn ist sie geworden. Jeden Tag wird sie weniger …«

Malin nickte. »Das ist mir auch schon aufgefallen.«

»Kannst du bei ihr bleiben, Malin? Vielleicht sogar, solange ich im Krankenhaus bin?«

Die Frage erwischte sie eiskalt, obwohl vom ersten Wort ihres Vaters an klar gewesen war, worauf dieses Gespräch hinauslaufen würde.

»Ich … ich«, begann Malin stammelnd, während es in ihrem Kopf wie verrückt ratterte. Sie konnte nicht hierbleiben. Jedenfalls nicht länger als höchstens ein paar Tage, und selbst das war eigentlich momentan kaum möglich. Da war der neue Job, das neue Produkt. Die Analysen, die Warentester, die Marketingstrategie, die amerikanische Schauspielerin, die sie unbedingt als das Gesicht für die Werbekampagne gewinnen wollte … Claas, mit dem es gerade auf der Kippe stand, ob feste Beziehung oder Trennung. Ihr berufliches und privates Leben in Hamburg. Malin konnte nicht bei ihrer Mutter bleiben. Jetzt nicht, später nicht. Überhaupt nicht.

Doch da lag ihr hilfloser Vater und sah sie so flehentlich an, und Malin konnte ihm noch weniger diesen Wunsch abschlagen.

»Ich sorge für Mama. Du brauchst dir keine Gedanken zu machen«, versprach sie ihm. »Ich regele alles, während du dich ausruhst und zusiehst, dass du ganz schnell wieder gesund wirst.«

»Danke«, raunte Hannes Heuer erleichtert. »Ich wusste doch, dass ich mich auf dich verlassen kann.«

Malin war schon wieder an der Tür, als er ihr noch leise etwas hinterherrief. »Die Pferde, du musst dich auch um die Pferde kümmern. Ganz besonders um den jungen Rapphengst, Malin, hörst du, er ist ein Rohdiamant.«

Perplex drehte Malin sich zu ihm um. »Aber, Papa, Sven wird das doch wohl hoffentlich machen?«

Ihr Vater schloss die Augen. Malin hätte nicht sagen können, ob vor Ermüdung oder um um eine Antwort herumzukommen. Doch so oder so beschlich sie plötzlich ein ungutes Gefühl.

Kapitel 4

Was immer auch werde,
bleibt *treu* dem Pferde.

Sprichwort

Als Malin ihren Mercedes eine knappe halbe Stunde später durch das breite Hofgatter lenkte, war ihre Mutter kurz zuvor eingeschlafen. Wie ein kleines Häufchen Elend hing sie auf dem Beifahrersitz, den Kopf gegen die Scheibe gelehnt, der Rücken ganz krumm.

Malin parkte den Wagen direkt vor der Treppe, die zu der doppelflügeligen weißen Haustür führte. Links und rechts von der untersten Stufe standen zwei Linden. Ihre Baumwipfel ragten weit über das Dach hinaus und waren wesentlich windschiefer, als Malin sie in Erinnerung hatte.

Das Haus selbst sah auch nicht großartig gepflegter aus. Der wilde Wein wucherte über die Fassade des rau verputzten Fachwerks. Die oberen Fenster waren kaum mehr als viereckige Vertiefungen im Dunkelgrün des Dickichts.

Wann ist das hier eigentlich alles so zugewachsen?, fragte Malin sich, während sie die Fahrertür öffnete und ausstieg. Langsam ging sie um das Auto herum zur Beifahrertür. Eigentlich hatte sie vorgehabt, ihre Mutter behutsam zu wecken. Doch dann fiel ihr Blick auf die Beete vor dem Haus, der ganze Stolz und die große Leidenschaft ihrer Mutter. Stunden konnte sie damit verbringen, die Tulpenzwiebeln nach Farben sortiert einzupflanzen und die kniehohe Buchsbaumhecke, die das Beet einrahmte, millimetergenau in Form zu stutzen. Doch jetzt waren die einst so gepflegten Beete von Unkraut überwuchert. Lediglich einigen kleinen leuchtend blauen Blümchen war es gelungen, ihre Köpfe durch das wirre Gestrüpp emporzustrecken. Aus der filigranen Hecke war ein wild wucherndes und aus der Fasson geratenes Buschwerk geworden.

Malin atmete tief durch. Anscheinend stand es um ihre Mutter schlimmer, als sie zunächst angenommen hatte – und als ihr Vater zugeben wollte.

Aber vielleicht machte sie sich ja auch übertriebene Sorgen. Dass die Beete nicht mehr tipptopp gepflegt waren und die weiße Hausfassade unter wildem Grünwuchs gänzlich zu verschwinden drohte, hatte erst einmal gar nichts zu sagen. Außer vielleicht, dass ihre Eltern mit Anfang siebzig inzwischen etwas überfordert mit dem großen Hof waren. Dann musste Sven eben zukünftig mehr mit eingespannt oder eine zusätzliche feste Kraft eingestellt werden. Es gab für alles eine Lösung, davon war Malin fest überzeugt, als sie sich schließlich von den Beeten abwandte und sich daranmachte, die Beifahrertür vorsichtig zu öffnen.

»Mama, aufwachen, wir sind zu Hause«, sprach Malin leise zu ihr und umfasste dabei sanft die Schulter ihrer Mutter.

Trotzdem schreckte Gisa Heuer hoch und sah sich hektisch um. »Was … ich … wo …?«, stotterte sie.

In ihrem rechten Mundwinkel hatte sich etwas Speichel angesammelt, der ihr die Wange hinunterzurinnen drohte. Ohne lange darüber nachzudenken, öffnete Malin die blaue Handtasche ihrer Mutter, die sie auf dem Schoß liegen hatte, und nahm das Spitzentaschentuch heraus. Behutsam tupfte sie ihr den Speichel aus dem Mundwinkel und von der Wange.

Gisa Heuer ließ es geschehen. Keine Spur von Empörung oder womöglich Scham, nur ein Blick, der Malin zunehmend orientierungsloser vorkam.

»Komm, Mama, ich helfe dir aus dem Auto«, bot Malin an. Behutsam umfasste sie den Arm ihrer Mutter und zog sie vom Sitz hoch. Gisa Heuer schwankte ein wenig, als sie schließlich stand, sodass Malin nicht wagte, ihren Griff zu lösen.

»Geht es, Mama?«, fragte Malin leise.

Ihre Mutter hob ratlos die Schultern. »Wovon redest du? Was soll gehen?«

»Ich möchte wissen, ob du alleine zur Haustür gehen kannst oder ob ich dich stützen soll«, gab Malin zurück.

»Du brauchst mich doch nicht stützen«, empörte sie sich und marschierte los. Der erste Schritt war noch etwas wackelig, doch dann gewann sie allmählich die Kontrolle über ihre Beine zurück und schritt mit hocherhobenem Haupt die drei Sandsteinstufen hinauf zur Haustür. Es dauerte eine Weile, ehe sie es geschafft hatte, den Hausschlüssel aus ihrer Tasche hervorzukramen, und dann noch einen Moment, bis er schließlich im Schloss steckte und die Tür endlich aufsprang.

Beim Eintreten schlug ihnen der Geruch von Obst entgegen. Malin wusste sofort, wie sie diesen süßlichen Duft einordnen musste, schließlich war er ein immer wiederkehrender Begleiter ihrer Kindheit gewesen.

»Mmh, du hast Erdbeermarmelade gekocht.«

Gisa Heuer stellte die Handtasche auf der massiven Holztruhe in der Diele ab und zog dann ihre dünne Strickjacke aus. »Ich weiß gar nicht, wofür ich das immer noch mache«, murmelte sie dabei. »Heute bekommt man im Discounter die Marmelade schon für neunundneunzig Cent. Überleg dir das mal, Kind, weniger als ein Euro.«

»Ja, aber die aus dem Supermarkt besteht quasi aus Zucker pur, Mama. Das kannst du doch nicht mit deiner Marmelade vergleichen. Deine selbst gemachte schmeckt himmlisch, die aus dem Discounter eklig süß«, erwiderte Malin voller Inbrunst, weil sie einfach das Gefühl hatte, ihre Mutter irgendwie loben zu müssen. Sie aufzubauen, ihr etwas Nettes zu sagen.

»Ach, und warum lehnst du dann immer ab, wenn ich dir ein paar Gläser schicken möchte?«, konterte ihre Mutter prompt.

Malin seufzte. »Mama, du weißt doch, warum. Es lohnt sich einfach nicht, ein Glas aufzumachen, weil die Marmelade verdirbt, bevor ich sie aufgebraucht habe.«

Gisa Heuer zuckte mit den schmalen Schultern und ging dann in die Küche. Malin folgte ihr etwas argwöhnisch, da sie befürchtete, dass sich ihr womöglich dort ein ähnlich chaotisches Bild bieten könnte wie draußen in den Beeten und an der Hausfassade. Doch ihre Sorge war unbegründet, denn was sie hier vorfand, war das gewohnte Bild von Ordnung und Geborgenheit. Auch wenn die Küchenmöbel mit ihren braunen Fronten und den Messingknöpfen und Griffen den zweifelhaften Charme der 70er-Jahre versprühten, war dieser Raum in Malins Kindheit doch ihr Lieblingsort im Haus gewesen und bis heute geblieben. Stundenlang hatte sie an dem großen Küchentisch, der Platz für locker zehn Personen bot, gesessen und entweder ihre Hausaufgaben gemacht, gemalt oder in einem ihrer geliebten Pferdemagazine geblättert, während im gusseisernen Bollerofen die Holzscheite in den Flammen geknistert und eine behagliche Wärme verbreitet hatten.

Schwerfällig ließ sich Gisa Heuer auf die mit dunkelbraunem Stoff bezogene Küchenbank sinken und stützte die Ellbogen auf der Tischplatte auf. Sie verschränkte die Finger und stützte ihr Kinn darauf ab. Abwartend sah sie Malin an, die mitten in der Küche stand und überlegte.

»Mama, kann ich dich vielleicht einen Moment alleine lassen?«, fragte Malin schließlich. »Ich würde gerne mal auf dem Hof nach dem Rechten sehen. Und Sven muss ja schließlich auch informiert werden.«

Ihre Mutter nickte. »Ja, geh ruhig. Ich ruhe mich einen Moment aus, und dann mache ich uns die Suppe warm, die ich eigentlich Papa heute zum Mittagessen vorsetzen wollte.«

»Gute Idee«, erwiderte Malin, auch wenn sie nicht den geringsten Hunger verspürte. »Dann bis gleich, Mama.«

Die große Wohnküche hatte zwei Türen. Durch die von der Diele waren sie hereingekommen. Die andere führte in den Hauswirtschaftsraum und die Speisekammer mit den hohen Holzregalen an den Wänden, in denen sich unzählige Gläser unterschiedlicher Form und Größe mit Himbeer- und Johannisbeergelee, Erdbeermarmelade, eingemachten Kirschen, Pflaumen- und Apfelmus und eingelegten Gurken befanden. Durch eine schwere grüne Holztür gelangte man von hier aus ins Freie.

Malin lief den schmalen, mit weißen Kieselsteinen bedeckten Weg entlang, der zwischen zwei riesigen Trauerweiden hindurch in den Küchengarten führte. Am Zaun rankten sich rote Kletterrosen und blasslila Klematis empor. Sie waren so miteinander verflochten, dass man meinen konnte, sie wuchsen aus ein und derselben Staude. Ein Vogel zwitscherte direkt über ihr. Es duftete herrlich nach Blumen und Kräutern, die Luft war trotz des frühen Abends noch immer angenehm warm – und im einst so gepflegten und gehegten Küchengarten herrschte das reine Chaos. Petersilienstängel, Schnittlauch und Basilikum waren von Kapuzinerkresse überwuchert. Zwischen Quecke und Kamille krochen haarige Gurkenpflanzen hervor und versuchten wohl, mit ihren grauen Blättern das Unkraut beiseitezuschieben.

Malin starrte auf die Beete, und das ungute Gefühl beschlich sie immer mehr und war verantwortlich dafür, dass sich ihr Magen verkrampfte und ihr Puls sich rasant beschleunigte.

»Was ist hier los?«, sprach sie leise vor sich hin. Erst die Blumenbeete und jetzt auch noch der von ihrer Mutter über alles geliebte Küchengarten. Warum vernachlässigte sie beides plötzlich so sehr? Als sie das letzte Mal bei ihren Eltern zu Besuch gewesen war, hatte es hier noch nicht so ausgesehen, da war Malin sich sicher.

Nur ... wie lange war das eigentlich her? In diesem Jahr hatte Malin es noch gar nicht geschafft zu kommen. Vergangene Weihnachten hatte sie es zunächst geplant, doch dann war im letzten Moment die Einladung einer guten Freundin hereingeflattert, die mit einigen Freunden die Feiertage in einer urgemütlichen Skihütte in den traumhaft schönen, verschneiten Schweizer Bergen verbringen wollte. Ihre Eltern waren enttäuscht gewesen, ohne Frage, aber hatten natürlich verstanden, dass man so eine tolle Einladung nicht ausschlagen konnte.

Zum Geburtstag ihrer Mutter im September hatte es wieder nicht geklappt. Daran war allerdings eine kurzfristige berufliche Reise schuld gewesen. Im Juli, als ihr Vater 74 geworden war, hatte ihr Chef zeitgleich seinen Geburtstag gefeiert und Malin das erste Mal zu dieser illustren Runde ausgewählter Gäste dazugehört. Auch da hatten ihre Eltern sich absolut verständnisvoll gezeigt. Der Job ging schließlich vor.

An Weihnachten davor hatte Blitzeis ihren Besuch bei den Eltern verhindert. Ganz Hamburg hatte stillgestanden, und natürlich hatten Malins Eltern sie inständig darum gebeten, sich bei so einem Wetter bloß nicht ins Auto zu setzen.

»Meine Güte«, murmelte Malin, von der plötzlichen Erkenntnis selbst ganz erschrocken, »ich war das letzte Mal im September vor knapp zwei Jahren hier.«

Kopfschüttelnd wandte sie sich vom Küchengarten ab. Dahinter lag die große Obstwiese, und direkt daran schloss sich ein kleines Kiefernwäldchen an. Der Boden hier war rostrot und bestand überwiegend aus herabgefallenen Nadeln. Jeder Schritt, den man machte, federte lange und lautlos nach. Als kleines Mädchen war es Malin hier immer wie verzaubert vorgekommen, so ruhig und der Boden so weich unter den Füßen. Irgendwie magisch, hatte sie gemeint.

Der Weg verlief im Halbkreis, sodass Malin am Ende wieder an der Wiese ankam, allerdings an der Stelle, wo der Obstgarten in eine große Weide für die Pferde überging. Weiße Pfosten und dreireihige Stromlitze trennten die Bereiche voneinander ab. Ein schmaler Grasweg führte neben der Einzäunung entlang Richtung Stallungen und Scheunen.

Es war ein Umweg, den Malin gemacht hatte, sie hätte die wesentlich kürzere und für High Heels eindeutig besser geeignete gepflasterte Strecke direkt über den Hof einschlagen können. Doch nachdem sie schon der Anblick des Vorgartens und der Hausfassade verwundert hatte, war es eine Art instinktive Entscheidung gewesen, sich, hier hinten beginnend, einen Gesamtüberblick zu verschaffen.

Außerdem wollte Malin zuerst nach den Pferden auf der Weide direkt am Hof schauen – von denen jedoch, für sie völlig unverständlich, keines zu sehen war. Auf dieser Weide standen immer die Stuten mit ihren Fohlen. Jetzt im Juni war es warm genug, dass die Kleinen Tag und Nacht draußen bleiben konnten. Und falls es doch noch mal etwas kühler werden sollte, hatte Hannes Heuer die Pferde nahe am Hof und konnte sie ohne große Umstände abends in den Stall holen. Das war der große Vorteil dieser Weide, auf der Malin drei Stuten mit ihren Fohlen vermutet hatte.

Zwei hatten in diesem Jahr bereits schon im März abgefohlt, die Dritte war im April Mutter geworden. Malins Vater hatte ihr von jeder Geburt nicht nur telefonisch berichtet, sondern ihr via SMS auch einige Fotos von den zwei kleinen Hengsten und dem Stutfohlen geschickt.

Auch wenn das hier alles längst nicht mehr Malins Welt war und sie sich nicht einen einzigen Tag zurück auf den Hof gewünscht hätte, so mochte sie Pferde immer noch sehr und interessierte sich auch dafür. Ihr Vater behauptete steif und fest, das mit der Pferdeliebe sei so ein Virus, mit dem man sich infizierte und den man dann nie wieder loswerde. Selbst wenn man meine, längst geheilt zu sein, irgendwann breche er wieder aus. Ganz besonders Mädchen seien davon betroffen, daher die Tatsache: einmal Pferdemädchen, immer Pferdemädchen.

Malin seufzte gedankenversunken, während sie das letzte Stück neben der Weide entlangstolzierte. Die spitzen Absätze ihrer High Heels bohrten sich bei jedem Schritt bis zur Hälfte in die Grasnarbe.

Die drei Stuten samt Fohlen waren in ihren Boxen und wieherten, als Malin den kleinen Stall betrat; jeweils zwei große Laufboxen auf jeder Seite, dazwischen eine schmale Gasse und am Ende eine winzige Futterkammer, davor Platz für einige Ballen Stroh und Heu – und den bunt gemusterten Campingstuhl ihres Vaters.

Wann immer die Zeit und die Arbeit auf dem Hof und den Feldern es ihm erlaubten, war Hannes Heuer hier anzutreffen. Er liebte es, auf diesem schon reichlich abgewetzten Stuhl zu sitzen und die Stuten mit ihren Fohlen zu beobachten. Unzählige Nächte hatte er hier verbracht, wenn die Geburt eines Fohlens anstand oder ein gerade geborenes Tier noch schwach war, sodass er es nicht aus den Augen lassen wollte.

Der Anblick des leeren Stuhls versetzte Malin einen schmerzhaften Stich. Sie hoffte so sehr, dass ihr Vater hier ganz bald wieder sitzen und selig den Fohlen beim Wachsen zusehen konnte.

Malin ging auf die linke vordere Laufbox zu, in der Whisper mit ihrem kleinen Hengstfohlen stand und unruhig mit dem Vorderhuf scharrte. Die Fuchsstute war das Lieblingspferd ihres Vaters, und das nicht allein deshalb, weil sie ihm schon so viele gute Fohlen beschert hatte – unter anderem sogar einen echten Champion, der es als dreijähriger gekörter Hengst zur Eliteauktion geschafft hatte und dort für ziemlich viel Geld von einer amerikanischen Spitzendressurreiterin ersteigert worden war. Mit seiner Reiterin hatte er inzwischen große Erfolge im Dressurviereck feiern können, sogar an den Olympischen Spielen und den Weltmeisterschaften teilgenommen und war mit Medaillen belohnt worden.

Dieser kleine braune Hengst sollte nun aber Whispers letztes Fohlen sein, hatte ihr Vater beschlossen. Die Stute war inzwischen nicht mehr die Jüngste, und er wollte nicht ihre Gesundheit oder gar ihr Leben riskieren.

Malin beugte sich über die breite Boxentür und tätschelte der Fuchsstute liebevoll den Hals. »Na, du Süße«, sprach sie leise zu ihr, »warum bist du so aufgeregt? Hast du Angst, ich könnte dir dein Fohlen …« Mitten im Satz stockte Malin, weil der Anblick vom Inneren der Box ihr glatt die Sprache verschlug. Statt auf frischem Stroh standen Whisper und ihr Fohlen in einer dunklen Matsche aus Pferdeäpfeln, Urin und altem Stroh. Es stank gewaltig, und von Heu war in den beiden Raufen nichts zu sehen.

Malin war geschockt, aber jetzt wusste sie wenigstens, warum die Stute so unruhig mit den Hufen scharrte – sie hatte Hunger. Malin ging zur nächsten Box. Bei Showgirl, einer dunkelbraunen Stute mit einer auffallend breiten Laternenblesse, und ihrem wirklich bildschönen Stutfohlen, dem sie diese Blesse vererbt hatte, bot sich ihr das gleiche Bild. Die Box war seit geraumer Zeit nicht gemistet worden, die Heuraufen waren auch hier leer. Die beiden gegenüberliegenden Boxen, die, in der die Rappstute Camilla mit ihrem kleinen Hengst stand, und die daneben, die leer war, waren ebenfalls voller altem Mist, aus dem im hinteren Teil bereits Pilze emporsprossen.

»Das glaube ich alles nicht«, würgte sie entgeistert hervor. Sie konnte sich an keinen einzigen Tag erinnern, an dem es so in den Pferdeboxen ausgesehen hatte. Klar, das mit den leeren Heuraufen war noch irgendwie nachvollziehbar für Malin. Ihr Vater war am frühen Vormittag vom Heuboden gestürzt. Vielleicht war er gerade dabei gewesen, Heubunde runterzuwerfen, und wollte dann die Pferde füttern. Das erklärte auch die beiden einzelnen Bunde, wo sonst immer mehrere aufeinandergestapelt standen.

Nur beim Misten der Boxen ging es nicht um heute Morgen, sondern hier war schon seit einer halben Ewigkeit keine Mistgabel mehr zum Einsatz gekommen, und das passte absolut nicht zu ihrem Vater.

Kopfschüttelnd sah sich Malin in dem kleinen Stall um. Jetzt fiel ihr auch auf, dass die Stallgasse alles andere als gefegt war und hinten an der Rückwand ein dickes Knäuel aus mehreren Halftern und Stricken an einem einzigen Haken baumelte. Auch etwas, was Malin so nicht kannte. Jedes der Pferde hatte einen eigenen Aufhänger für Halfter und Strick. Direkt darunter befand sich ein kleineres Halfter fürs Fohlen. Hannes Heuer legte mehr Wert auf eine ordentliche und gepflegte Ausrüstung für seine Pferde als für sich selbst. Ihm reichten die ewige Jeans und eines seiner geliebten karierten Hemden mit sommers wie winters stets bis über die Ellbogen aufgekrempelten Ärmeln. Wenn es kalt war, zog er sich einen dicken blauen Wollpullover mit V-Ausschnitt drüber, ganz selten eine Jacke. Handschuhe, Mütze und Schal hatte Malin noch nie an ihm gesehen, auch wenn ihre Mutter nicht müde wurde, ihm zu sagen, er solle doch wenigstens eine Mütze aufsetzen, wenn es ganz besonders eisig draußen war.

Hannes Heuer brauchte das alles nicht – aber seine Pferde kamen nie zu kurz bei ihm. Nie!

Whisper trat ungeduldig mit dem Vorderhuf gegen die Boxentür und holte Malin damit ins Hier und Jetzt zurück. Sie griff nach dem Teppichmesser, das neben dem Halfterknäuel an einem freien Haken baumelte, und öffnete damit die beiden Bänder des Heubundes.

Das Bund teilte sie in drei ähnlich große Portionen auf und warf sie über die Türen in die Boxen der Pferde.

Fürs Erste würden sich Stuten und Fohlen damit zufriedengeben, aber ausreichend war das natürlich nicht. Doch jetzt verspürte Malin noch dringender das Bedürfnis, nach Sven zu suchen, um ihm einige für ihn bestimmt nicht so angenehme Fragen zu stellen.

»Ich komme gleich wieder, und dann bekommt ihr noch mehr Futter und vor allem die Boxen gemistet«, versprach sie den Pferden und verließ mit eiligen Schritten den Stall.

Draußen musste sie erst einmal tief durchatmen. An der frischen Luft wurde Malin erst richtig bewusst, wie schlecht die Luft im Stutenstall war – zum Zerschneiden dick und stark mit Ammoniak angereichert.

Sven würde von ihr das Wort zum Sonntag zu hören bekommen, nahm sie sich vor, während sie hinüber zum großen Stall eilte. In der Weidesaison erwartete sie eigentlich auch dort keine Pferde in den Boxen. Doch nachdem sie sich eben bei den Stuten mit Fohlen schon so getäuscht hatte, wollte sie sicherheitshalber nachsehen.

Die Gedanken überschlugen sich regelrecht in Malins Kopf, während sie quer über den Hoff eilte, am Geräteschuppen vorbei und an der Führanlage, die jedoch nicht den Eindruck machte, als würde sie noch großartig genutzt werden, und hatte schließlich schon fast das Tor des Hauptstalles erreicht. Von Sven war noch immer nichts zu sehen, dafür sprang ihr irgendetwas aus vollem Lauf direkt vor die Füße, sodass sie bedrohlich ins Stolpern geriet. Erschrocken stieß sie einen spitzen Schrei aus, ruderte nach Halt suchend mit den Armen in der Luft herum und schaffte es trotzdem nicht, sich auf den Beinen zu halten. Ziemlich unsanft landete Malin auf ihrem Hinterteil.

»Aua. Verdammt. Was soll das denn?«, regte sie sich auf.

Im nächsten Moment hüpfte etwas auf ihr herum, und bevor Malin begriff, dass es ein kleiner Hund war, schleckte er ihr auch schon begeistert quer übers Gesicht.

»Nein, lass das!«, quietschte Malin, während sie versuchte, den Hund mit beiden Händen abzuwehren.

Doch der Kleine war eindeutig hyperaktiv und unglaublich geschickt. Malin bekam ihn einfach nicht zu fassen. Er hüpfte auf ihr herum und schlabberte ihr dabei unentwegt mit seinem feuchten Hundelappen übers Gesicht, die Hände und die Unterarme.

»Hör auf!« Malin musste lachen, obwohl ihr wahrhaftig nicht danach zumute war, zumal ihr Hinterteil wirklich schmerzte und die Situation als solche einfach nur unmöglich war. Doch die Schnauze dieses verrückten Kerls kitzelte auf ihrer Haut, sodass Malin einfach nicht anders konnte.

Nach einer gefühlten halben Ewigkeit beruhigte sich das Energiebündel zum Glück ein wenig. Malin nutzte die Chance, um sich rasch vom Boden aufzurappeln, was in der engen Hose kein einfaches Unterfangen war, während der Hund sich direkt vor ihre Fußspitzen hockte und sie aus dunkelbraunen Toffifee-Augen unschuldig anguckte.

»Sag mal«, keuchte Malin, »was bist du denn für ein verrückter Kerl?«

Der Hund wackelte mit den Ohren und legte dabei den Kopf etwas schief. Auch wenn Malin alles andere als begeistert war, musste sie doch zugeben, dass es sich bei ihm um einen wirklich niedlichen Rabauken handelte.

Ein Jack Russell Terrier. Die Rasse war bekannt dafür, dass sie sich immer recht ungestüm aufführte. Doch dieser kleine Kerl hier schoss wirklich den Vogel ab.

»Wo ist denn dein Frauchen oder Herrchen?«, fragte sie den Hund und blickte sich suchend um. Der Hof war leer. Keine Menschenseele weit und breit. Kein Herrchen und vor allem kein Sven.

Der Hund kläffte zweimal kurz, stand auf und wedelte ein paarmal mit dem dünnen Schwänzchen hin und her. Dann schüttelte er den gescheckten Kopf, nieste und trippelte langsam davon.

»Unglaublich«, murmelte Malin und sah ihm noch einen Moment hinterher, bevor sie endlich ihre Suche nach Sven fortsetzte.

Das zweiflüglige Holztor stand einen Spalt weit offen. Also war Sven dort drinnen, nahm Malin an und holte schon mal tief Luft.

»Hallo, Sven!«, rief Malin mit fester Stimme, als sie eintrat. Doch im Hauptstall war er auch nicht. Es war überhaupt niemand hier. Nur zwanzig Pferdeboxen, allesamt ungemistet, wie sie feststellte, während sie langsam die Stallgasse entlangging und sich von leerer Box zu leerer Box immer mehr wunderte.

Wenn die Stuten nicht draußen waren, warum dann die anderen Pferde? Und wo, um alles in der Welt, steckte Sven? Da stimmte doch etwas nicht!

Inzwischen hatte Malin die letzten beiden gegenüberliegenden Boxen erreicht. Dahinter kam nur noch eine Art Verschlag, in den eigentlich mal ein Pferdesolarium eingebaut werden sollte. Doch an irgendetwas war es dann letztendlich gescheitert. Ihr Vater hatte ihr am Telefon geschildert, warum es nicht geklappt hatte, doch Malin war seinen Ausführungen mal wieder nur mit halbem Ohr gefolgt, weil sie gedanklich schon im nächsten Geschäftstermin gesteckt hatte, und hätte jetzt nicht sagen können, warum die Sache ein für alle Mal vom Tisch war.

Sie wollte sich schon wieder abwenden und den Hauptstall verlassen, als ein Geräusch ihre Aufmerksamkeit erregte. Es war zunächst nur ein leises Rascheln im Stroh, dann ein Scharren, als ob jemand mit einem harten Gegenstand über den Steinboden schrappte.

Ein Hufeisen?

Plötzlich war Malin wie elektrisiert. Konnte es denn sein, dass in diesem nicht besonders fachmännisch zusammengeschusterten Verschlag ein Pferd stand?

Sie ging einen Schritt darauf zu, als ein ohrenbetäubender Schlag die Ruhe des Stalls durchschnitt und Malin erschrocken zurückweichen ließ. Die Spanplatten des Verschlags erzitterten, und im nächsten Moment ertönte der verzweifelte Schrei eines Pferdes.

Kapitel 5

Wer ein Pferd hat,
hat den *Schlüssel* zur Welt.

Aus Afrika

Malin war noch immer völlig perplex, als sie kurze Zeit später in die Küche zurückkam. Auf dem Herd brodelte der Topf mit der angekündigten Suppe.

Ihre Mutter rührte sie um und achtete darauf, dass sie nicht anbrannte. Als sie Malin bemerkte, schaltete sie die Gasflamme aus und lächelte sie freudig an.

»Du kommst gerade richtig. Ich habe die Suppe aufgewärmt. Du isst doch etwas davon, nicht wahr?«

Eigentlich war Malin sich sicher, nicht hungrig zu sein. Doch ihr Magen knurrte so unüberhörbar, dass sie schließlich nickte.

Ihre Mutter nahm den Topf vom Herd und trug ihn zum Küchentisch, wo sie ihn neben zahlreichen Magazinen und Prospekten abstellte.

Malin setzte sich und sah ihrer Mutter dabei zu, wie sie den Teller füllte und ihn vorsichtig zu ihr herüberbalancierte.

»Isst du nichts?«, fragte sie.

Ihre Mutter schüttelte den Kopf. »Hab schon«, behauptete sie – was Malin ihr nicht eine Sekunde lang abkaufte.

Malin rührte die Suppe um und pustete hinein. »Mama, magst du mir nicht endlich sagen, was hier eigentlich los ist? Der Hof kommt mir total verwahrlost vor, die Boxen sind eine halbe Ewigkeit nicht mehr gemistet worden, und die Stuten stehen ohne Futter mit ihren Fohlen in den Boxen. Von Sven keine Spur, stattdessen entdecke ich einen jungen Hengst in diesem komischen Verschlag, aus dem ich ihn erst einmal befreit und in eine andere Box gestellt habe. Und seit wann habt ihr einen neuen Hund, und was ist mit deinen Blumenbeeten und dem Küchengarten passiert?«

Gisa Heuer atmete tief durch. »Malin, bitte, das ist nicht so einfach zu erklären …« In ihren Augen lag ein gequälter Ausdruck.

Malin ließ den Löffel in die Suppe sinken. »Seid ihr mit dem Hof überfordert? Papa hat vorhin angedeutet, dass es dir in letzter Zeit gesundheitlich nicht so gut geht.«

Sie hatte da wohl einen wunden Punkt getroffen, denn ihre Mutter drehte ihr abrupt den Rücken zu und begann, das saubere Geschirr aus der Maschine in die Schränke zu räumen. Auf eine Antwort oder gar Erklärung wartete Malin vergebens.

Nach einer Weile schob sie den Teller von sich und stand vom Tisch auf. »Ich muss jetzt ein paar wichtige Telefonate führen. Vielleicht magst du mir ja später erzählen, was gerade bei euch los ist … ich will dich nicht bedrängen.«

Im Türrahmen hielt ihre Mutter sie zurück. »Warte bitte …«

Als Malin sich zu ihr umdrehte, sah sie den verbitterten Zug um ihre Mundwinkel. Es war genau die Regung, die ihren Ärger wegen des beharrlichen Schweigens als Antwort auf ihre Fragen schlagartig verpuffen ließ und in ihr den Wunsch weckte, ihrer Mutter schützend den Arm um die schmalen Schultern zu legen.

»Malin, endlich erreiche ich dich.« Claas' dunkle Stimme klang erleichtert. »Aber verrate mir doch bitte, was ich Schlimmes verbrochen habe, dass du mir durch deine Assistentin ausrichten lässt, dass du heute Abend nicht wie verabredet mit mir zu *Salvatore* gehen möchtest?«

»Von mögen kann keine Rede sein«, gab Malin zurück. Sie lag ausgestreckt auf dem schmalen Jugendbett in ihrem ehemaligen Kinderzimmer, in dem sich seit ihrem Auszug vor zwölf Jahren quasi nichts verändert hatte. Als hofften ihre Eltern darauf, dass sie eines Tages wieder dort einziehen würde. Was für ein völlig absurder Gedanke!

Nachdem sie zuerst Sybille angerufen und mit ihr das Wichtigste für den nächsten Arbeitstag besprochen hatte, galt ihr zweiter Anruf Claas. Irgendwie war ihr danach, seine Stimme zu hören. Claas verfügte über einen wirklich wunderbaren Humor, etwas, was man bei einem Wirtschaftsanwalt seines Formates nicht gleich vermutete und ihm auf den ersten Blick auch nicht ansah mit seinen sündhaft teuren Maßanzügen, dem blonden Haar, das er stets nach hinten zurückgekämmt trug, und der fast schon aristokratisch wirkenden, leicht gebogenen Nase.

»Wo bist du denn überhaupt? Noch im Büro, oder musstest du unerwartet auf Geschäftsreise und rufst mich jetzt aus irgendeinem einsamen Hotelzimmer an?«

Soso, dann hatte Sybille ihm also tatsächlich nichts verraten, nur kurz und schmerzlos abgesagt. Den Rest durfte er sich selbst zusammenreimen. Tja, so war Sybille nun mal. Immer aufs Wesentliche konzentriert … oder vielleicht passte »reduziert« besser zu ihr.

»Ich bin bei meinen Eltern«, erklärte Malin müde.

Es war ein langer Tag gewesen, an dessen Ende sie noch in die Gummistiefel ihrer Mutter gestiegen war. Vorher hatte sie oben in ihrem Kinderzimmer die eierschalenfarbene Seidenbluse und die schwarze Louis-Vuitton-Hose gegen ein Paar Jeans und ein grünes T-Shirt eingetauscht. Beides hatte sie in ihrem alten Schrank gefunden, Kleidungsstücke, die sie als Teenager getragen hatte. So war sie in den Stall marschiert und hatte die vier Laufboxen zwar nicht ausgemistet, aber zumindest mit einer dicken Strohschicht eingestreut und die Raufen mit Heu gefüllt, das sie zuvor vom Dachboden heruntergeworfen hatte. Anschließend war sie auf dem Rad ihrer Mutter hinunter zu den Weiden gefahren, die sich etwas entfernt vom Hof befanden, um auch dort nach den Pferden zu sehen.

»Bei deinen Eltern?« Claas war hörbar erstaunt. »Das war aber nicht geplant, oder?«

Malin seufzte. »Nein, natürlich nicht. Sonst hätte ich mich wohl kaum mit dir für den Abend verabredet«, gab sie zurück, wesentlich schroffer als beabsichtigt, doch die Ereignisse des Tages zerrten langsam, aber sicher an ihren Nerven.

Claas reagierte amüsiert. »Hey, hey, warum gleich so kratzbürstig?«

»Entschuldige«, murmelte Malin zerknirscht. »Ich wollte dich überhaupt nicht so anmotzen ... ich ...« Sie brach ab, schloss die Augen, massierte sich einen kurzen Moment mit Zeige- und Mittelfinger die Schläfen und versuchte es dann noch einmal von vorne. »Mein Vater ist heute Morgen vom Heuboden gestürzt und hat sich dabei die Hüfte gebrochen. Er wurde operiert und liegt im Krankenhaus hier ganz in der Nähe, wo er auch die nächsten zehn Tage bleiben wird. Danach geht es direkt in die Reha. Ich versuche gerade, für meine Mutter alles Mögliche zu regeln und auch jemanden zu finden, der sich um den Hof und die Pferde kümmert.«

»Pferde?«, war das Einzige, was Claas im ersten Moment anscheinend dazu einfiel. »Was für Pferde?«

»Die meines Vaters.«

»Ihr habt Pferde?«

Malin richtete sich auf dem Bett auf. »Claas, was erstaunt dich daran so? Es sind Pferde, keine Elefanten. Frag mich lieber, wie es meinem Vater geht«, hielt sie ihm vor.

»Ähm ... ja, natürlich doch. Wie geht es deinem Vater?«

Malin lachte. »Du bist unmöglich.«

»Und wie geht es ihm nun?«, bestand er mit leicht spöttischem Unterton auf einer Antwort.

»Er hat die OP so weit gut überstanden ...«, begann Malin, hielt dann aber inne, weil plötzlich eine Art Unsicherheit in ihr aufstieg, ob sie Claas von ihren Sorgen erzählen sollte. Waren sie schon so weit, dass sie ihn damit belasten konnte? Hatte ihre Beziehung den Punkt erreicht, an dem man sich dem anderen gegenüber nicht ausschließlich strahlend und gut gelaunt, sondern auch mal traurig und verzweifelt zeigen durfte? Und die Frage aller Fragen: Wollte sie das überhaupt?

»Und?«, drängte Claas sie zum Weiterreden.

»Ich werde auf jeden Fall morgen noch hierbleiben und eventuell auch ein weiteres Mal übernachten«, entschied sie sich schließlich zu antworten. Claas, Hamburg, ihr Job, das war ihr neues, ihr selbst gewähltes Leben. Es mit ihrem alten zu vermischen fühlte sich für Malin irgendwie falsch an.

»Okay«, erwiderte Claas gedehnt. »Und warum sagst du mir nicht, wie es deinem Vater geht?«

»Weil ...«

Claas ließ sie nicht ausreden. »Weil es mich nichts angeht.« Er war enttäuscht. Das war selbst durchs Telefon zu hören. »So ist es doch, stimmt's?«

»Claas, nein«, begann Malin hilflos, »so habe ich das nicht gemeint. Wirklich nicht. Es ist nur gerade alles so ... so ... viel.«

»Dann lass mich dir helfen«, schlug er eindringlich vor. »Ich setze mich ins Auto und fahre auf der Stelle los. Du musst nur Ja sagen und mir die Adresse nennen.«

»Das würdest du tatsächlich tun?« Malin war völlig verblüfft über dieses Angebot.

»Ja! Natürlich! Malin, das mit dir und mir, für mich ist das längst keine lockere Geschichte mehr. Ich dachte, das hätte ich dir inzwischen bewiesen?«

»Ich …«, begann Malin und stockte. Ihr, die normalerweise in jeder Situation mit ihrer Wortgewandtheit glänzte, fiel beim besten Willen nicht ein, wie sie Claas erklären sollte, dass sie sich einerseits über sein Angebot freute, ihn sich aber andererseits absolut nicht auf dem Hof ihrer Eltern vorstellen konnte. Und erst recht nicht zusammen mit ihr in ihrem alten Kinderzimmer.

»Verstehe«, murmelte er matt. »Das ist keine Option für dich.«

Malin holte tief Luft. Was für ein absurdes Telefonat. Claas bot seine Hilfe an und eröffnete ihr bei der Gelegenheit gleich mal, dass er sich allmählich eine feste Beziehung mit ihr wünschte. Während Malin nichts Besseres einfiel, als ihn erst anzurufen und dann vor den Kopf zu stoßen, indem sie ihn zurückwies. Doch es war nun mal so, dass sie ihn sich hier auf dem Hof ihrer Eltern einfach nicht vorstellen konnte. Nicht an ihrer Seite, wie sie in alten Jeans und Gummistiefeln die Pferdeboxen ausmistete. Nicht, wie sie oben auf dem Heuboden die Stroh- und Heuballen herunterwarf. Und nicht, wie er am schweren Holztisch in der altmodischen Küche mit ihr und ihrer Mutter Suppe aus unmodernen Tellern löffelte.

»Okay, melde dich einfach, wenn du wieder in Hamburg bist«, sagte er kurz angebunden und hatte das Telefonat beendet, bevor Malin etwas erwidern konnte.

»Verdammt!«, fluchte sie und starrte auf das Handy in ihrer Hand.

Du musst ihn anrufen und ihm versichern, dass es dir leidtut. Dass er das Ganze total falsch aufgefasst hat und du überglücklich wärst, wenn er sofort losfahren würde, riet ihr eine eindringliche innere Stimme.

Doch dagegen sperrte sich etwas in ihr, sodass sie schließlich leise fluchend das Handy aufs Bett warf und sich von selbigem erhob.

Zunächst lief sie unentschlossen im Zimmer auf und ab wie ein Tiger im Käfig, der sich mit der unerwarteten Gefangenschaft nicht abfinden wollte. Dann trat sie ans Fenster und blickte einen Moment hinaus in die Dunkelheit, bevor sie sich auf die Truhe mit dem weichen Polster kniete, die hier noch immer stand, als hätte sie nur auf Malin gewartet.

Und plötzlich war es wie früher. Frisch geduscht und im Nachthemd mit Galoppierenden-Pferden-Motiv hockte sie auf ihrem Lieblingsplatz und drückte sich die Nase an der kalten Scheibe platt. Angestrengt starrte sie auf die Stutenweide hinaus, obwohl man dort außer gleichmäßiger Schwärze nichts erkennen konnte.

Unten in der Küche war ihre Mutter gerade damit beschäftigt, das Geschirr vom Abendessen zu spülen und wegzuräumen. Der Essensgeruch hing noch immer überall im Haus. Die Stimme ihres Vaters war zu hören. Sie schallte zu ihr herauf in ihr Zimmer, von der Eckbank, auf der er jeden Abend saß und seiner Frau von seinem ereignisreichen Tag erzählte. Von Whispers erstem Fohlen, einer dunkelbraunen kleinen Stute mit vier weißen

Füßen und einer Flocke auf der Stirn. Und auch, dass er sich mit dem Heu beeilen musste. Für kommende Woche sei Dauerregen und Sturm angesagt.

»Malin!«, rief ihre Mutter von unten. »Zähne putzen und dann ab ins Bett mit dir!«

»Nur noch fünf Minuten!«, bettelte Malin.

»Und morgen früh bekommt man dich wieder nicht aus den Federn«, prophezeite ihre Mutter und bestand darauf, dass sie sofort ins Bad marschierte.

Malin schmunzelte bei der Erinnerung daran, wie sie schließlich wieder aus dem Bett geschlichen war, nachdem ihre Mutter ihr mit gehauchten Küssen auf Wangen und Stirn eine gute Nacht und schöne Träume gewünscht hatte.

Dieser Platz war es, auf dem sie sich viele Jahre hinunter zu den Pferden, am sehnsüchtigsten zu ihrem Pony Cleo, geträumt hatte und dann irgendwann, kurz nach seinem Tod, ganz weit fort von hier.

»Malin?«

»Mama …« Malin zuckte zusammen und presste sich die Hand aufs Herz. »Hast du mich jetzt erschreckt!«

»Das wollte ich nicht«, entschuldigte sie sich leise. »Es ist nur wegen dem Hengst, Papa hat gemeint, er darf nicht aus dem Verschlag.«

Perplex starrte Malin ihre Mutter an, die im geblümten Nachthemd im Türrahmen stand und dabei einen etwas entrückten Gesichtsausdruck zeigte, der Malin annehmen ließ, dass sie wohl schlafwandelte. Das, was sie gerade von sich gegeben hatte, ergab für Malin zumindest keinen Sinn.

Mit drei Schritten war sie bei ihr und umfasste sanft die Schultern ihrer Mutter. »Bist du wach? Mama, hörst du mich?«

Empört starrte ihre Mutter sie an. »Ja, natürlich! Oder was meinst du, wer sonst hier vor dir steht? Mein Geist?«

Malin zuckte ratlos mit den Schultern. »Ich ... ich habe kurz gedacht, du würdest schlafwandeln«, gab sie schließlich zu.

»Das wäre mir neu!«, entgegnete ihre Mutter schnippisch.

Malin atmete tief durch. Wann hatte das eigentlich angefangen, dass jedes Gespräch, jeder noch so kurze Satz, den sie miteinander wechselten, entweder im Streit oder resignierten Schweigen endete? Ständig redeten sie aneinander vorbei, und die eine war genervt und die andere beleidigt.

»Was ist denn nun mit dem Hengst?«, versuchte Malin einzulenken. »Warum darf er nicht in eine normale Box?«

Die Mundwinkel ihrer Mutter senkten sich. Es fiel ihr schwer, auf Malins bemühten Tonfall einzugehen. Das sah man ihr deutlich an.

»Papa hat ihn gekauft, weil er ihn auf die Körung vorbereiten will. Doch er findet keinen Zugang zu ihm. Er meint, er sei verrückt im Kopf.«

Malin begann allmählich zu begreifen, und gleichzeitig wollte sie es nicht wahrhaben.

»Du meinst, Papa hat den jungen Hengst dort in diesen Verschlag gestellt, weil er verrückt ist? Mama, sei mir jetzt bitte nicht gleich wieder böse, aber das glaube ich nicht!« So ein Handeln passte nicht zu ihrem Vater, das war einfach nicht seine Art. Niemals sperrte er ein Tier in so einen Verschlag, nur weil er nicht mit ihm zurechtkam. Zumal Malin sich auch tatsächlich an kein Tier erinnern konnte, mit dem er jemals ernsthafte Probleme gehabt hätte.

»Kind, dein Vater ist nicht mehr so auf Zack wie früher«, behauptete ihre Mutter nun. »Und das mit dem Hengst, weißt du, ich hab ihm gleich gesagt, dass das der falsche Weg ist. Aber wenn es um die Pferde geht, dann ist er immer gleich bockig und möchte sich nicht reinreden lassen. So wie du …«

Malin überging die letzte Bemerkung ihrer Mutter geflissentlich und wollte von ihr nur wissen: »Was heißt nicht mehr so auf Zack?«

»Was soll das schon heißen, natürlich, dass er alt geworden ist.«

Absurd, jawohl, schon wieder war es genau das Wort, das ihr durch den Kopf schwirrte. Nachdem ihr Vater vorhin im Krankenhaus behauptet hatte, dass seine Frau immer tüdeliger würde – sogar das Wort »Alzheimer« war gefallen! –, erklärte nun ihre Mutter, dass ihr Mann nicht mehr ganz auf Zack sei – was auch immer darunter zu verstehen war. Oder war das der Unsinn, den ihr Vater ihr vorhin im Krankenhaus schon angekündigt hatte? Ob nun Unsinn oder nicht, Malin wollte endlich Antworten auf ihre Fragen.

»Mama, ich habe dich das vorhin schon gefragt, aber da bist du mir ausgewichen, hast nur abgewunken. Und auf die Frage, wo Sven ist und warum ich ihn nicht auf dem Hof angetroffen habe, bist du mir die Antwort auch schuldig geblieben. Meinst du nicht, dass jetzt der richtige Zeitpunkt gekommen ist, mir endlich mal zu sagen, was hier eigentlich los ist?!«

Malin sah ihre Mutter schwer schlucken. Dann nickte sie, schaffte es aber nicht, ihre Tochter anzuschauen, während sie ihr eröffnete: »Der Hof, Papa, er … wir … wir wollten dich damit eigentlich nicht belasten. Du führst inzwischen dein eigenes Leben, und dass du irgendwann zurückkommst, daran mag inzwischen selbst dein Vater nicht mehr so recht glauben.«

Malins Magen zog sich unangenehm zusammen, als ihr bewusst wurde, dass ihre Eltern das tatsächlich noch immer hofften oder gehofft hatten. Wie war es möglich, dass sie so daran festhielten, wo sie doch mitbekommen hatten, wie gut es ihr in Hamburg gefiel? Wie glücklich und erfolgreich sie dort war? Woher kam bloß dieser Irrglaube, dass sie nur für eine Zeit lang der dörflichen Tristesse den Rücken kehrte, um am Ende dann den Hof ihrer Eltern zu übernehmen? Nach zwölf Jahren in Hamburg sollte ihnen doch wohl endlich klar geworden sein, dass der Fall niemals eintreten würde.

Malin schloss kurz die Augen, legte sich innerlich die Worte zurecht und erklärte dann mit ruhiger Stimme: »Der Zeitpunkt ist bestimmt nicht der beste, Papa liegt im Krankenhaus, der Tag war lang und sehr anstrengend für uns alle. Aber, Mama, ich werde euren Hof nicht übernehmen! Weder in einem Jahr noch in zehn oder sonst wann. Und ich dachte auch immer, das wäre euch absolut bewusst!«

Ihre Mutter ging zum Fenster und ließ sich dort auf die gepolsterte Truhe sinken. »Mir schon lange, Kind«, erklärte sie leise. »Aber Papa, na ja, du weißt ja, wie er ist. Er wünscht es sich so sehr, hat die Hoffnung einfach nicht aufgeben wollen.«

Malin atmete tief durch. »Es tut mir leid, dass er tatsächlich noch immer daran geglaubt hat …«, begann sie.

Doch ihre Mutter hob die Hand. »Es ist gut, Malin, alles hat so seine Richtigkeit. Und ich bin froh, dass du deinen eigenen Weg gehst. Zumal es jetzt sowieso zu spät ist.«

Malin horchte auf. »Wie, zu spät? Was meinst du damit?«

Ihre Mutter räusperte sich, als hätte sie plötzlich einen dicken Kloß im Hals stecken, der sie am Sprechen hinderte. »Der Hof, wir … sind wohl so was wie bankrott!«

Kapitel 6

Die Erde wäre ein Nichts
ohne den Menschen,
aber der Mensch wäre ein Nichts ohne das Pferd.

Aus England

Das Haus, in dem Malins Cousine Helen wohnte, hatte ein Reetdach, das längst vom Moos hätte befreit werden müssen. Doch im Gegensatz zu dem ungepflegten Eindruck, den das Anwesen ihrer Eltern machte, war dieser Zustand von Helen so gewollt, damit der urige Charakter erhalten blieb.

Hinter dem ehemaligen Pfarrhaus lag ein kleiner Innenhof, der von einer mit wildem Efeu berankten Mauer umgeben war. An der linken Seite des Hofes, mit einer verschnörkelten Holztür nach vorne und einer großen Glasfront zur angrenzenden Wiese, befand sich ein kleines Backsteinhaus. Ursprünglich hatte es als Ziegenstall gedient, aber Helen hatte den alten Stall zu einem lichtdurchfluteten Atelier umgebaut, in dem sie nach Herzenslust ihrer Lieblingsbeschäftigung, der Bildhauerei, nachgehen konnte.

Malin saß in der hintersten Ecke des Hofes ihrer Cousine an einem kleinen runden Bistrotisch gegenüber. Jede von ihnen hielt eine Tasse mit dampfendem Tee in den Händen.

»Weißt du, am meisten verletzt mich, dass ich erst jetzt von dem ganzen Dilemma erfahre«, sagte Malin zu Helen. »Warum haben meine Eltern mir nicht längst gesagt, wie es um den Hof steht? Wieso muss mein Vater erst vom Heuboden stürzen, damit ich endlich die Wahrheit erfahre?«

Helen sah Malin aufmerksam an und zog dabei die Nase kraus. Die Sommersprossen darauf tanzten. »Möchtest du eine ehrliche Antwort von mir?«

Malin beugte sich vor und setzte ihre Teetasse auf dem Tisch ab.

»Was ist das denn für eine Frage, natürlich möchte ich das«, gab Malin perplex zurück.

Vielleicht war es doch keine gute Idee gewesen, gleich nachdem sie die Pferde am Morgen versorgt hatte, die zwölf Kilometer in das kleine Dorf zu fahren, in dem ihre Cousine inzwischen wohnte. Klar, als Kinder waren sie beste Freundinnen gewesen, bis zu Malins Umzug nach Hamburg quasi unzertrennlich. Doch während Malin von einem Leben in der Stadt träumte, fühlte Helen sich auf dem Land pudelwohl und wünschte sich nirgendwo anders hin.

Dennoch hatte sie Malin am Anfang regelmäßig in Hamburg besucht und tatsächlich auch mal darüber nachgedacht, ebenfalls dort zu studieren. Doch dann hatte sie sich im letzten Moment gegen ein Studium und für eine Ausbildung zur Floristin entschieden, um später, im Gegensatz zu Malin, die elterliche Gärtnerei zu übernehmen.

Kurz nach Beendigung ihrer Ausbildung war sie dann mit Christoff zusammengekommen, den sie schon aus Schulzeiten kannten. Als dann auch noch das alte Pfarrhaus zum Verkauf stand, von dem Helen bereits als Jugendliche geschwärmt und behauptet hatte, es sei verwunschen, hatten Christoff und sie keine Sekunde gezögert und es gekauft. Unzählige Arbeitsstunden und jede Menge Geld waren seitdem in das Anwesen geflossen, doch es hatte sich gelohnt. Aus dem stark heruntergekommenen Gebäude war ein wahres Schmuckstück geworden.

Das musste auch Malin zugeben. Das einzige Manko war die Lage, fand sie. Stolzenburg war schon ein recht kleiner Ort. Doch dort gab es wenigstens neben einigen Fachgeschäften auch einen Supermarkt, die Bücherei, eine Genossenschaftstankstelle und das Hotel und Restaurant *Zum Schafshirten*, dem das Wunder geglückt war, sich von der tristen Dorfkneipe zum gut besuchten Landgasthof umzustrukturieren.

In Lembo hingegen war einfach nichts außer ein paar Höfen, dem alten Pfarrhaus und ganz viel Wiese, Wald und Acker. Helen und Christoff mussten für jede noch so kleine Besorgung ins Auto steigen und entweder die zwölf Kilometer bis nach Stolzenburg oder gleich die vierzig in die nächste Großstadt fahren.

Was für Malin unvorstellbar war, machte Helen rundum glücklich und zufrieden. Nur ihr großer Wunsch nach einem Baby mit Christoff war ihr bisher verwehrt geblieben. Warum, darüber sprach sie nicht. Auch nicht mit Malin, was logisch war angesichts der Tatsache, dass die beiden längst nicht mehr so vertraut wie früher miteinander waren und nur noch sporadisch Kontakt zueinander hielten.

Helen sog die Luft tief ein und stieß sie mit einem Seufzer wieder aus. »Ich schätze, deine Eltern wollten dich einfach nicht mit ihren Sorgen belasten. Du bist damals weg und hast ziemlich deutlich gemacht, dass du mit dem Ganzen hier nichts mehr zu tun haben möchtest.«

Malin riss empört die Augen auf. »Das ist doch Blödsinn! Auch wenn ich in Hamburg lebe und arbeite, heißt das doch nicht, dass mich meine Eltern, der Hof, die Pferde und eben alles, was dazugehört, nicht mehr interessieren.« Sie stockte, strich sich eine Haarsträhne aus dem Gesicht und fuhr schließlich kopfschüttelnd fort: »Ich finde das wirklich unfair, dass gerade du mir das jetzt zum Vorwurf machst. Du weißt doch ganz genau, wie meine Eltern mich vereinnahmt haben, wie sie mir ihre Lebensweise, ihre Sicht der Dinge aufzwingen wollten. Ich hatte Angst zu ersticken, wenn ich hiergeblieben wäre ...«

Helen rollte vielsagend mit den braunen Augen. »Ja, ja, ich weiß, Malin, der Himmel war dir zu blau und die Wiesen zu grün ...«

Getroffen sah Malin ihre Cousine an. »Warum sagst du das so sarkastisch?«

Nun stellte auch Helen ihren Teebecher ab. Sie richtete sich auf ihrem Stuhl auf und drückte die Schultern durch. »Sorry, das sollte so gar nicht rüberkommen. Aber ... na ja, ich habe eine halbe Ewigkeit nichts mehr von dir gehört. Und wenn es mir doch mal geglückt ist, dich ans Telefon zu kriegen, dann warst du kurz angebunden, weil mal wieder gerade irgendetwas Wichtiges im Büro anstand. Dein Versprechen, zurückzurufen, sobald es bei dir besser passt, hast du selten bis nie eingelöst, und irgendwann habe ich es schließlich aufgegeben. Und jetzt sitzt du auf einmal vor mir, bist völlig perplex, dass deine Eltern dir von ihren Sorgen nichts erzählt haben, dabei solltest du dich lieber mal fragen, wann du ihnen denn die Gelegenheit dazu gegeben hast. Am Telefon bist du immer kurz angebunden, und das letzte Mal, dass du dich daheim bei ihnen hast blicken lassen, ist meines Wissens mindestens eineinhalb Jahre her. Du hast es ja damals nicht einmal zum siebzigsten Geburtstag deines Vaters geschafft.«

Malin schloss die Augen, rieb sich mit Daumen und Zeigefinger die Nasenwurzel und dachte nach. Es tat weh, was Helen ihr da gerade vorgehalten hatte, es brannte wie ein Feuer in ihr, aber sie hatte recht. So recht. Als Malin die Augen schließlich wieder öffnete, schwammen Tränen darin.

»Ich kann im Moment nichts anderes dazu sagen, als dass es mir leidtut«, wisperte sie.

Die beiden Frauen blickten sich lange an. Schweigend. Bis Malin sich leise räuspern musste, weil plötzlich ein dicker Kloß in ihrem Hals feststeckte. »Ich kümmere mich jetzt um alles«, versprach sie. Und nach einem weiteren Räuspern fügte sie mit wesentlich festerer Stimme hinzu: »Ich lasse meine Eltern bestimmt nicht hängen.«

Helen beugte sich leicht zu Malin vor und ergriff ihre Hand. »Du kannst dabei auf Christoff und mich zählen, Malin«, versprach sie ihr.

Malin nickte. »Danke, das ist gut zu wissen.«

Dann wollte sie sich erheben. Doch Helen hielt sie zurück. »Hast du denn schon einen Überblick, wie schlimm es überhaupt um den Hof steht?«

Malin sank auf den Stuhl zurück und warf ihrer Cousine kopfschüttelnd einen Blick zu. »Meine Mutter konnte mir keine genaue Auskunft geben. Es ist ihr eh schon schwergefallen, mich überhaupt einzuweihen, weil sie meinem Vater hoch und heilig versprechen musste, mir unter keinen Umständen etwas zu sagen.«

Helen schnaufte verständnislos. »So etwas Ähnliches habe ich schon vermutet. Das Gerücht, dass es deinen Eltern finanziell nicht gut geht, kursiert schon eine ganze Weile im Ort. Aber wenn man Hannes direkt darauf angesprochen hat, dann hat er immer nur abgewunken und gemeint, die Leute redeten viel, wenn der Tag lang ist, und das meiste davon sei sowieso nur Unsinn.«

Das passt zu ihm, dachte Malin. Stets den Starken, den Sattelfesten mimen. Schwäche zeigen oder gar andere um Hilfe bitten, nein, das kam für einen Hannes Heuer absolut nicht infrage.

»Er hat gestern im Krankenhaus sogar schon vorgebaut«, wurde Malin plötzlich bewusst, »indem er mir gegenüber behauptet hat, meine Mutter sei in letzter Zeit etwas durcheinander. Bestimmt hat er geahnt, dass sie mir etwas erzählt, und trotz seines Zustands nur daran gedacht, bloß den Schein zu wahren.« Malin schüttelte angesichts der Erkenntnis fassungslos den Kopf. »Kein Wunder, dass meine Mutter bei all dem Kummer nur noch Haut und Knochen ist. Sie war und ist nicht annähernd so stark wie mein Vater. Das Ganze muss für sie die Hölle sein.«

»Ja, absolut«, stimmte Helen ihr zu. »Auf der einen Seite ist da der stolze Ehemann, der sie zum Stillschweigen verdonnert, und auf der anderen natürlich die Erkenntnis und Sorge, dass ihr einstiger Fels in der Brandung plötzlich in der starken Strömung unterzugehen droht.«

»Hat sie denn deiner Mutter gegenüber niemals etwas angedeutet?«, wunderte sich Malin. Helens und Malins Mütter waren Schwestern und hatten stets einen guten Draht zueinander gehabt.

Helen schüttelte den Kopf. »Nein. Mama hat Gisa natürlich mehrmals darauf angesprochen, als Hannes angefangen hat, nach und nach Land zu verkaufen. Aber sie hat behauptet, dass das eine Entscheidung aus Altersgründen sei. Sie wollten den landwirtschaftlichen Betrieb einstellen und sich ganz auf die Pferdezucht konzentrieren.«

Malin seufzte. »Okay, das ist so weit sogar nachvollziehbar für mich. Nur, wenn mein Vater Land verkauft hat, dann müsste doch genug Geld da sein?«

Helen war ebenso ratlos. »Ich verstehe es auch nicht. Und dann ist da noch diese Sache mit Sven. Er arbeitet ja schon seit einiger Zeit nicht mehr bei deinem Vater. Neulich war er mal in der Gärtnerei, und ich habe ihn natürlich gefragt, wie es dazu gekommen ist. Schließlich war er ja immer so etwas wie Hannes' Ziehsohn.«

»Und was hat er gesagt?«, wollte Malin ungeduldig erfahren. Dass Sven nicht mehr auf dem Hof arbeitete, war ihr inzwischen natürlich längst klar geworden.

Doch als sie gestern Abend ihre Mutter nach den Gründen dafür gefragt hatte, war diese ihr mal wieder nur ausgewichen.

Helen verzog das Gesicht, als hätte sie in einen sauren Apfel gebissen. »Er hat behauptet, dass er seit Monaten kein volles Gehalt bekommen habe. Es sei ihm aber egal gewesen, er habe trotzdem weiter bei deinem Vater gearbeitet, schließlich verdanke er ihm so viel. Aber dein Vater hat ihn entlassen. Hat gemeint, er soll sich woanders etwas suchen, weil er ja schließlich auch von irgendwas leben müsse.«

»Was? Das glaube ich nicht!« Malin konnte nur den Kopf schütteln. »Aber das passt zu ihm. Nur keine Hilfe annehmen.«

Helen zuckte die Achseln. »Zumindest hat Sven es so erzählt.«

Malin erhob sich erneut von ihrem Stuhl. Der Gedanke, dass es ihren Eltern finanziell so schlecht ging, dass sie selbst die paar Hundert Euro, die Sven bei ihnen verdiente, nicht mehr vollständig aufbringen konnten, während es ihr an nichts mangelte, war sozusagen die Krönung der bitteren Erkenntnisse seit dem Anruf ihrer Mutter gestern Morgen.

Zerstreut bedankte sie sich bei Helen für den Tee und wollte sich verabschieden. Doch Helen hielt sie erneut zurück. »Was hast du denn jetzt vor?«

Malin dachte einen Moment über Helens Frage nach, bevor sie entschlossen verkündete: »Wie schon gesagt, ich werde versuchen, die ganze Angelegenheit für meine Eltern zu regeln. Aber erst einmal muss ich mir einen Gesamtüberblick verschaffen. Und da meine Mutter zwar mit einigem herausgerückt ist, aber anscheinend längst nicht mit allem, fahre ich jetzt zu meinem Vater ins Krankenhaus.«

Helen zog die Augenbrauen hoch. »Hm, hältst du das für eine gute Idee? Ich meine, er ist doch erst gestern operiert worden.«

Malin nickte. »Absolut! Denn zurzeit ist er nicht der starke Macher, sondern derjenige, der, auf die Hilfe anderer angewiesen, im Krankenbett liegt. Wenn nicht jetzt, erfahre ich niemals die vollständige Wahrheit von ihm.«

»Da hast du natürlich auch wieder recht«, erwiderte Helen, nickte und erhob sich von ihrem Stuhl, um Malin zur Tür zu bringen. Mit einer kurzen Umarmung verabschiedeten die beiden sich schließlich voneinander.

»Und wie gesagt, wenn ich dir irgendwie helfen kann, zögere nicht, es mir zu sagen«, bot Helen erneut an.

Malin lächelte dankbar und ging dann zu ihrem Mercedes, der auf dem Vorhof neben Helens grünem Geländewagen parkte.

Sie war schon halb eingestiegen, als sie es sich plötzlich anders überlegte und zurück zu Helen ging.

»Kann ich dich sofort beim Wort nehmen?«, fragte sie ihre Cousine.

Die nickte. »Klar doch. Schieß los!«

»Was auch immer gleich bei dem Gespräch mit meinem Vater herauskommen wird, ich muss auf jeden Fall erst einmal wieder zurück nach Hamburg. Wäre es vielleicht möglich, dass du dich so lange um meine Mutter kümmerst, Helen? Ich möchte sie nicht alleine auf dem Hof lassen.«

»Puh«, machte Helen und sah nicht gerade begeistert aus. »Im Prinzip ist das absolut kein Problem. Ich kann sie zu uns holen oder auch ein paar Tage zu ihr auf den Hof ziehen. Christoff bekommt die Gärtnerei und den Blumenladen unterdessen bestimmt auch ohne mich geregelt. Nur …« Sie stockte und betrachtete Malin einen Moment lang mit unbestimmtem Gesichtsausdruck, bevor sie schließlich vorwurfsvoll fortfuhr: »Ich fasse es einfach nicht, dass du dich tatsächlich sofort wieder nach Hamburg verabschiedest!«

Malin wollte etwas sagen, doch Helen ließ sie nicht zu Wort kommen. »Weißt du, ich habe wirklich für einen Moment geglaubt, du kriegst die Kurve und denkst mal ausnahmsweise nicht nur an dich und wie unzumutbar es ist, länger als notwendig hier auf dem *schrecklichen* Land auszuharren. Aber da habe ich mich leider, leider getäuscht.« Helen schüttelte verständnislos den Kopf. »Ich kann dich verstehen – oder anders, ich konnte es tatsächlich nachvollziehen, dass du damals unbedingt wegwolltest. Hannes mit seinen Prinzipien und seinem übergroßen Wunsch nach einem Sohn, der den Hof einst weiterführt, und dann mit all der Hoffnung, die er in dich gesteckt hat. Ich schätze, wenn das bei mir mit der Gärtnerei so gewesen wäre, hätte ich auch die Flucht ergriffen. Aber um es mal wieder mit einem von Hannes' Sprüchen auszudrücken: Blut ist dicker als Wasser, Malin. Vielleicht solltest du darüber mal nachdenken.«

Malin wartete, ob ihre Cousine noch etwas hinzufügen wollte. Als die jedoch nur die Arme vor der Brust verschränkte und sie mit finsteren Blicken musterte, nickte sie schließlich. »Schon klar, dass du das jetzt vermutest. Ich schätze, ich habe mich in puncto Familie in den letzten Jahren wohl nicht gerade mit Ruhm bekleckert. Doch diesmal liegst du falsch, Helen. Ich muss zurück, um meinem Chef zu erklären, dass ich ab sofort Urlaub brauche. Außerdem möchte ich nicht die ganze Zeit über in meinen Klamotten aus Jugendzeiten herumlaufen. Und in Designerklamotten und auf High Heels im Stall, ich schätze, das halte ich auf Dauer nicht durch. Du kannst also ganz beruhigt sein, ich bin morgen früh wieder zurück und bleibe dann so lange, bis für alles eine vernünftige Lösung gefunden ist.«

Helen blickte ihr fest in die Augen. »Ich nehme dich beim Wort!«, erklärte sie.

»Das kannst du auch!«, versprach Malin.

»Und die Pferde?«

»Ich fahre jetzt direkt zu Sven und zahle ihm seinen ausstehenden Lohn und von mir aus auch einen Vorschuss auf den kommenden, wenn er zumindest vorübergehend zurück auf den Hof kommt. Sollte das nicht gehen, bin ich auf jeden Fall heute Abend wieder zurück und kümmere mich selbst um die Pferde.«

Helen nickte. »Okay, dann drücke ich dir für all deine Vorhaben die Daumen«, sagte sie und lächelte versöhnlich.

Malin erwiderte das Lächeln ihrer Cousine. »Danke, ich schätze, das kann ich besonders in puncto dickköpfiger Hannes Heuer mehr als gebrauchen.«

Doch als Malin eine ganze Weile später auf die Autobahn Richtung Hamburg auffuhr, war alles ganz anders gekommen. Ob es mit dem vielleicht noch immer andauernden Schock wegen seines Unfalls zusammenhing oder es an den Nachwirkungen der Narkose lag, jedenfalls brachte Hannes Heuer seine Tochter, ohne irgendetwas zu beschönigen oder zu verharmlosen, auf den aktuellen Stand der Dinge.

Die Situation, in der sich ihre Eltern befanden, war auf jeden Fall bitter, aber längst nicht so desaströs, wie Malin es den Schilderungen ihrer Mutter entnommen hatte. Bis auf die Weiden direkt am Hof und die größeren unten am Fluss hatte Hannes Heuer über die letzten Jahre tatsächlich einiges an Land verkauft. Die Maschinen waren allesamt in die Jahre gekommen, funktionierten entweder gänzlich nicht mehr oder waren eben nicht länger zeitgemäß und effektiv.

Der Hof samt Wohnhaus und allen Gebäuden war zum Glück auch nicht mit irgendwelchen Hypotheken belastet. Auf diese Idee wäre ihr Vater nie gekommen, Schulden waren für Hannes Heuer etwas Verwerfliches. Dafür mangelte es ihnen bedrohlich an Geld fürs tägliche Leben, denn das, was die Heuers für die Ländereiverkäufe erhalten hatten, war inzwischen für den eigenen Unterhalt und den der Pferde draufgegangen. Hannes wollte nicht noch mehr Land verkaufen, weil dadurch der Hof zerschlagen würde, und für das, was man momentan auf dem Pferdemarkt an Niedrigpreisen erzielte, wollte er keins seiner Tiere veräußern.

Malin war fassungslos, dass er lieber den Gürtel enger

als eng schnallte, anstatt sich einfach mal von einem Pferd zu trennen, wenn auch nicht zu solchen Spitzenpreisen, wie sie früher üblich gewesen waren.

Doch noch mehr war sie darüber bestürzt, dass ihr Vater, obwohl er längst das Rentenalter erreicht und vier Jahrzehnte lang in die landwirtschaftliche Alterskasse eingezahlt hatte, seine Rente nicht ausbezahlt bekam. Eine sogenannte Hofabgabeklausel besagte, dass er zunächst seinen Hof und seine Ländereien zu vererben, zu verkaufen oder zu verpachten hatte. Rente zu beziehen und gleichzeitig einen Hof zu bewirtschaften war Landwirten tatsächlich untersagt.

»Ich kann mich doch nicht enteignen lassen, nur damit ich an das Geld komme, das mir zusteht«, hatte er sich so verzweifelt an Malin gewandt, dass seine Worte jetzt, Stunden später, noch immer in ihr nachhallten.

»Nein, Papa, das kannst und musst du auch nicht«, murmelte Malin vor sich hin und trat das Gaspedal durch.

Kapitel 7

Ungeduld ist ein schnelles *Pferd*,
aber ein schlechter Reiter.

Aus Serbien

Aber Malin, das kann unmöglich dein Ernst sein?« Sybille starrte sie mit großen Augen an. »Gerade jetzt. Hier brennt die Luft, tausend Entscheidungen sind zu treffen, du leitest das Team, die neue Produktkampagne … und was ist mit Liz Cooper?«

Malin zog ihre Seidenbluse am Ärmel zurecht. »Ich hab mir den Zeitpunkt weder ausgesucht noch gewünscht«, gab sie mit unbewegter Miene zurück.

Sybille seufzte betrübt. »Und der Chef hat das einfach so abgenickt? In dieser Phase der Produktentwicklung?«

»Es blieb ihm nichts anderes übrig. Wie du bestimmt weißt, habe ich aus den letzten Jahren noch jede Menge Resturlaub und auch dieses Jahr bis auf zwei Tage noch den vollen Anspruch.«

Eigentlich wollte sie mit Sybille das Ganze überhaupt nicht mehr diskutieren. Carsten Langwehr, der geschäftsführende Inhaber von Hagen & Hagen, hatte ihr den Urlaub schon längst zähneknirschend genehmigt. Natürlich nicht ohne darauf hinzuweisen, dass die Kampagne darunter auf keinen Fall leiden dürfe. Ansonsten sehe er sich gezwungen, die Verantwortung dafür in Tobias Angers Hände zu legen. Malin wusste nur zu gut, dass ihr Kollege auf eine Chance wie diese wartete, um zu beweisen, dass er die weitaus bessere Neubesetzung für die Leitung des Produktmanagements gewesen wäre. O ja, der Gute würde alles tun, um Malin den Rang abzulaufen. Doch das tangierte Malin herzlich wenig, weil sie schließlich nichts anderes von ihm erwartete.

Was sie jedoch ärgerte, war das Verhalten ihres Chefs, der zunächst Verständnis geheuchelt hatte, um dann prompt klarzustellen, dass sie keinesfalls auf Protektion hoffen durfte. Die Jahre, in denen sich Malins Denken, Handeln, ja fast ihr ganzes Leben nahezu ausschließlich um den Job gedreht, sie nie krankgefeiert und selten ihren vollen Urlaubsanspruch geltend gemacht hatte, waren vergessen, kaum dass sie ein einziges Mal eben nicht so funktionierte, wie Carsten Langwehr es von ihr gewohnt war und es deshalb wohl als eine Selbstverständlichkeit nahm.

Sybilles verständnisloser Blick war nun der vielbeschriebene letzte Tropfen, der das Fass in ihr zum Überlaufen zu bringen drohte. Doch Malin brauchte ihre Assistentin mehr denn je. Auf gar keinen Fall durfte sie es sich mit ihr verscherzen, indem sie Sybille anfuhr oder zurechtwies.

Also schluckte sie ihren Ärger so gut wie möglich herunter und bemühte sich um Sachlichkeit. »Ich schätze, dass ich ungefähr zwei Wochen benötige, um meine familiären Angelegenheiten zu klären. In dieser Zeit möchte ich dich bitten, sämtliche Punkte jeweils zu einem Telefonmeeting am Morgen und einem weiteren am späten Nachmittag zusammenzufassen. Ich weiß, Sybille, ich verlange viel von dir, weil dadurch natürlich einiges an Mehrarbeit und vor allem Organisationstalent auf dich zukommt. Aber ich bin mir sicher, du wirst alles ganz souverän abwickeln.«

Sybille hob unschlüssig die Schultern, woraufhin Malin sie gewinnend anlächelte. »Sybille, wer, wenn nicht du!«

Nun lachte Sybille. »Ja, ja, appelliere du nur an meine Eitelkeit.«

Unschuldig verzog Malin das Gesicht. »Hab ich das?«

Sybille lachte noch lauter. »Scheinheilig bis zum Gehtnichtmehr.« Doch dann wurde sie ernst. »Natürlich kannst du dich auf mich verlassen. Meine Reaktion eben war tatsächlich auch alles andere als einfühlsam. Zumal ich mich letztes Jahr in einer ganz ähnlichen Situation befand, als meine Oma plötzlich von einem auf den anderen Tag nach einem Sturz im Flur nicht mehr alleine zurechtkam. Meine Eltern leben im Ausland, mein Bruder fühlte sich nicht verantwortlich. Also musste ich mich kümmern. Am schlimmsten war für mich die Erkenntnis, dass es plötzlich andersherum lief. Meine starke und toughe Oma, bei der ich als Kind so gerne gewesen bin, zu der ich stets aufgeschaut habe, war auf einmal auf meine Hilfe angewiesen. Früher hatte sie mir die Welt erklärt, jetzt musste ich das tun.«

Malin zog erstaunt die Augenbrauen hoch. »Davon habe ich überhaupt nichts mitbekommen.«

Sybille machte eine wegwerfende Handbewegung. »Ich bin nicht der Typ, der Privates mit in den Job trägt. Das weißt du doch.«

Malin nickte und dachte sich ihren Teil. Wie es nämlich war, wenn man es dann doch mal tat, und wie schlecht das bei Vorgesetzten und Kollegen ankam, hatte sie gerade am eigenen Leib erfahren dürfen.

Malin wühlte in ihrer Handtasche und zog schließlich ein kleines Schlüsseletui aus weichem, cognacfarbenem Nappaleder hervor. »Ist es zu viel verlangt, wenn ich dir meinen Ersatz-Wohnungsschlüssel gebe und du vielleicht hin und wieder den Briefkasten leerst und die Blumen gießt?«, bat sie ihre Assistentin.

»Nein, das geht schon in Ordnung. Liegt ja für mich quasi auf dem Weg.«

»Danke, Sybille«, sagte Malin leise und legte ihr einen Moment die Hand auf den Unterarm.

Kurz darauf hatte Sybille ihrer Chefin einen großen Stapel mit den wichtigsten Unterlagen zusammengestellt und war ihr auch beim Tragen behilflich. Malin öffnete den Kofferraum ihres Mercedes und schob die Mappen und Ordner zwischen Reisetasche und Koffer.

»Du reist ja mit einigem Gepäck«, stellte Sybille erstaunt fest.

Malin schüttelte den Kopf. »Das sieht nach mehr aus, als es ist.«

»Okay«, sagte Sybille gedehnt.

Malin ließ die Kofferraumklappe zuschnappen und wandte sich ihrer Assistentin zu. »Ich bin spätestens in zwei Wochen wieder zurück. Du kannst dich darauf verlassen!«, versicherte sie ihr noch einmal, bevor sie sich endgültig voneinander verabschiedeten.

»Ach so, was mir noch einfällt«, rief Sybille, gerade als Malin im Begriff war, sich auf den Fahrersitz sinken zu lassen. »Wenn ich dir in Sachen Pflegeheim oder so behilflich sein kann, dann sag einfach Bescheid. Ich bin ja durch meine Oma noch gut im Thema.«

»Das ist nett von dir, aber meine Eltern sind absolut kein Fall fürs Pflegeheim«, stellte Malin klar. »Mein Vater muss in die Reha, das ist definitiv so, aber danach geht alles wieder seinen halbwegs gewohnten Gang.«

Einen Moment lang musterte Sybille sie nachdenklich, dann hob sie die linke Schulter und meinte: »Dann gute Besserung für deinen Vater und natürlich ein gutes Ende für euch alle.« Besonders zuversichtlich hatte sie dabei allerdings nicht geklungen.

Malin schaffte es trotz dichtem Feierabendverkehr und diversen Baustellen auf der Autobahn in knapp drei Stunden von Hamburg nach Stolzenburg. Auf dem Hof wurde sie schon von Sven erwartet, der sich zu ihrer Erleichterung sofort bereit erklärt hatte, zumindest vorerst zurückzukommen. Allerdings hatte er tatsächlich inzwischen einen neuen Job und stand deshalb nur einige Stunden zur Verfügung. Seinem finsteren Gesichtsausdruck nach zu urteilen, schien er das schon wieder zu bereuen.

»Was ist los?«, fragte Malin ihn.

Die Halsschlagader an Svens Hals trat hervor, während er lospolterte: »Das mit diesem Hengst, nee, Malin, das geht echt gar nicht. Der hat mich eben umgerannt. Wenn ich mich nicht so schnell weggerollt hätte, ich sag's dir, der bekloppte Gaul hätte mir mit den Hufen böse eine verpasst.«

Sven wischte sich mit dem Handrücken den Schweiß von der Stirn. Sein sowieso schon strohiges, rotblondes Haar stand ihm wirr vom Kopf ab, so als hätte er es sich mehrfach gerauft. Das gelbe T-Shirt war von dunklen Flecken übersät, die Jeans am Knie aufgerissen und staubig. Doch Malin war sich ziemlich sicher, dass sein ungepflegtes Äußeres nichts mit dem jungen Hengst zu tun hatte. Sven lief eigentlich immer so herum. Seine Kleidung wechselte er erst dann, wenn sie vor Dreck stand. So war es früher gewesen und bis heute geblieben.

»Was heißt ›umgerannt‹? Er steht doch in der Box, und dort solltest du ihn auch erst einmal lassen«, gab Malin mit leisem Vorwurf zurück.

Vehement schüttelte Sven den Kopf. »Ey, glaubst du, ich hab den freiwillig rausgelassen?«, regte er sich auf. »Ich wollte ihm Heu in die Raufe stopfen.«

Malin hob beschwichtigend die Hände. »Schon gut, Sven. Ich bin nur etwas erstaunt, weil ich keinerlei Probleme mit ihm hatte, als ich ihn aus dem Verschlag geholt habe.«

Sven schnaufte wie ein Stier, der den Torero direkt vor Augen hatte.

»Du sagst das schon wieder so … so …« Er brach ab, machte eine wegwerfende Handbewegung, und für einen kurzen Moment kam es Malin so vor, als wollte er einfach davonrennen. Doch nach einem kurzen Hustenanfall, eindeutig eine Folge seines Kettenrauchens, wetterte er erst so richtig los. »Ich hab's deinem Vater von Anfang an gesagt, aber er wollte ja nicht auf mich hören. Er hat gemeint, der Hengst sei die Rettung und die Sache mit der Körung nix als 'ne reine Formsache. Aber ich hab dem in die Augen geguckt. Viel Weiß, viel zu viel Weiß. Nee, hab ich zu deinem Vater gesagt, nee, Hannes, der ist fies. Der Gaul hat den Teufel in sich. Deshalb hat der den auch so günstig weggegeben, der Brandes. Ich meine, der ist doch nicht auf den Kopf gefallen. Der gibt doch keinen weg, der mal gut wird. Und erst recht nicht für so 'n paar Kröten.«

»Mein Vater hat ihn von Heiko Brandes gekauft?«, staunte Malin.

»Ja! Ich hab mich auch gewundert, als er plötzlich meinte, er sei sich mit dem Brandes handelseinig geworden. Wo sie sich doch gegenseitig nicht ausstehen können.«

Malin strich sich die Haare aus dem Gesicht. »Sven, ich weiß jetzt gerade nicht, was ich zu dem Ganzen sagen soll«, gab sie offen zu. »Das klingt alles so gar nicht nach meinem Vater. Zumal ich mir auch keinen Reim darauf machen kann, warum er sich einen jungen Hengst kauft. Ich dachte immer, er wollte seinen Bestand verkleinern und zusehen, dass er die eigenen Jungpferde verkauft bekommt.«

Sven schlug sich klatschend die flache Hand vor die noch immer schweißnasse Stirn. »Weil er meint, das sei der zweite Totilas und mit dem wäre ein ordentliches Sümmchen an Decktaxe zu verdienen.«

Malin konnte Sven nur ungläubig anstarren. »Was für ein Blödsinn.«

Sven nickte. »Hab ich ihm auch gesagt, zigmal. Aber er ist halt schon immer ein Sturkopf gewesen, und das ist im Alter nicht gerade besser geworden.«

»Sven …« Malin machte einen Schritt auf den kleinen, drahtigen Mann zu. Sein genaues Alter war Malin bis heute nicht bekannt. Irgendwas um die fünfzig, vielleicht auch älter, zumal er schon auf dem Hof gearbeitet hatte, als Malin noch zur Schule gegangen war. »Ich weiß, ich wiederhole mich, aber ich kann das alles nicht glauben. Außerdem hat mein Vater, als ich ihn heute Vormittag im Krankenhaus besucht habe, kein Wort davon erwähnt.«

Svens sowieso schon hervorstehende Augen traten noch weiter aus den Höhlen. »Denkst du, ich lüge?«, rief er fassungslos. Seine Stimme klang schrill. Er richtete sich zu voller Größe auf und war trotzdem noch kleiner als Malin.

Malin schüttelte den Kopf. »Nein. So meinte ich das nicht«, versuchte sie ihn zu beschwichtigen. »Aber womöglich hast du das falsch verstanden.«

Nun war Sven richtig verärgert. Er schnappte ein paarmal nach Luft, während sich seine Hände zu Fäusten ballten. Doch Malin hatte weder Angst vor ihm, noch fühlte sie sich unwohl. Sven war schon immer aufbrausend gewesen. Leicht entzündbar, nannte Malins Vater das. Doch so schnell, wie er in die Luft ging, so schnell landete er auch wieder.

»Du bist wie dein Vater. Immer behauptet ihr, ich höre nicht richtig zu«, blaffte er Malin nun an. Er war so außer sich, dass ihm beim Sprechen etwas Speichel entwich. Malin war froh, dass sie nur einen und nicht auch noch den zweiten Schritt auf ihn zugemacht hatte, sonst wäre sie jetzt getroffen worden.

»Ach komm, Sven, so meinte ich das doch gar nicht«, erklärte sie sanft. »Ich zweifele doch auch nicht daran, dass du die Wahrheit sagst. Nur … na ja, es kann doch sein, dass du meinen Vater nicht so richtig verstanden hast. Oder er sich einfach auch falsch ausgedrückt hat.« Malin riskierte nun doch den zweiten Schritt. Einfühlsam lächelnd legte sie ihm die Hand auf die Schulter. »Es bringt doch jetzt nichts, wenn wir uns streiten. Die Situation ist so schon schwierig …«

»Was willst du denn machen?«, fiel Sven ihr ins Wort. »Wie geht's mit alldem hier weiter?«

Malin zog die Unterlippe zwischen die Zähne. Eine unbewusste Angewohnheit, wenn sie über etwas nachdachte, aber noch zu keinem wirklichen Ergebnis gekommen war. Wobei das in diesem Fall nicht ganz zutraf. Während ihrer dreistündigen Autofahrt von Hamburg nach Stolzenburg hatte sie in groben Zügen tatsächlich schon eine Art Plan geschmiedet. Fakt war, dass ihre Eltern den Hof schon jetzt nicht mehr allein in Schuss halten konnten und nach dem Unfall ihres Vaters das Ganze für sie noch beschwerlicher werden würde. Außerdem bekam Hannes Heuer seine Rente nicht ausbezahlt, solange er als Landwirt tätig war. Der Hof musste also verpachtet oder im schlimmsten Fall sogar verkauft werden.

Um die genaue Lage besser einschätzen zu können, musste Malin allerdings erst einmal einen Blick in die betriebswirtschaftlichen Unterlagen ihrer Eltern werfen. Im Krankenhaus hatte sie versucht, ihren Vater darum zu bitten. Doch dass er seiner Tochter gegenüber die schwierige Situation zugeben musste, war schon fast zu viel für ihn gewesen. Erschöpft und beinahe beleidigt hatte er irgendwann einfach die Augen zugeklappt, und Malin war nichts anderes übrig geblieben, als das Krankenzimmer zu verlassen.

»Ich habe meinem Vater versprochen, dass wir eine Lösung finden werden«, antwortete sie schließlich. »Und zwar eine, die es meinen Eltern ermöglicht, auf ihrem Hof wohnen zu bleiben.«

Das Versprechen hatte sie ihrem Vater tatsächlich gegeben, und daran war für Malin auch nicht zu rütteln.

Svens Mundwinkel zogen sich nach unten. »Und was bedeutet das für mich?«

Malin blickte ihm erstaunt in die blassblauen, stets etwas wässrigen Augen. »Du hast doch gemeint, du könntest nur vorübergehend, und das auch nur stundenweise wegen deines neuen Jobs, hier bei uns aushelfen.«

Sven nickte. »Nee, Malin, alles richtig so. Ich wollte nur sicher sein, dass du nicht denkst, ich fange hier wieder fest an. Es ist halt so, dass ich demnächst ganztags beim Brandes arbeite.« Nach diesem Geständnis gelang es Sven nicht mehr, Malins Blick standzuhalten. Er starrte auf die Spitzen seiner abgewetzten braunen Schuhe, als hätte er sie gerade erst entdeckt.

»Soso, beim Brandes«, murmelte Malin. »Hier hat sich ja tatsächlich einiges geändert.« Es war müßig, Sven vorzuwerfen, ausgerechnet beim Erzfeind ihres Vaters einen Job angenommen zu haben, wenn der selbst ein Pferd von ihm gekauft hatte. Wie und warum es dazu gekommen war, hatte Malin nach wie vor nicht ganz durchschaut. Doch momentan spielte auch das keine Rolle. Es gab Wichtigeres.

»Wo ist er denn jetzt, Sven?«, fragte sie.

Sven hob den Blick, und Malin erkannte das große Fragezeichen darin.

»Der Hengst!«, fügte sie erklärend hinzu.

»Ach so.« Die Luft schoss aus Svens Mund heraus. Er war sichtlich erleichtert, dass Malin nicht weiter auf seinen neuen Arbeitgeber eingegangen war. »In der Stallgasse. Er ist in die falsche Richtung, und als ich mich wieder aufgerappelt habe, bin ich schnell zum Tor hinaus und hab es zugeschlagen, bevor er auf der Hinterhand kehrtmachen konnte«, schilderte Sven und erweckte dabei bei Malin den Eindruck, er wolle für sein Handeln gelobt werden. Von seinem Ärger wegen des gemeingefährlichen Pferdes war nicht mehr viel übrig geblieben. Nun fühlte er sich ganz und gar in der Heldenrolle, weil er so geistesgegenwärtig das wilde Tier in Schach gehalten hatte.

Malin tat ihm den Gefallen und lobte ihn dafür, was Sven ein breites Grinsen in das hagere Gesicht mit der spitzen, etwas nach unten gebogenen Nase zauberte.

»Dann wollen wir mal«, verkündete sie und ging zum Kofferraum ihres Mercedes. Dort wechselte sie lediglich die Schuhe und zog sich ein dünnes Sweatshirt über die Bluse. Als sie vorhin in ihrer Wohnung in Windeseile den Koffer und die Reisetasche gepackt hatte, war es ihr zwar in den Sinn gekommen, ihr Büro-Outfit vom Vortag gleich gegen etwas Praktischeres einzutauschen. Doch da ihr zu diesem Zeitpunkt das Gespräch mit Carsten Langwehr noch bevorstand, hatte sie dann doch lieber ihr Business-Outfit anbehalten. Carsten Langwehr hätte sie in lässiger Kleidung unter Garantie noch abschätziger gemustert, als er es zu Malins Enttäuschung sowieso schon getan hatte. Und das alles nur, weil sie die Dreistigkeit besessen hatte, ihn um zwei Wochen Urlaub aus familiären Gründen zu bitten. Himmel, wie konnte ich nur, schoss es ihr mit einer Mischung aus Sarkasmus und Bitterkeit durch den Kopf.

»Was hast du vor?«, fragte Sven.

Malin klappte den Kofferraum wieder zu und marschierte zum Hauptstall. »Den Jungspund zurück in seine Box bringen«, erklärte sie im Gehen. »Was denn wohl sonst?«

Doch Sven hielt sie aufgeregt am Arm fest. »Aber … aber … Malin, du kannst da nicht reingehen. Der ist irre, hörst du, völlig irre. Der steigt dich an, und dann tritt er dich tot«, war Sven sich sicher.

Malin blieb stehen, blickte Sven direkt ins Gesicht, in dem jäh hektische rote Flecken sichtbar wurden, und zuckte verständnislos mit den Schultern. »Was schlägst du denn vor, Sven? Soll der Hengst für alle Zeiten in der Stallgasse bleiben?«

Sven zischte wie ein Fahrradreifen, in den man gestochen hatte und aus dem nun die Luft herausströmte.

»Du musst den Tierarzt verständigen. Der soll kommen und den Gaul sedieren«, meinte er aufgeregt.

»Bestimmt nicht!«, widersprach Malin entschlossen, während sie seine Hand von ihrem Arm abschüttelte.

Als Malin vorsichtig den Riegel hochschob, gab Sven schräg hinter ihr sonderbare Töne von sich. Irgendein unheilvolles Brabbeln, das Malin schon nach wenigen Sekunden schrecklich nervte.

Sie wandte sich zu ihm um und erklärte: »Von mir aus kannst du Feierabend machen, Sven. Fahr nach Hause, es ist eh schon spät.«

Entschlossen verschränkte Sven die Arme vor der Brust. »Nee, ich lass dich mit dem gemeingefährlichen Gaul bestimmt nicht allein!«

Malin atmete tief durch. »Sven, ich bitte dich, geh heim!«

»Nein!«, gab er zurück.

»Okay, dann verhalte dich aber bitte leise«, verlangte Malin von ihm. »Du machst mich ganz kirre mit deinem Gebrabbel. Und bleib draußen. Ich möchte nicht, dass der junge Hengst sich erschreckt.«

»Ich?« Sven tat unschuldig. »Ich mache doch gar nichts.«

Malin gab es auf. Sven war Sven, der einfach eine komplett eigene Wahrnehmung von sich und den Dingen, die um ihn herum geschahen, hatte.

Malin ließ den Riegel vollständig heruntergleiten und schob dann die rechte Torseite vorsichtig auf.

Und da stand er nun, dieses ach so gemeingefährliche Pferd, völlig erstarrt, mitten auf der Stallgasse. Er hatte

Angst, so, wie er den Schweif eingeklemmt hielt und das Weiß im Auge zeigte.

Malin tastete instinktiv in ihrer Hosentasche nach einem Leckerli und ärgerte sich im nächsten Moment über sich selbst, weil sie so dumm gewesen war und nicht daran gedacht hatte, welche einzustecken.

Stattdessen fand sie einen von den beiden Hustenbonbons, die Sybille ihr gestern Morgen gegeben hatte, weil Malin über ein leichtes Kratzen im Hals geklagt hatte. Die Hand noch immer in der Hosentasche, fummelte sie den Bonbon aus der Verpackung und hielt nun nur noch das knisternde Papier in der Hand.

Vorsichtig betrat Malin die Stallgasse. Sie war sich sicher, absolut sicher, dass der Hengst ihr nichts tun würde. Sie spürte es mit jeder Faser ihres Körpers, dass von dem Tier keinerlei Gefahr ausging, zumal sie ihn gestern problemlos aus dem Verschlag in eine der freien Boxen umgestellt hatte.

»Hallo, mein Junge«, flüsterte sie. »Schön, dich wiederzusehen.«

Vier Pferdebeine staksten noch weiter rückwärts zur Wand. Malin zwirbelte das Folienpapier zwischen ihren Fingern. Sie sah, wie der Hengst auf das Geräusch reagierte, die Ohren spitzte, und machte eine Pause. Der Hengst trat einen halben Rückwärtsschritt zur Seite, kam mit dem Hinterteil dabei gegen die Boxenwand und wurde unruhig, weil ihm wohl bewusst war, dass es dort nicht weiterging.

Behutsam lockte Malin ihn weiter, indem sie leise zu ihm sprach und dabei das Bonbonpapier knistern ließ.

Und tatsächlich, jetzt konnte er nicht länger widerstehen und machte den Hals lang. Malin riskierte noch zwei weitere kleine Schritte und stand dann neben ihm. Behutsam tätschelte sie ihm den Hals.

»Du sollst ein Verbrecher sein?«, sagte sie mit leiser Stimme. »Das halte ich aber für ein Gerücht.«

Der Hengst machte den Hals krumm und beäugte Malin mit sonderbarem Blick. Nicht mehr ängstlich, aber auch nicht entspannt – abwartend. Ja, das passte am besten. Als würde er abwarten, was jetzt als Nächstes mit ihm geschah. Bösartig war dieses Pferd ganz bestimmt nicht. Nur sehr verschreckt, eingeschüchtert. Ganz so, als hätte er in seinen jungen Jahren schon viel Böses erlebt.

»Was ist los mit dir, du schöner Junge? Was ist dein Geheimnis? Warum behauptet Sven, du wärst eine Gefahr, wo du doch in Wirklichkeit so schüchtern und sanft bist, dass ich mich nur wundern kann?«

Der junge Hengst wieherte dunkel.

»Soso, ich verstehe, du kannst es dir also selbst nicht erklären.« Malin nahm die Hand etwas höher und kraulte ihn hinter dem linken Ohr. Er ließ es geschehen, sogar als sie das Ohr direkt berührte, es umfasste, leicht knetete, der Rappe stand da und ließ Malin einfach machen. Und nicht nur das, er schien die Berührung wirklich zu genießen.

»Okay, das mit dir ist der größte Blödsinn aller Zeiten«, war sich Malin jetzt absolut sicher. »Ich weiß nicht, was vorhin in dich gefahren ist, dass du dem armen Sven solch einen Schrecken eingejagt hast, und warum mein Vater dich gekauft hat, ist mir immer noch schleierhaft. Aber eins ist absolut gewiss, du bist ein ganz feiner Junge, der einfach nur Angst hat, dass man ihm wehtut.«

Irgendwo knarrte eine Tür. Es klang so, als würde jemand den Stall betreten. Malin dachte an Sven, der sich mal wieder nicht an ihre Anweisung gehalten hatte. Der junge Hengst reagierte sofort, indem er erst mit dem Vorderhuf aufstampfte und dann den Kopf hochwarf. Im nächsten Moment hatte Malin ein Déjà-vu. Sie sah sich selbst als Kind mit ihrem Pony Cleo in der Stallgasse stehen. Wenn Cleo etwas nicht passte oder er ungeduldig wurde, stampfte er immer mit dem Vorderhuf auf und warf dabei den Kopf in die Höhe.

»Cleo«, hörte sie sich flüsternd fragen, und so absurd die Situation auch war, sie meinte, in seinen Augen für den Hauch eines Augenblicks etwas aufblitzen zu sehen.

»Malin, was tust du denn da? Jetzt lass doch diesen schlimmen Hengst, der muss sowieso weg«, ertönte die schrille Stimme ihrer Mutter, und der vertraute Moment zwischen Malin und dem Rappen war vorüber. Das Tier versuchte noch weiter zurückzuweichen, knallte erneut gegen die Boxenwand und machte daraufhin einen erschrockenen Satz nach vorne. Malin handelte instinktiv und sprang zur Seite.

So viele Jahre hatte sie nichts mehr mit Pferden zu tun gehabt. Klar, wenn sie mal auf eine kurze Stippvisite daheim gewesen war, hatte ihr Vater darauf bestanden, dass sie auch einen Blick in die Ställe oder auf die Weiden warf. Malin hatte die Stuten gestreichelt, die Fohlen bewundert, zeigte sich für ihren Vater begeistert von den Zwei- und Dreijährigen, die er in gute und fördernde Hände zu verkaufen hoffte, und war froh, wenn sie sich später wieder in ihr Auto setzen und zurück nach Hamburg fahren konnte. Und nichts von dem altbekannten und früher so wohltuenden Pferdegefühl war mit ihr gekommen. Da war keine Sehnsucht nach weichen Nüstern, die ihr in den Nacken pusteten, nach dem unbeschreiblichen Gefühl vom Wind in den Haaren, wenn es im gestreckten Galopp über eine schier endlos erscheinende Wiese ging.

Und nun handelte Malin so, als wäre sie nie aus dem Stall fort gewesen. Sie schnappte sich einen Führstrick, der an einer der Boxentüren baumelte, warf ihn dem jungen Hengst um den Hals und umfasste gleichzeitig mit der anderen Hand von oben die Nüstern des Pferdes. So dirigierte sie ihn zurück zu seiner Box. Die Tür stand weit offen, sodass Malin ihn, ohne großartig anhalten zu müssen, direkt hineinlenken konnte. Behutsam nahm sie ihre Hand von seinen Nüstern, zog den Strick weg und klopfte ihm noch einmal sanft den Hals.

»So ein braver Junge bist du«, lobte sie ihn.

Als Malin die Box schließlich wieder verließ und auf die Stallgasse hinaustrat, stand da ihre Mutter. Neben ihr Helen und im Hintergrund Sven, dem das schlechte Gewissen regelrecht ins Gesicht geschrieben war.

Ihre Mutter klappte den Mund auf. Doch bevor sie irgendeinen Ton herausbekam, war Malin ihr schon mit eisiger Stimme zuvorgekommen. »Sag mal, Mama, spinnst du?!«

Helen starrte sie mit großen Augen an. Doch ihre Mutter schien sich wie Malin an eine ganz ähnliche Situation zu erinnern. Es war schon eine halbe Ewigkeit her. Und Malin hatte fest daran geglaubt, all das längst vergessen zu haben. Doch der Stich in ihrem Herzen, schrecklich schmerzend und gleichzeitig tieftraurig machend, war so real, als würde es jetzt, genau in diesem Moment passieren. Der Schmerz war da, noch immer. Ganz tief in Malin verwurzelt und noch lange nicht verheilt.

Kapitel 8

Das Pferd geht so,
wie es am *Zügel* gehalten wird.

Aus Indien

In den nächsten Tagen blieb Malin kaum Zeit zum Durchatmen. Frühmorgens war sie schon im Stall anzutreffen, wo sie zusammen mit Sven die Stuten und Fohlen fütterte und anschließend raus auf die Weide brachte. Während Sven mit dem Misten anfing, versorgte Malin den jungen Hengst, von dem sie inzwischen wusste, dass er ein Nachkomme des grandiosen Dressurhengstes Desperados war, woraufhin sie beschloss, ihm den Spitznamen Danny zu geben.

Anschließend half sie Sven beim Misten, warf vom Boden Stroh- und Heubunde herunter, fegte die Stallgasse und machte sich dann daran, die Weide abzumisten, bevor sie ins Haus ging, um schnell etwas zu frühstücken und dann ihr morgendliches Telefonat mit Sybille zu führen.

In Jeans und staubigem T-Shirt hockte sie in ihrem Zimmer am Schreibtisch aus Kieferfurnier und ließ sich von Sybille auf den aktuellen Stand bringen.

»Alles läuft wie geschmiert, Malin«, beruhigte ihre

Assistentin sie. »Du kannst ganz unbesorgt sein, ich halte hier schon die Stellung.«

Malin war tatsächlich beruhigt und gleichzeitig erleichtert, dass Sybille sie zwar topaktuell auf dem Laufenden hielt, aber so viel wie möglich selbstständig regelte – manches sogar, ohne es vorher mit ihr abzusprechen. Unter normalen Umständen hätte Malin sich alles andere als begeistert davon gezeigt, doch jetzt war nicht der richtige Zeitpunkt für irgendwelche Kompetenzstreitigkeiten.

Gleich nach dem Telefonat mit Sybille duschte Malin im Eilverfahren, tauschte ihre Stallkleidung gegen etwas Ordentlicheres aus und fuhr zusammen mit ihrer Mutter ins Krankenhaus.

Doch die Besuche bei ihrem Vater waren alles andere als angenehm. Der sonst so agile Mann litt schrecklich unter dem Nichtstun, zu dem ihn seine schwere Verletzung verdonnerte, und zeigte sich so schlecht gelaunt, wie Malin ihn selten erlebt hatte.

Jeder Versuch ihrerseits, mit ihm über die Zukunft des Hofes zu sprechen, lief ins Leere. Erst raunzte er sie an, wurde sehr barsch und teilweise auch verletzend, bis er schließlich demonstrativ die Augen schloss. Das Gespräch war beendet, und Malin samt ihrer Mutter blieb nichts anderes übrig, als sein Krankenzimmer zu verlassen.

»So bockig kenne ich ihn gar nicht«, sagte Malin zu ihrer Mutter, nachdem er sie mal wieder extrem rüde abserviert hatte.

Die zuckte lediglich hilflos mit den Schultern und zog es ansonsten vor, dazu zu schweigen.

Dennoch marschierte Malin, kaum dass sie wieder auf dem Hof angekommen waren, direkt in das kleine Büro ihres Vaters, um sich endlich einen Überblick zu verschaffen. Doch die Unterlagen, die sie dort vorfand, bestätigten lediglich nur, was ihr eh schon die ganze Zeit durch den Kopf schwirrte: Der Chirurg hatte recht! Es war eindeutig an der Zeit, dass ihre Eltern in den Ruhestand traten. Noch gehörten ihnen der Hof und tatsächlich wesentlich mehr Land, als Malin zunächst aus den Schilderungen ihrer Mutter herausgehört und befürchtet hatte.

Wenn sie jetzt zum Beispiel den Hof verpachteten, aber in ihrem Haus wohnen blieben, konnte ihr Vater endlich seine ihm längst zustehende Rente beziehen. Zusammen mit den Einnahmen aus der Verpachtung würden ihre Eltern ein unbeschwertes Leben führen können, und vor allem brauchte ihr Vater nicht mehr tagein, tagaus so schwer zu arbeiten.

Man konnte zum Beispiel auch eine Klausel in den möglichen Vertrag aufnehmen, die es ihrem Vater gestattete, einen Teil der Stallungen und die Weide am Hof weiter für seine Pferde nutzen zu können. Zweifellos musste er sich dennoch von einigen der 24 Pferde trennen, was aber Malins Meinung nach nur vernünftig war. Er wurde den Tieren sowieso nicht mehr gerecht, und Sven stand definitiv nur noch vorübergehend zur Verfügung.

Malin fand die Lösung ziemlich naheliegend, und als sie später bei ihrer Mutter einen vorsichtigen Vorstoß diesbezüglich wagte, erlebte sie eine echte Überraschung.

»Kind, wenn du Papa dazu überreden könntest, wäre ich dir unendlich dankbar. Und was das Haus betrifft, so könnte ich mir auch gut vorstellen, dass es mit verpachtet wird. Für Papa und mich allein ist es doch eh viel zu groß. Am liebsten wäre mir eine schöne Wohnung. Entweder mit einem kleinen pflegeleichten Garten oder sonst auch einfach nur einem geräumigen Balkon.«

»Du willst hier weg?« Malin war mehr als baff. »Von eurem Hof? Mama, glaubst du wirklich, dass Papa damit einverstanden ist?«

Doch ihre Mutter sah das überraschend pragmatisch. »Alles hat seine Zeit, und unsere hier auf dem Hof ist nun eben vorbei. Das weiß auch Papa, doch er kann es sich einfach noch nicht eingestehen. Er braucht einen Schubs, Malin, und zwar in die richtige Richtung.«

Malin kam wirklich aus dem Staunen nicht mehr heraus. So etwas aus dem Mund ihrer Mutter, die doch stets zufrieden mit dem gewesen war, was nach Hannes Heuers Meinung gut und richtig für sie wäre. Es war bestimmt nicht so, dass Malin dafür kein Verständnis hatte, ganz im Gegenteil, sie konnte es sehr gut nachvollziehen. Gisa Heuer wollte es endlich etwas leichter haben. Nicht mehr so viel Arbeit und Verpflichtungen, vielleicht sogar mal eine kleine Urlaubsreise, was die beiden sich bisher nicht ein einziges Mal gegönnt hatten.

»Okay, Mama, ich versuche, noch einmal mit Papa zu reden. Ganz in Ruhe und vernünftig, aber natürlich nicht, solange er im Krankenhaus liegt. Dadurch ist er sowieso schon gereizt und alles andere als zugänglich für solch ein brisantes Thema. Vielleicht, wenn er in der Reha ist.

Dann spürt er, dass es wieder etwas aufwärtsgeht, aber eben auch, dass er körperlich weit davon entfernt ist, den Hof alleine zu bewirtschaften«, hoffte Malin.

Doch auch in diesem Punkt war Gisa Heuer anderer Meinung. »Nein, Malin, du musst jetzt etwas unternehmen. Du musst deinem Vater eine fertige Lösung präsentieren. Sonst speist er dich mit ›vielleicht‹ oder ›später irgendwann‹ ab. Ich kenne ihn doch. Und wenn er erst einmal wieder auch nur annähernd auf die Beine gekommen ist, dann lässt er sich sowieso auf nichts mehr ein.«

Niemals hätte Malin ihrer Mutter ein solches strategisches Vorgehen zugetraut, ganz besonders nicht im Umgang mit ihrem Ehemann. Aber sie musste ihr recht geben. Wenn, dann jetzt, da Hannes Heuer quasi außer Gefecht gesetzt war und Malin in ihre Bemühungen nicht dazwischenfunken konnte.

»Gut, Mama, dann werde ich mich jetzt zunächst einfach mal im Internet schlaumachen, was es für Möglichkeiten gibt, und auch die Preise checken, die ihr für eure Pferde erzielen könntet.« Malin stockte, denn jetzt, wo sie es laut ausgesprochen hatte, wurde ihr erst richtig bewusst, was sie ihrem Vater damit antat – seine Pferde verkaufen. Seine geliebten Pferde. Das würde ihm das Herz brechen. Auf jeden Fall. Und war es nicht auch so, dass sie ihm noch vor ein paar Tagen, als er noch nicht ganz so grantig und mürrisch gewesen war, versprochen hatte, dafür zu sorgen, dass er nicht von seinem Hof müsste? Malin war hin- und hergerissen zwischen einer vernünftigen und einer zutiefst emotionalen Lösung.

»Mama, glaubst du wirklich, er kann sich von seinen Pferden trennen?«

Ihre Mutter nickte. »Du musst dir deshalb nicht so viele Gedanken machen. Papa hat selbst gesagt, dass er alle weggeben würde, wenn er nur sicher sein könnte, dass sie in gute und fördernde Hände kommen«, behauptete sie.

Malins Augenbrauen wanderten ungläubig nach oben. »Du meinst, er wäre erleichtert? Aber was ist mit Whisper? Und dem jungen Hengst, dem Desperados-Nachkommen? Den hat er doch gerade erst gekauft! Bestimmt nicht, weil er im Grunde alle Pferde loswerden möchte«, zweifelte Malin an den Worten ihrer Mutter.

»Ach, Malin«, seufzte ihre Mutter und konzentrierte sich einen Moment darauf, den Schweinebraten in der Kasserolle mit eigenem Saft zu übergießen. »Das war auch so ein Einfall von deinem Vater, den er noch am selben Tag bereut hat.« Sie wandte sich wieder Malin zu und wischte sich die Hände an der geblümten Schürze ab, die Malin ihr mal vor unzähligen Jahren zu Weihnachten geschenkt hatte. »Im Grunde genommen ist ihm durch diesen wilden Kerl erst so richtig bewusst geworden, dass er keine dreißig mehr ist und auch keine fünfzig, nein, nicht einmal mehr sechzig. Er ist ihm einfach nicht gewachsen, und das mit der Körung und dann viel Geld mit ihm als Deckhengst zu verdienen, Malin, ich bitte dich, wer glaubt denn heute noch an Märchen?«

Als Malin sich einige Zeit später mit dem Pferdepässe-Ordner hoch in ihr Zimmer zurückzog, um sie in Ruhe zu studieren, kam ihr in den Sinn, dass dieses Gespräch mit ihrer Mutter eines der ganz wenigen in den letzten Jahren gewesen war, in dem sie offen und ehrlich ihre eigene Meinung geäußert und nicht ihrem Mann einfach nur nach dem Mund geredet hatte. Die Worte waren ihrem tiefsten Inneren entsprungen. Sie hatte Malin das anvertraut, was sie sich wirklich wünschte, ihre ureigene Vorstellung von ihrem zukünftigen Leben. Jetzt im Nachhinein kam es Malin so vor, als hätte ihre Mutter ihr damit eine Art von Auftrag erteilt: Kind, ich bitte dich, sorg dafür, dass Papa mit mir zusammen einen neuen Lebensweg einschlägt!

Noch am selben Abend, direkt nachdem sie mit Sybille telefoniert hatte, die ihr abermals versicherte, dass bei Hagen & Hagen alles wie am Schnürchen lief und ihre Abteilung auf Hochtouren und ganz in Malins Sinne an der Kampagne arbeitete, stellte sie probehalber die ersten Pferde auf eine Pferdeverkaufsseite. Natürlich plante Malin nicht, die Tiere einfach hinter dem Rücken ihres Vaters zu verkaufen, vielmehr ging es ihr um eine erste Resonanz, um daraus resultierend den aktuellen Pferdemarkt besser einschätzen zu können. Später wollte sie dann ihre Erkenntnisse mit ihrem Vater besprechen. Insgeheim graute es ihr schon jetzt davor. Doch Malin war sich sicher, dass es die beste Lösung für Mensch und Tier war, und hoffte, dass auch ihr Vater das irgendwann so sehen würde.

Nachdem sie einige der Jungpferde eingestellt hatte, wollte sie schon ihren Laptop zuklappen, als links die Werbung eines Maklers aufblinkte, der auf Reiterhöfe, Gestüte und sonstige landwirtschaftliche Anwesen spezialisiert war. Kurz entschlossen klickte sie den Werbebutton an und von der Startseite weiter auf die aktuellen Angebote. Nicht weil sie ernsthaft darüber nachdachte, den Hof tatsächlich schon jetzt einem Makler anzubieten, sie wollte sich auch hier zunächst einmal einen Überblick verschaffen. Was konnte man an Pacht verlangen, oder war ein Verkauf am Ende doch unumgänglich, und falls ja, wie viel durfte man in etwa für einen Hof wie diesen veranschlagen?

Das Ergebnis war allerdings ziemlich niederschmetternd, denn in dieser dörflichen Gegend stand eine Vielzahl von Bauern- und Resthöfen, mal mit mehr, mal mit weniger Land, zu erschreckend tiefen Preisen zum Verkauf. Eigentlich logisch, schoss es Malin durch den Kopf. So, wie sie selbst kein Interesse daran hatte, den landwirtschaftlichen Betrieb ihrer Eltern zu übernehmen, und erst recht nicht in dieser Einöde wohnen bleiben wollte, dachten eben auch viele andere.

Der Hof neben ihren Eltern zum Beispiel hatte eine halbe Ewigkeit leer gestanden, weil sich erst kein Nachfolger und später auch kein Käufer dafür gefunden hatte. Tja, wer wollte sich heute in der Landwirtschaft auch noch so abrackern, und das bei in der Regel recht geringem Einkommen, denn die Zeiten, in denen jemand mit eigenem Hof automatisch gut situiert war, lagen weit in der Vergangenheit.

Seufzend klickte Malin sich auf die Seite mit den Suchanzeigen durch. Einen Interessenten für einen landwirtschaftlichen Betrieb zur Pacht suchte sie hier vergeblich, allerdings blieb ihr Blick an einer Anzeige hängen, in der jemand einen Hof dieser Art zum Kauf suchte. Verkaufen würde ihr Vater auf gar keinen Fall, da war Malin sich sicher. Aber vielleicht war derjenige ja auch an einer langfristigen Pacht interessiert.

Malin überlegte nicht lange, denn wie hatte ihre Mutter vorhin gesagt? Wenn schon, dann musst du Papa eine fertige Lösung präsentieren.

Also öffnete sie das Kontaktformular und bat den Makler darum, dem Interessenten ihre E-Mail-Adresse und Handynummer zu geben, da sie eventuell ein passendes Objekt für ihn hätte.

Kaum dass sie die Nachricht abgeschickt hatte, bereute sie ihr vorschnelles Handeln gleich wieder. Ihr Vorgehen war ihrem Vater gegenüber absolut nicht fair, nein, es war sogar verwerflich, dass sie beabsichtigte, seine Hilflosigkeit auszunutzen und schon mal alles in die Wege zu leiten. Natürlich hatte sie das größte Verständnis für ihre Mutter, aber einfach loszulegen und dann hinterher zu sagen: »Tja, Papa, jetzt kannst du nicken oder den Kopf schütteln. Nur eines ist gewiss: Sagst du Nein, dann riskierst du, dass Mama dich alleine mit dem Hof sitzen lässt!«

»Mist«, murmelte sie ärgerlich, »was mache ich eigentlich hier? Das geht doch nicht …«

Malin durchsuchte die Seite nach den direkten Kontaktdaten des Maklers und stellte fest, dass das Maklerbüro sich in Hamburg befand. Wenn das kein Zeichen war, meinte sie, nahm ihr Handy vom Schreibtisch und wählte.

Es tutete und tutete und tutete, bis Malin plötzlich bewusst wurde, dass es bereits kurz vor acht Uhr am Abend und der Makler bestimmt nicht mehr in seinem Büro war. Schnell wollte sie wieder auflegen, da rief plötzlich eine atemlose Frauenstimme in den Hörer: »Maklerbüro Hesse und Partner, was kann ich für Sie tun?«

Da Malin nicht mehr damit gerechnet hatte, dass doch noch jemand abheben würde, war sie einen Moment lang so perplex, dass sie keinen Ton herausbrachte.

»Hallo? Ist da jemand am Apparat?«

»Ich … ja, klar, Entschuldigung, hier spricht Malin Heuer. Guten Abend. Mir ist gerade erst aufgefallen, dass es für einen Anruf eigentlich schon zu spät ist.«

So etwas Ähnliches schien sich die Maklerin auch zu denken, zumindest hörte sich ihre Stimme danach an. »Stimmt, Büroschluss war um achtzehn Uhr und ich tatsächlich gerade im Begriff zu gehen«, sagte sie abweisend.

»Tut mir leid«, versicherte Malin ihr noch einmal. »Ich halte Sie auch gar nicht lange auf. Wenn Sie sich vielleicht nur kurz notieren, dass sich die Nachricht, die ich Ihnen gerade über das Kontaktformular zugesendet habe, erübrigt hat.«

»Welche Nachricht?«, gab die Maklerin hörbar entnervt zurück.

Plötzlich kam sich Malin albern vor. Was sollte dieser Anruf? Sie hätte ebenso gut eine zweite Nachricht hinterherschicken können, in der sie knapp mitteilte, dass der Hof doch nicht zum Verkauf stünde. Dafür musste sie nicht zum Telefon greifen und unsicher herumstottern. So ein Verhalten passte überhaupt nicht zu ihr. Genauso wenig wie das graue Sweatshirt, die löchrige Jeans und der lose Pferdeschwanz. Diese Malin, die jetzt hier an ihrem Schreibtisch hockte und der ziemlich unfreundlichen Maklerin fast schon eingeschüchtert ihr Anliegen zu erklären versuchte, gab es längst nicht mehr.

Das alles lag an diesem Ort – der Hof, das Haus, ihr Zimmer – von Minute zu Minute entwickelte sie sich zurück.

Und was kam als Nächstes? Dass ihr bei der kleinsten Kleinigkeit die Röte ins Gesicht stieg, wie es ihr zu ihrem großen Kummer als Jugendliche ständig passiert war?

Entschlossen drückte sie die Schultern durch und fuhr mit betont fester Stimme fort. »Mir ist selbstverständlich bewusst, dass ich Sie nicht telefonisch kontaktieren musste.« Und mit einem Hauch von Ironie fügte sie noch hinzu: »Und bestimmt ist mir nicht daran gelegen, diejenige zu sein, wegen der Sie Ihren unter Garantie wohlverdienten Feierabend verpassen. Also, in diesem Sinne, auf Wiederhören!«

Malin beendete das Telefonat, ohne der Maklerin die Chance auf eine Erwiderung zu geben. Sie warf das Handy auf ihren Schreibtisch und stampfte dann ins Badezimmer, wo sie sich minutenlang eiskaltes Wasser über die Handgelenke laufen ließ.

Als sie den Blick hob, erschrak sie vor ihrem eigenen Spiegelbild. Blass und ungeschminkt, hohle Wangen, dunkle Schatten unter den hellblauen Augen und eine steile Falte zwischen den Brauen, die vor Kurzem dort noch nicht gewesen war.

»Na super, nicht einmal eine Woche, und ich sehe wie ein Grufti aus«, knurrte sie ihr Spiegelbild an.

Als sie zurück in ihr Zimmer kam, klingelte das Handy. Malin erkannte die Hamburger Vorwahl auf dem Display und wollte das Gespräch entgegennehmen, bevor ihr klar wurde, dass es die Nummer war, die sie gerade angerufen hatte. Die Maklerin, die sich womöglich wegen des rüden Finales des Telefonates bei ihr beschweren wollte.

»Schönen Dank auch, darauf habe ich bestimmt keine Lust«, murmelte Malin und ließ das Handy so lange klingeln, bis ihre Mailbox ansprang.

Später hörte sie sich die Nachricht dann aber doch noch an, die die Maklerin ihr hinterlassen hatte, und wusste absolut nicht, was sie davon halten sollte.

»Frau Heuer, hier spricht noch mal das Maklerbüro Hesse, Sabine Sahlkamp. Anscheinend ist irgendwie die Verbindung abgerissen, auf jeden Fall waren Sie plötzlich nicht mehr am Apparat. Nun habe ich mir doch noch schnell Ihre Nachricht durchgelesen, und ja, ich weiß, ich sollte sie löschen. Doch es ist so, dass ich einen Interessenten hätte, der tatsächlich in dem Ort etwas sucht, in dem sich Ihr Hof befindet. Es wäre deshalb wirklich sehr nett von Ihnen, wenn wir morgen dazu noch einmal telefonieren könnten. Vielleicht steht das Angebot Ihrerseits ja doch noch? Ich versuche es auf jeden Fall morgen früh wieder bei Ihnen. Haben Sie einen schönen Abend, und bitte entschuldigen Sie, wenn ich vielleicht eben etwas kurz angebunden geklungen habe. Das war wirklich nicht meine Absicht.«

Einen Moment lang war Malin hin- und hergerissen. Die Maklerin hatte einen potenziellen Interessenten, war ernsthaft interessiert – die Lösung?

Doch dann hatte sie plötzlich wieder ihren Vater vor Augen. Wie er im Stutenstall auf seinem alten Campingstuhl saß und sich an den Pferden gar nicht sattsehen konnte, ein glückliches, zutiefst zufriedenes Lächeln im Gesicht. Nein, Malin wollte nicht diejenige sein, die ihm das wegnahm. Es musste eine andere Lösung geben. Klar, und dann war da auch noch ihre Mutter, die ihr womöglich das erste Mal im Leben ihre wirklichen Gedanken und Gefühle offenbart hatte. Sie wollte hier nicht länger sein. Vielleicht hatte sie es ja niemals gewollt? Wegen der vielen Arbeit oder weil sie insgeheim genauso wie ihre Tochter von einem ganz anderen Leben geträumt hatte? Der Schein trügt, schoss es ihr plötzlich durch den Kopf. Doch wenn das wirklich so war, dann konnte sie dieses grundlegende Thema zwischen ihren Eltern bestimmt nicht klären. Das mussten sie schon selbst tun, fand sie. Moderieren, okay, aber den Stein ins Rollen bringen, nein, das wollte sie einfach nicht.

Also schrieb sie der Maklerin eine weitere Nachricht über das Kontaktformular, in der sie ihr mitteilte, dass der Hof vorerst nicht zum Verkauf stünde. Sie bat sie freundlich, aber bestimmt, von einem Anruf abzusehen, denn momentan gebe es definitiv nichts zu besprechen. Falls sich an der Situation noch etwas ändern sollte, so versprach sie der Maklerin in der Nachricht, wäre sie die Erste, die davon erfahren würde. Ganz zuschlagen wollte Malin die so unverhofft weit geöffnete Tür lieber nicht. Schließlich konnte man nie wissen, wie sich die Dinge entwickelten.

Kapitel 9

Pferde, die Trinker
des *Windes*.

Aus dem Iran

Am Freitag hatte Sven endlich das Wunder vollbracht und den Paddockzaun repariert. Malin war kurz davor gewesen, selbst zu Hammer und Nägeln zu greifen, denn den jungen Hengst tagein, tagaus nur in seiner Box stehen zu sehen tat ihr einfach schrecklich leid.

»Wie jetzt, Malin, du willst dort tatsächlich den durchgeknallten Kerl draufstellen?« Sven verzog so fassungslos das Gesicht, dass Malin sich sicher war, er bereute inzwischen zutiefst, ihrer Aufforderung nachgekommen zu sein und den Zaun repariert zu haben.

Lässig zuckte sie mit den Schultern. »Wo ist das Problem?«

»Das fragst du wirklich?« Aufgeregt schnappte Sven nach Luft. »Malin, er hat deinen Vater angegriffen und mich auch. Bestimmt kommst du als Nächste an die Reihe. So dürr, wie du bist, macht der dich platt.«

Malin zeigte ihm einen Vogel. Mehr Beachtung wollte sie diesem dummen Geschwätz wahrhaftig nicht schenken.

Beleidigt verschränkte Sven die Arme vor der Brust. »Bitte, wenn du denkst, du weißt es besser. Aber heul später bloß nicht rum, wenn du mit gebrochenen Knochen daliegst. Und du weißt ja, ewig kann ich nicht mehr zweimal am Tag hierherkommen.«

»Sven, jetzt hör wirklich mal mit diesem Unsinn auf!«, wies Malin ihn nun doch ziemlich scharf zurecht. Es nervte sie einfach, dass er Danny als ein gemeingefährliches Monstrum darstellte, was das junge Tier aber gar nicht war. Er hatte Angst, war regelrecht panisch, doch der Grund dafür, da war sich Malin ziemlich sicher, stand eng mit einem schlimmen Erlebnis in Verbindung. Er war nicht gut behandelt worden, bestimmt von Heiko Brandes, der für seine rüde Hand im Umgang mit den Jungpferden hinreichend bekannt war.

Ohne Sven eines weiteren Blickes zu würdigen, marschierte sie in den Stall und trat an Dannys Box. Behutsam öffnete sie die Boxentür und klopfte Danny sanft den Hals, bevor sie ihm das Halfter anlegte. Danny zuckte ein wenig zusammen, als sie dabei seine Ohren berührte, doch ihr leises: »Alles gut, mein Junge, reg dich nicht auf, Danny, ich tue dir nichts, versprochen«, entspannte ihn gleich wieder etwas.

Malin führte ihn aus der Box, die Stallgasse entlang und schließlich hinaus auf den Hof. Er schnaubte und machte sich ganz groß, als er die frische Luft einatmete, die warme Sonne auf dem Fell spürte.

Wie schön er ist, konnte Malin nur denken, und ihr Herz machte tatsächlich einen kleinen Sprung. Verrücktes Herz, fand sie. Das Thema Pferde hatte sich für Malin längst erledigt und würde bestimmt nie wieder eins für sie werden.

Als sie ihn über den Hof zum Paddock führte, wurde er immer aufgeregter. Mit erhobenem Schweif, prustend, sodass man das Rote in den Nüstern sah, tänzelte er neben Malin dahin. Doch zu keiner Sekunde hatte sie Mühe, ihn zu halten. Er spielte sich zwar mächtig auf, blieb aber dabei dicht an ihrer Seite. Lediglich auf ihre Füße in den leichten Turnschuhen musste sie achtgeben, damit er bei seinem aufgeregten Getänzel nicht aus Versehen draufsprang.

Das Gatter knarrte ein wenig, als sie es aufzog. Danny spitzte die Ohren und sah sich aufmerksam um.

»Endlich frische Luft und ein bisschen Bewegung, mein Süßer«, raunte Malin ihm zu und führte ihn auf den Paddock.

Sie löste den Strick vom Halfter und machte schnell einen Schritt zur Seite, weil sie fest damit rechnete, dass er gleich vor lauter Übermut wild buckelnd losstürmen würde. Schließlich hatte er eine halbe Ewigkeit erst in dem Verschlag und dann in der Box gestanden. Doch Danny wagte lediglich einen vorsichtigen Schritt vorwärts, blieb dann wie erstarrt stehen, streckte die Nüstern in die Höhe und wieherte langgezogen.

Die Stuten drüben auf der Weide erwiderten sein Wiehern, zwei Fohlen galoppierten los, vollführten dabei die wildesten Bocksprünge. Während Whisper sofort zum Zaun getrabt kam und aufmerksam zu Danny herüberschaute, hoben die drei anderen Stuten nur kurz ihre Köpfe, und nachdem Danny sich nicht von der Stelle rührte, verloren sie das Interesse an ihm und grasten weiter. Auch Whisper blieb nur einen kurzen Augenblick am Zaun stehen, dann lief sie zu den anderen zurück und schenkte dem saftig grünen Gras wieder ihre volle Aufmerksamkeit.

Danny riskierte nun ein paar vorsichtige Schritte vorwärts. Malin zerriss es fast das Herz, ihn dabei zu beobachten, wie er verunsichert Huf vor Huf setzte, als wäre er noch niemals in einem Auslauf gewesen.

In der hintersten Ecke blieb er schließlich stehen und beäugte von dort aus misstrauisch seine Umgebung.

»Siehst du jetzt, dass er nicht böse, sondern einfach nur total verängstigt ist?«, wandte Malin sich fast ein wenig triumphierend an Sven. Wobei es sich für sie nicht nach einem Triumph anfühlte, das junge Pferd so eingeschüchtert und ängstlich zu erleben.

»Der tut doch nur so«, behauptete Sven tatsächlich noch immer. »Das ist ein Schauspieler in Pferdegewand.«

Malin seufzte tief. »Weißt du, Sven, so langsam gehen mir die logischen Argumente aus. Du willst es einfach nicht sehen … nicht wahrhaben.«

Sven schob zerknirscht den Unterkiefer vor, aber er verkniff sich eine Erwiderung.

»Ich habe keine Ahnung, was wohl das Problem mit ihm ist«, redete Malin mehr zu sich als an Svens Adresse gerichtet weiter, »aber dass ich niemals zuvor so ein schönes Pferd wie ihn gesehen habe, das weiß ich mit Sicherheit.«

Dannys lackschwarzes Fell glänzte in der Sonne. Seine wunderschöne breite Blesse, die im Bereich der Nüstern leicht rötlich auslief, wirkte hier draußen im Tageslicht noch viel strahlender. Seine Mähne und der Schweif waren unheimlich dicht und wellig, was ihr bisher tatsächlich noch gar nicht aufgefallen war. Doch am meisten faszinierte Malin das Spiel seiner wohlgeformten Ohren. Vor und zurück, mal das linke, dann das rechte oder beide gleichzeitig. Er bekam alles mit, obwohl er erkennbar mit inneren Dämonen zu kämpfen hatte.

»So ein bildschönes Pferd«, schwärmte Malin weiter.

»Das mag ja richtig sein«, brummte Sven, »schön ist der wohl. Und der kann auch mächtig die Beine schmeißen. Der Trab ist einmalig, und der Schritt, hat dein Vater gesagt, 'ne glatte Zehn. Aber er ist irre im Kopf. Glaub es mir, Malin, völlig irre. Ich hab es erlebt. Der explodiert aus heiterem Himmel, und dann ist der wie angezündet in der Birne.« Während Sven noch alles Mögliche und bestimmt nichts Gutes über Danny von sich gab, fuhr drüben auf dem Nachbarhof ein großer Pick-up die Einfahrt hinauf. Irgendetwas rumpelte ganz gewaltig auf der Ladefläche. Dannys Flanken begannen leicht zu zittern, seine Nüstern blähten sich unruhig auf.

»Komm mal lieber jetzt vom Paddock runter. Beim nächsten Krach geht der richtig ab«, prophezeite Sven ihr, als Danny tatsächlich auch schon von der Stelle weg antrabte. Und was Malin dann zu sehen bekam, war so unbeschreiblich, dass es ihr glatt den Atem raubte.

»Wie er sich bewegt«, hauchte sie vollkommen überwältigt. »Er schwebt ja … So etwas habe ich noch nie gesehen. Unglaublich, einfach nur unglaublich. Es scheint so, als würde er den Boden überhaupt nicht berühren. Er hat einen wahnsinnigen Schwung, absolut außergewöhnlich.«

Kurz darauf verließ Malin dann doch den Paddock, blieb aber noch eine ganze Weile am Zaun stehen. Sie konnte von Dannys Ausdruck, seinen Bewegungen und seiner Schönheit überhaupt nicht genug zu sehen bekommen, war von Minute zu Minute begeisterter. Es war das erste Mal seit vielen Jahren, dass ein Pferd sie so für sich gewinnen konnte, sie regelrecht in seinen Bann zog.

Nach und nach veränderte sich auch Svens Haltung dem jungen Hengst gegenüber. War er zu Beginn voller Abneigung und bezeichnete Danny als Verbrecher mit Schweif und Mähne, so sah ihn Malin nun ein paarmal verstohlen lächeln.

»Na, Sven, findest du ihn immer noch so schrecklich?«, stichelte sie mit einem Augenzwinkern.

Sven machte eine wegwerfende Handbewegung. »Ja, ja, ich hab es kapiert, du lebst noch. Er hat dich nicht umgerannt. Vielleicht ist es ja tatsächlich so, dass er nichts mit Männern anfangen kann. Dein Vater hatte ganz früher mal eine Stute, so einen todschicken Fuchs. Die hatte auch Angst vor Männern. Er hat sie dann letztendlich an ein junges Mädchen verkauft, die mit ihr später dann sogar bei S-Prüfungen siegreich war.«

»Finja«, nickte Malin. »Ja, ich erinnere mich sogar noch sehr gut an sie. Mein Vater wollte immer, dass ich sie reite, aber sie war mir viel zu groß. Oder anders, ich einfach noch viel zu klein.« Malin grinste.

Nachdenklich kratzte Sven sich am Kinn, das von rötlichen Bartstoppeln übersät war. »Hast du nicht mal wieder Lust zu reiten, Malin?«, wollte er plötzlich von ihr wissen.

Darüber musste Malin nicht lange nachdenken, vehement schüttelte sie den Kopf. »Nein! Kein bisschen!«

»Aber warum denn nicht? Du bist doch früher mit Leib und Seele Reiterin gewesen. Und so talentiert. Ich weiß noch, wie dein Vater immer gestrahlt hat, wenn du Delaya geritten bist.«

Malin wollte gerade etwas erwidern, als ihre Mutter plötzlich aus dem Haus geeilt kam. In ihrem Gesicht und am Hals prangten rote Flecken wie Feuermale, was dazu führte, dass sich Malins Magen unheilvoll zusammenzog.

»Ist was mit Papa?«, rief sie besorgt.

Doch zum Glück schüttelte ihre Mutter den Kopf. »Hier ist jemand am Telefon für dich«, erklärte sie. Erst jetzt bemerkte Malin, dass ihre Mutter das Telefon in der linken Hand hielt. »Ein Herr Blancken. Er ruft wegen …« Ihre Mutter stockte, warf einen unsicheren Blick in Svens Richtung, begann noch mehr zu glühen und zuckte schließlich ratlos mit den Schultern, bevor sie Malin das Telefon einfach in die Hand drückte. »Rede mal am besten selbst mit ihm.«

Ahnungslos zuckte Malin mit den Achseln. »Wer soll das sein? Ich kenne keinen Herrn Blancken.« Dann wurde ihr aber bewusst, dass man am anderen Ende der Leitung natürlich hörte, was sie zu ihrer Mutter sagte. Kopfschüttelnd über ihre eigene Nachlässigkeit, nahm sie ihr das Telefon ab, drückte noch einmal die Schultern durch und sprach in den Hörer: »Malin Heuer.«

Ein leises Räuspern, dann eine dunkle Männerstimme, die sich sofort bei ihr zu entschuldigen begann. »Es war wirklich nicht meine Absicht, Sie so zu überfallen. Aber ich dachte mir, vielleicht kann ein persönliches Gespräch zumindest dazu führen, dass Sie noch einmal über Ihren Entschluss nachdenken.«

Malin verstand nicht einmal ansatzweise, wovon ihr Gesprächspartner da eigentlich redete.

»Herr Blancken, so war doch Ihr Name, oder?«

»Ach herrje, entschuldigen Sie bitte nochmals, wie unhöflich von mir. Ja, mein Name ist Stefan Blancken, und ich habe Ihre Telefonnummer von Frau Sahlkamp bekommen.«

Allmählich ging Malin ein Licht auf. »Die Frau Sahlkamp vom Maklerbüro Hesse?«

»Ja, genau die. Und ja, mir ist bekannt, dass Sie ihr mitgeteilt haben, dass Ihr Hof nicht zum Verkauf steht.«

»Warum dann dieser Anruf?«, fiel Malin ihm ins Wort.

Malin hörte ihn tief seufzen. »Er wäre einfach perfekt für unser Vorhaben, und außerdem entspricht es nicht meinem Naturell, sofort aufzugeben.« Er lachte kurz auf, und auch wenn Malin seinen Anruf unter den gegebenen Umständen eigentlich als unverschämt empfinden wollte und sich über die Maklerin ärgerte, die anscheinend trotz ihrer Absage dem Interessenten ihre Kontaktdaten übermittelt hatte, klang seine Stimme so sympathisch, sein Lachen so warm und ansteckend, dass Malin sich ein Schmunzeln nicht verkneifen konnte. »Ich bin auch niemand, der vorschnell aufgibt«, verriet sie ihrem Gesprächspartner, was Stefan Blancken erleichtert in den Hörer schnaufen ließ.

Aus dem Augenwinkel erkannte Malin, dass Sven immer näher gekommen war und neugierig die Ohren spitzte. Das Letzte, was Malin sich wünschte, war, dass Sven die Gerüchteküche anheizte und womöglich über zehn Ecken irgendetwas davon bei Hannes Heuer im Krankenhaus ankam. Sie bedeckte mit der Handinnenfläche den Hörer und raunte ihrer Mutter und Sven zu: »Beruflich! Ich geh mal kurz ins Haus. Hier draußen ist irgendwie der Empfang nicht so gut!« Damit wandte sie sich um, hoffte, dass ihre Mutter sich Sven gegenüber nicht verplapperte, und marschierte mit eiligen Schritten davon.

»Und was ist mit dem Hengst?«, hörte sie Sven hinter sich rufen.

Ohne sich zu ihm umzudrehen, erwiderte sie: »Gleich, Sven! Ich bin gleich wieder zurück.«

Im Haus ließ sie sich auf die Küchenbank sinken und entschuldigte sich dann bei ihrem Gesprächspartner für die Unterbrechung. »Ich musste kurz etwas klären.«

»Kein Problem«, beeilte er sich ihr zu versichern. »Ich bin ja derjenige, der Sie einfach so überfällt und sich dafür zu entschuldigen hat.«

»Das haben Sie ja bereits«, erinnerte Malin ihn. »Um nun aber auf den Grund Ihres Anrufes zurückzukommen, Fakt ist, der Hof gehört meinen Eltern, und dass ich mich mit der Maklerin in Verbindung gesetzt habe, war tatsächlich etwas zu vorschnell, denn an einen Verkauf ist absolut nicht zu denken. Dennoch möchte ich gerne von Ihnen erfahren, warum Sie ausgerechnet an diesem Hof so interessiert sind. Ich habe im Internet recherchiert, unter anderem auch auf der Seite Ihrer Maklerin, dass hier in der Gegend unzählige Resthöfe und Ähnliches zum Verkauf stehen.«

Stefan Blancken räusperte sich ein weiteres Mal. Entweder war er erkältet, was auch seine etwas rau klingende Stimme erklären mochte, oder es war eine Angewohnheit von ihm. »Wir planen, eine große und moderne Reitanlage zu errichten. Etwas absolut Artgerechtes, Paddockboxen, 24-stündiger Weidegang, geräumige Ausläufe, eine Anlage nach den neuesten Erkenntnissen und natürlich auch mit allen Bequemlichkeiten für die Besitzer und Reiter ausgestattet. Der Hof Ihrer Eltern bietet sich einfach perfekt dafür an.«

Malin dachte einen Moment über seine Worte nach, bevor sie mit misstrauischem Unterton von ihm erfahren wollte: »Woher wissen Sie das? Sind Sie etwa schon hier gewesen? Hat Ihnen die Maklerin die Adresse gegeben? Wobei ...« Malin stockte. »Das kann ja eigentlich nicht sein, denn die habe ich ihr überhaupt nicht genannt.«

Malin hörte ihren Gesprächspartner unbehaglich grummeln und wurde noch misstrauischer. »Sind Sie so nett und klären mich auf? Und was mir dabei noch einfällt, woher haben Sie überhaupt die Telefonnummer meiner Eltern? Ich kann mich nicht erinnern, sie angegeben zu haben!«

»Liebe Frau Heuer, bitte sehen Sie es meiner Maklerin nach, sie weiß, wie sehr ich an dem Hof Ihrer Eltern interessiert bin, und hat natürlich sofort bei mir angerufen. Und ja, ich habe mir den Hof angeschaut, allerdings schon vor einiger Zeit und damals direkt zu Frau Sahlkamp gesagt, dass sie, falls er irgendwann mal zum Verkauf stünde, bitte unbedingt an mich denken sollte.«

Malin konnte sich selbst zusammenreimen, dass die Maklerin anhand ihres Namens und des Ortes, den sie im Kontaktformular angegeben hatte, recherchiert und natürlich herausgefunden hatte, um welchen Hof genau es sich handelte. Nichts davon konnte sie der Maklerin wirklich zum Vorwurf machen. Sie war Geschäftsfrau und hatte einen Interessenten für genau diesen Hof, logisch, dass sie nichts unversucht ließ, um das Geschäft doch noch irgendwie ins Rollen zu bringen. Malin hätte an ihrer Stelle womöglich genauso gehandelt.

Doch all das änderte nichts an der Tatsache, dass der Hof nicht zum Verkauf stand. Ihr Vorstoß war übereilt und unüberlegt gewesen. Allerdings musste Malin insgeheim zugeben, dass sich Herrn Blanckens Pläne wirklich sehr interessant anhörten. Eine Reitanlage nach den neuesten und modernsten Maßstäben, einen Ort, an dem sich Pferd wie Mensch gleich wohlfühlen konnten.

Vielleicht war es ja Schicksal, dass sie sich ausgerechnet mit der Maklerin in Verbindung gesetzt hatte, die einen Kunden betreute, der sich für den Hof ihrer Eltern interessierte und dazu auch noch daraus einen professionellen Reitbetrieb machen wollte. Etwas, was Malins Vater bestimmt gefallen würde, schließlich hatte er das früher selbst einmal vorgehabt, aber letztendlich nicht die finanziellen Mittel dafür aufbringen können, wie Malin wusste.

Ja, womöglich war das überhaupt die Lösung: Wenn zum Beispiel dieser Stefan Blancken ihren Eltern vertraglich ein lebenslanges Wohnrecht auf dem Hof garantierte und ihr Vater auch einige seiner Pferde behalten und hier dann natürlich auch stehen lassen konnte.

All das schwirrte Malin durch den Kopf. Nicht wirklich zu Ende gedacht, hier und da noch einige lose Fäden, die sie noch nicht wirklich miteinander verknüpfen konnte, natürlich auch das Wissen, dass ihre Mutter hier nicht bleiben wollte, doch eine genauere Überlegung war es allemal wert, fand sie.

»Herr Blancken, ich kann Ihnen nichts versprechen, nur so viel, dass ich noch einmal in Ruhe mit meinen Eltern reden werde. Unter bestimmten Voraussetzungen würden sie sich vielleicht das Ganze zumindest mal durch den Kopf gehen lassen. Geben Sie mir doch einfach Ihre Telefonnummer, ich melde mich dann zeitnah wieder bei Ihnen. Okay?«

»Das ist sogar sehr okay, Frau Heuer!«, gab Stefan Blancken hocherfreut zurück. »Das ist mehr, als ich zu hoffen gewagt hatte.«

Kapitel 10

Ein Pferd wird nicht
nach seinem *Sattel* beurteilt.

Aus Belgien

Am nächsten Morgen wurde Malin von der Sonne geweckt. Sie öffnete die Augen und betrachtete einen Augenblick lang die silbern schimmernden Staubpartikel, die langsam durchs Zimmer tanzten. Sie lag einfach nur da und dachte an nichts – bis sie lautes Gekläff abrupt aus dem Bett trieb.

Malin öffnete das Fenster und lehnte sich weit übers Fensterbrett, um einen Blick auf den Innenhof zu erhaschen. Was sie dort zu sehen bekam, war der kleine Jack Russel Terrier von neulich. Er sprang aufgeregt bellend um einen Mann herum, der ihn wegzutreten versuchte. Die Hände hatte er zu Fäusten geballt, den Blick hielt er starr auf den Hund gerichtet. Dennoch erkannte Malin ihn.

»Claas? Was, um alles in der Welt, machst du denn da?«

Claas war kurz abgelenkt, weil er zu Malin hinaufschaute. Das wusste der flinke Hund sofort für sich auszunutzen. Mit gefährlichem Gekläff und zähnefletschend stürzte er sich nach vorne und verbiss sich in sein Hosenbein aus feinster Merinowolle. Wild den Kopf schüttelnd zerrte er daran, sodass Claas ins Wanken geriet. Er ruderte mit den Armen in der Luft herum, warf einen panischen Blick auf den knurrenden Terrier, sah dann hoch zu Malin und flehte sie mit einer Mischung aus Entrüstung und Angst an: »Ruf den Hund zurück, Malin, bitte!«

Zunächst war Malin total erschrocken, denn sie hatte wirklich nicht damit gerechnet, dass der Terrier Claas angreifen würde. Dann aber ging endlich ein Ruck durch ihren Körper. Schwungvoll stieß sie sich vom Fensterbrett ab und rannte aus ihrem Zimmer. Die alte Holztreppe stöhnte und knarrte gequält unter ihren nackten Füßen, als Malin sie hinunterstürmte. Die Tür flog auf, und dann war sie auch schon auf dem Weg ums Haus herum in den Innenhof, wo Claas noch immer mit dem Hund am Hosenbein kämpfte.

»Aus!«, befahl sie dem Hund. »Lass los! Hörst du, aus!«

Doch der Kleine war so im Rausch, dass es ihn herzlich wenig scherte, was Malin ihm zurief.

»Jetzt unternimm doch was!«, flehte Claas sie an.

Es war verrückt, dass so ein großer und breitschultriger Mann dem kleinen aufgebrachten Hund nichts entgegenzusetzen hatte.

»Warte, ich hole den Wasserschlauch«, kam es ihr plötzlich in den Sinn.

Früher, als Malin noch ein Kind war, wohnte auf dem Hof nebenan das Ehepaar Friedrichs, das den ganzen Stall und Garten voller Hühner hatte. Der Hahn war mehr als renitent, er war eindeutig kampflustig. Einmal war er über den Zaun gesprungen und hatte sich auf Malin und Helen gestürzt, die gerade im Garten spielten. Hannes Heuer, der, von dem panischen Geschrei der Mädchen angezogen, herangeeilt kam, hatte nicht lange gefackelt, sich den Wasserschlauch geschnappt und ihn auf den Hahn gerichtet. Danach hatte der aggressive Hahn es nie wieder gewagt, über den Zaun zu flattern.

Bestimmt klappte das auch mit wild gewordenen Hunden, hoffte Malin und rannte los. Doch der Schlauch am Wasserhahn neben dem Stall war zu kurz. Blieb ihr nur, sich einen der Eimer, die hier zum Glück herumstanden, zu schnappen und ihn mit Wasser zu füllen. Damit stürmte sie zurück zu Claas, der gerade schmerzvoll aufstöhnte, weil der Hund anscheinend seine Zähne neu positioniert und diesmal wohl nicht nur seine Hose erwischt hatte.

Beherzt schüttete Malin den Wassereimer in die Richtung des Jack Russel Terriers aus, der daraufhin tatsächlich erschrocken aufjaulend von Claas abließ. Er schüttelte sich heftig und verzog sich mit eingeklemmter Rute vom Hof.

»Ja, hau bloß ab!«, rief Malin ihm hinterher. Nicht wirklich böse, dazu fand sie ihn einfach zu drollig. Auch jetzt noch, nachdem er Claas so angegangen war. Nur konnte Malin sich beim besten Willen nicht vorstellen, dass er sich völlig grundlos so aggressiv verhalten hatte. Womöglich hatte Claas ihn irgendwie gereizt. Natürlich unbewusst. Claas hatte keine Erfahrung mit Hunden. Mit Tieren im Allgemeinen nicht.

»Alles in Ordnung?«, wandte sie sich schließlich an Claas.

Er stand einfach nur da und schaute fassungslos an sich herunter. Ein Loch im Hosenbein, und vom Inhalt des Eimers hatte er in etwa genauso viel wie der Terrier abbekommen.

Obwohl es nicht Malins Hund oder der ihrer Eltern war und sie nur von ihrer Mutter wusste, dass er wohl zu den neuen Besitzern des Nachbarhofes gehörte, war ihr das Ganze vor Claas so peinlich, dass sie einen knallroten Kopf bekam. Hilflos machte Malin einen Schritt auf Claas zu und hob entschuldigend die Hand. »Ich weiß nicht, was in ihn gefahren ist. Hast du ihn irgendwie gereizt? Also … ich meine natürlich aus Versehen?«

Claas musterte sie mit ausdrucksloser Miene und stellte ebenso sachlich die Frage: »Ist der Hund geimpft?«

»Wie meinst du das?«

»Ich möchte von dir erfahren, Malin, ob das Tier gegen Tollwut geimpft ist.«

Endlich verstand Malin ihn. »O nein, Claas, hat er dich etwa gebissen?«

»Ja, das hat er!«, gab er knapp zurück. »Kannst du mir jetzt bitte antworten. Besteht ausreichender Impfschutz?«

Ratlos hob sie die Schultern. »Das weiß ich nicht.«

»Dann sei doch so nett und frag deine Mutter«, forderte Claas sie mit verkniffener Miene auf, während er sich mit der linken Hand die Haare zurückstrich, die er sonst zurückgekämmt trug und die ihm bei dem Gerangel mit dem Hund in die Stirn gefallen waren.

»Ich fürchte, meine Mutter weiß das auch nicht, Claas. Der Hund gehört uns nicht.«

Nun wurde Claas doch etwas nervös. »Wie jetzt, das war ein Streuner? Verdammt, dann hat der doch unter Garantie Tollwut. Was auch sein aggressives Gebaren erklären würde. Ich muss sofort zum Arzt. Malin, ist hier in der Nähe einer?«

»So schlimm?«, fragte Malin.

Er nickte und humpelte dann Richtung Auto.

»Warte, Claas, ich fahre dich«, bot sie ihm an.

Claas drehte sich langsam zu ihr um und musterte sie mit hochgezogenen Augenbrauen von oben bis unten. »So?«, fragte er nur.

Malin blickte an sich herunter. Verdammt. Außer einem weißen T-Shirt, das gerade so ihren Po bedeckte, und einem Slip hatte sie nichts an.

»Ich …«, begann sie hilflos. »Claas, was … was machst du überhaupt hier? Ich meine, wie kommst du hierher? Warum und dazu so früh? Und, wo um alles in der Welt, hast du eigentlich die Adresse meiner Eltern her?«

»Ich wollte dich überraschen, die Adresse hat mir gestern deine Assistentin gegeben, und ich bin heute um fünf in Hamburg losgefahren, um nicht in den Berufsverkehr zu geraten. Jetzt verlasse ich dich jedoch gleich wieder, weil ich besser mal einen Arzt aufsuchen sollte. Bis später!«, gab er zurück, stieg in sein Auto und fuhr vom Hof.

Malin stand da und wusste nicht, ob sie lachen oder weinen sollte.

»Verdammt, das darf doch alles nicht wahr sein!«, fluchte sie schließlich.

Energisch wandte sie sich um und marschierte zum Haus zurück. Die Tür war hinter ihr zugeschnappt, sodass sie klingeln musste.

»Wo kommst du denn her?«, fragte ihre Mutter verwundert, als sie ihr wenige Momente später öffnete. »Und warum hast du nichts an?«

Malin holte tief Luft. »Mama, wem genau gehört jetzt dieser Hund?«

Ihre Mutter schüttelte verständnislos den Kopf. »Welcher Hund? Und warum stehst du hier halb nackt vor der Tür? Kind, muss das denn sein? Der Sven, klar, er ist einfach gestrickt. Aber trotzdem musst du doch auf dem Hof nicht so herumlaufen. Nicht vor seinen Augen.«

Malin seufzte tief. »Ich bin bestimmt nicht freiwillig barfuß rausgerannt. Hast du denn den Hund nicht bellen gehört?«

»Welchen Hund?«, wiederholte ihre Mutter.

Malin schob sich an ihrer Mutter vorbei ins Haus und war schon halb auf der Treppe. »Der kleine Jack Russel Terrier. Du hast gemeint, er gehört den Leuten, die den Hof von Friedrichs gekauft haben. Diesen Hund meine ich.«

Ihre Mutter hob hilflos die schmalen Schultern. Ihre Mundwinkel zogen sich nach unten. »Was hast du denn nur immer mit diesem Hund?«

O Gott, was für eine Konversation, konnte Malin wieder einmal nur denken. Warum reagierte sie nur immer so gereizt auf die Schwerfälligkeit ihrer Mutter? Und dann gestern die Sache im Stall. Wie früher, nein, noch schlimmer. Aber war es nicht sogar ein Stück weit normal, dass Mütter und Töchter ihre Phasen hatten, in denen sie nicht miteinander auskamen? Bestimmt! Nur irgendwann musste diese Phase doch auch mal wieder vorbei sein. Oder nicht?

Malin winkte ab. »Egal, Mama, vergiss es einfach. Ich geh jetzt erst mal unter die Dusche und ziehe mich dann an. Danach muss ich in den Stall. Wenn du magst, dann hole ich uns später Brötchen vom Bäcker?«, bot sie mit einem versöhnlichen Lächeln an.

Doch ihre Mutter schüttelte den Kopf. »Ach, das tut mir jetzt aber leid. Hanna holt mich gegen neun ab, und dann fahren wir zusammen zu Papa ins Krankenhaus. Danach wollte ich noch ein bisschen mit zu ihr nach Hause. Sie hat mich erst zum Mittagessen und anschließend zu Kaffee und Kuchen eingeladen. Also, natürlich nur, wenn es dir recht ist, dass du dann fast den ganzen Tag alleine auf dem Hof bist?«

Malin beeilte sich zu nicken. »Klar doch, Mama, das ist eine gute Idee. Ich habe hier wirklich genug zu tun, und alleine bin ich ja auch nicht. Sven kommt später und hilft mir bei den Pferden.« Und Claas wird unter Garantie auch gleich wieder auftauchen, fügte sie in Gedanken hinzu und spürte, wie erleichtert sie war, dass er dann auf keinen ihrer Familie treffen würde.

Malin war schon oben auf der letzten Treppenstufe, als sie ihre Mutter plötzlich unten sagen hörte: »Der Hund gehört einem jungen Mann. Er hat den Hof vor einiger Zeit gekauft, aber er wohnt dort nicht. Er kommt nur ab und zu vorbei und schaut nach dem Rechten. Papa hat gemeint, er plant wohl, den ganzen Hof umzubauen und zu sanieren. Aber ganz genau weiß ich das auch nicht.«

Malin nickte. »Okay, wenn der Hund jetzt also hier herumläuft, dann ist der Besitzer demnach auch da?«, kombinierte sie.

»Ich denke schon«, stimmte ihre Mutter ihr zu. »Er wird ihn ja nicht alleine hiergelassen haben.«

»Okay, Mama, dann weiß ich Bescheid. Ich bin jetzt erst mal unter der Dusche. Falls wir uns nicht mehr sehen, grüß Papa bitte lieb von mir und hab einen schönen Tag mit Hanna.«

Damit verschwand sie von der Treppe ins Badezimmer, wo sie jedoch nicht duschte, sondern sich lediglich die Zähne putzte und sich etwas kaltes Wasser ins Gesicht spritzte. Anschließend band sie sich die langen Haare zu einem lockeren Dutt am Hinterkopf zusammen und eilte in ihr Zimmer. Malin schlüpfte in die alte Jeans, zog aber ein frisches graues T-Shirt und blaue Turnschuhe an. Als sie eine Weile später die Treppe herunterkam, wurde ihre Mutter gerade von ihrer Schwester Hanna abgeholt.

»Malin, wir haben uns ja eine halbe Ewigkeit nicht gesehen«, begrüßte ihre Tante sie überschwänglich und zog sie fest in ihre Arme. »Helen hat nicht übertrieben, toll schaust du aus. Vielleicht ein bisschen dürr, aber an dir war ja schon immer nicht viel dran. Und in der Stadt ist das ja wohl auch schick so.« Sie lachte herzlich und tätschelte Malin dabei die linke Wange. »Es ist zwar ein nicht so schöner Anlass, aber ich find's dennoch ganz wunderbar, dass wir dich mal wieder eine Zeit lang hier bei uns haben.«

Malin nickte. »Ja, schon verrückt, plötzlich wieder in seinem alten Kinderzimmer zu übernachten«, gestand sie. Das Verhältnis zu ihrer Tante war schon immer sehr herzlich gewesen, und auch jetzt war es gleich wieder so, als hätten sie sich gestern erst gesehen. Hanna konnte reden, reden und noch mehr reden und sprach jedes Thema frei von der Leber weg an. Es war so, als kenne sie keine Grenzen, nichts war tabu für sie. So hatte sie auch Malin schon immer mit Fragen gelöchert, die eindeutig als sehr persönlich eingestuft werden konnten. Doch genervt war Malin deshalb nie von ihrer Tante gewesen. Sie fand sie einfach nur wahnsinnig unterhaltsam und sehr amüsant und fühlte sich in ihrer Gegenwart rundum wohl.

Hanna war es damals auch gewesen, die sie wegen ihres Ponys getröstet, ihr stundenlang beruhigend über den Kopf und Rücken gestrichen und ihr versichert hatte, dass sie ihren Schmerz so gut nachempfinden konnte – während ihre eigene Mutter nur verständnislos den Kopf über sie geschüttelt hatte.

»Das Pony war alt und außerdem du doch längst viel zu groß, um es zu reiten!« – Sie verstand Malins Schmerz einfach nicht. Die Vorwürfe, die sie sich gemacht hatte. Damals wie heute.

»Was hältst du davon, wenn du später auch zum Kaffee zu uns kommst?«, schlug nun ihre Tante vor. »Ich sage Helen Bescheid. Dann ist sie auch mit von der Partie. Das wird schön.«

Liebend gern hätte Malin zugesagt. Doch wenn Claas bis dahin noch nicht wieder zurück nach Hamburg gefahren war, könnte er womöglich den Wunsch äußern, dass sie ihn mitnahm. Claas im urgemütlichen, aber stockbiederen Wohnzimmer ihrer Tante. An einer Tafel mit gestärkter, blütenweißer Decke und altmodischem Blümchenporzellan. Onkel Hubert mit seinen Witzen, die so unlustig waren, dass es schon wieder lustig war. Laut und polternd seiner Frau zurufend: »Hanna, nun gib dem Mann doch mal 'ne Flasche Bier und stell den lauwarmen Kaffee zur Seite.«

Nein, es war nicht so, dass sie sich für ihre Verwandtschaft schämte, aber es war auch bestimmt nicht so, dass sie Claas in deren Mitte sitzen sehen wollte. Noch nicht oder gar nicht?, stellte sie sich plötzlich selbst die Frage.

»Ich würde wirklich gerne. Aber heute schaffe ich es nicht. Ich muss mit Sven die Boxen machen und dann unbedingt unten bei den Pferden am Fluss den Zaun überprüfen. Sven meinte, da wären einige Pfosten inzwischen so windschief, dass sie beim nächsten Sturm komplett umfallen werden. Da müssen wir heute dran. Aber ein andermal wirklich gerne.«

Ihre Tante kniff leicht die Augen zusammen. Durchschaute sie sie? Aber nein, sie wusste nichts von Claas. Wobei man sich da bei ihr nie so sicher sein konnte. Hanna hatte irgendwie ständig und überall ihre Antennen und Fühler ausgefahren.

Nun aber tätschelte sie Malin noch einmal die Wange und sagte: »Gut, aber ich nehme dich beim Wort, Malin. Du kommst uns besuchen!«

Malin nickte. »Versprochen«, erklärte sie fast ein wenig feierlich.

Dann waren die beiden Frauen endlich vom Hof gefahren. Aufatmend sank Malin mit dem Rücken gegen die Haustür. Einen Moment blieb sie so stehen, versuchte, ihre Gedanken zu sortieren. Sie dachte an Claas, der ihr hier nicht nur wegen der Hundeattacke völlig fehl am Platz vorkam, und an das Schicksal des Hofes. Sie musste mit ihrem Vater sprechen. Das Telefonat mit Stefan Blancken und seine Pläne gingen ihr nicht mehr aus dem Kopf. Und dann sah sie Danny vor sich: was für ein außergewöhnliches und wunderbares Pferd. Es war wirklich verrückt, aber in der kurzen Zeit war er ihr schon so ans Herz gewachsen, dass sie gestern Abend mit offenen Augen im Bett gelegen und ernsthaft mit dem Gedanken gespielt hatte, ihn zu behalten. In Hamburg und näherer Umgebung gab es einige schöne Reitställe, in denen sie eine Box für ihn mieten könnte. Ein bisschen Bewegung und öfter mal an der frischen Luft zu sein würden ihr bestimmt auch guttun. Immer nur der Job, auf Dauer steuerte sie womöglich direkt auf einen Burn-out zu, wenn sie nicht für einen Ausgleich sorgte.

Und wenn sie ihn erst einmal nur behielt, um ihn in Ruhe auszubilden und dann zu verkaufen! Natürlich wollte sie sich nicht an ihm bereichern. Das Geld würde sie ihren Eltern geben.

Hm, wenn allerdings Stefan Blancken den Hof ihrer Eltern kaufte und daraus eine moderne Reitanlage machte, dann konnte Danny auch hierbleiben. Malin würde ihn einfach an den Wochenenden besuchen kommen und …

»Schluss jetzt damit!«, sagte sie laut und deutlich zu sich selbst. »Du spinnst ja wohl, meine Liebe. Als wenn du Zeit und Lust hättest, jedes Wochenende hierherzukommen.«

Noch einmal atmete Malin tief durch, bevor sie sich mit den Händen von der Tür abstieß und in die Küche ging. Sie kramte aus der Schublade einen kleinen Zettel hervor, fand dort auch Stift und Klebeband und schrieb Claas eine kurze Nachricht. Den Zettel pappte sie von außen an die Haustür, nahm ihren Schlüssel aus dem verschnörkelten Holzkasten an der Wand neben der Tür und machte sich auf den Weg zum ehemaligen Hühnerhof der Friedrichs. Mit dem Besitzer des kleinen Jack Russel Terriers musste sie unbedingt ein ernstes Wort reden.

Klar, sie waren hier auf dem Land, und Hunde mussten nicht unbedingt an der Leine geführt werden. Aber dennoch gab es Grenzen. Zum Beispiel Grundstücksgrenzen. Und so wie der Hahn der Friedrichs musste auch der kleine Hund wissen, dass man gerne mal bei den Nachbarn vorbeischauen, sich streicheln lassen oder ein Leckerli abstauben konnte. Aber sich in irgendwelchen Hosenbeinen festbeißen, nein, das ging eindeutig zu weit.

Kapitel 11

Wo immer der Mensch auf seinem langen Weg
zur Zivilisation einen Fußabdruck hinterlassen hat,
da ist ein Hufabdruck direkt daneben.

Über dem Klingelknopf befand sich noch immer das ovale Messingschild mit dem Namen Friedrichs. Soweit Malin informiert war, stand das Haus nun schon seit fast drei Jahren leer, nachdem erst der alte Herr Friedrichs verstorben und seine Frau schließlich ins Pflegeheim gezogen war. Käufer hatten sich eine halbe Ewigkeit nicht für das ziemlich heruntergekommene Anwesen gefunden.

Nun ja, der neue Besitzer musste auf jeden Fall neben viel Geld auch über reichlich Fantasie verfügen, wenn er sich das Ganze hier auch nur annähernd in Schön vorstellen konnte.

Malin legte den Finger auf den kleinen, ehemals messingfarbenen Klingelknopf und horchte, ob sich irgendetwas im Haus tat. Auf dem Hof hatte kein Auto gestanden, und von dem ungestümen Jack Russel Terrier hätte sie eigentlich gedacht, dass er sich halb ohnmächtig kläffte, sobald die Klingel schrillte. Doch alles blieb still.

»Mist! Verpasst!«, ärgerte sie sich und wandte sich zum Gehen um. Dass hinter ihr jemand stand, registrierte sie erst, als sie schon gegen ihn geprallt war.

»Ups«, vernahm sie eine männliche Stimme. »Wohin so eilig?«

Malin machte einen halben Schritt zurück, blickte auf und im nächsten Moment in unglaublich blaue Augen.

»Ich ... ähm, ich ... Entschuldigung ...« Malin brach ab, als ihr bewusst wurde, dass sie sich gerade wie ein Teenager aufführte, dem es die Sprache verschlagen hatte und dem nun auch noch zu allem Überfluss die Röte ins Gesicht stieg.

Für den Bruchteil einer Sekunde sahen Malin und der fremde Mann sich schweigend an und brachen dann fast gleichzeitig in Gelächter aus.

Er hatte ein bezauberndes Lachen, stellte Malin fest, tief und rau. Sein dunkles Haar war kurz, die Wangen und das Kinn von dunklen Bartstoppeln übersät. Er gefiel Malin auf Anhieb. Doch das war nicht das Einzige, was sie so verwirrte, sie hatte das Gefühl, ihn zu kennen. Sie wusste nicht, warum, und erst recht nicht, woher, doch wie sie da so voreinander standen und lachten, kam er ihr so vertraut vor, als hätten sie schon oft miteinander gelacht.

Aber dann kam ein kleiner Hund um die Ecke auf den Hauseingang zugeflitzt und kläffte sich dabei halb die Seele aus dem Leib. Bevor er voller Begeisterung an Malin hochspringen konnte, hatte der dunkelhaarige Mann sich nach ihm gebückt und geschickt aus der Luft gepflückt.

»Jack, beruhig dich mal, Kumpel«, sagte er schmunzelnd zu dem Terrier, der daraufhin herzerweichend zu jaulen anfing.

»Sie können ihn runterlassen«, erklärte Malin. Der kurze Moment, in dem der Mann wegen seines Hundes abgelenkt war, hatte ausgereicht, dass sie ihre Fassung zurückerlangte. Auch wenn dieses sonderbare vertraute Gefühl, das sie für ihn zu empfinden meinte, noch immer in ihr rumorte.

»Nein, nein, der junge Mann hat jetzt erst einmal einen Moment lang Sendepause«, gab er zurück, schloss die Haustür auf und schob den Hund ins Innere. Anschließend zog er die Tür wieder zu und kümmerte sich nicht darum, dass der Terrier von innen immer wieder dagegen sprang. Was die Tür betraf, so konnten seine Krallen den Gesamtzustand der alten und ziemlich windschiefen Haustür kaum noch verschlechtern. Aber der Hund tat Malin leid.

»Was kann ich für Sie tun? Oder wollten Sie gar nicht zu mir?«, wandte der Mann sich nun an Malin.

»Soll er da jetzt drinnenbleiben?«, fragte sie zurück.

»Es ist besser so. Glauben Sie mir. Jack neigt leider hin und wieder zur hyperaktiven Überfreude. Das liegt natürlich an der Rasse an sich, aber bei Jack handelt es sich dazu noch um einen sehr ausgeprägten Fall von durchgeknalltem Hund.« Während er sprach, wurden seine Mundwinkel von einem Lächeln umspielt, das deutlich machte, dass er nicht jedes seiner Worte wirklich ernst meinte.

Malin straffte die Schultern. »Gutes Stichwort«, sagte sie bemüht sachlich.

»Das klingt ernst.« Der Mann zog erstaunt die linke Augenbraue hoch.

Malin nickte. »Es klingt nicht nur so!«, gab sie zurück. Viel zu streng, viel zu vorwurfsvoll, viel zu verräterisch darum bemüht, nichts von ihrem inneren Chaos preiszugeben. Irgendetwas ging von diesem Mann aus, so undefinierbar, dass Malin es nicht in Worte hätte fassen können.

»Oha, was hat er diesmal angestellt?«, wollte er wissen. Dabei erforschte er Malins Gesicht, als wollte er keine Regung verpassen.

In drei Sätzen schilderte Malin ihm, was sein Hund angerichtet hatte. Doch falls sie Reue und eine geknickte Entschuldigung erwartet hatte, natürlich mit dem Angebot verbunden, dass er selbstverständlich für den Schaden an Claas' Hosen aufkäme, so täuschte sie sich.

Er runzelte die Stirn und wollte misstrauisch wissen: »Und Ihr Bekannter, hat er Jack irgendwie gereizt? Ist er ihn angegangen oder so etwas in der Art?«

Malin wollte schon empört nach Luft schnappen. Erst einmal die Schuld bei den anderen suchen und schön alles von sich weisen – so etwas konnte sie ja leiden! Doch gerade als sie ihn anblaffen wollte, kam ihr die Szene in den Sinn, die sich ihr geboten hatte, als sie das Fenster aufzog. Claas hatte nach dem Hund getreten. Womöglich hatte er ihn sogar erwischt, auch wenn Malin es nicht hätte beschwören können.

»Bitte entschuldigen Sie, dass ich jetzt erst einmal so reagiere«, redete der dunkelhaarige Mann weiter. »Es ist nur so, dass Jack wirklich eine Nervensäge sein kann, was sein Kläffen und seine übergroße Freude für und über einfach jeden betrifft. Aber dass er zubeißt, ich weiß, das hört man häufig von Hundebesitzern, aber das kann ich nicht glauben. Irgendetwas muss dem vorausgegangen sein.«

Malin schluckte schwer, überlegte, wie sie nun reagieren sollte, denn sie war beinahe gewillt, eher ihm zu glauben als Claas, der behauptet hatte, der Hund sei wie tollwütig über ihn hergefallen.

»Ist er gegen Tollwut geimpft?«, entfuhr es ihr schließlich, und gleich darauf hätte sie sich auf die Zunge beißen können. Selten hatte sie so eine überflüssige Frage gestellt. Dass der Jack Russel Terrier nicht unter Tollwut litt, war mehr als eindeutig.

Der Mann nickte. »Ja, natürlich ist er das. Glauben Sie etwa, er hat Tollwut? Und Ihren Bekannten infiziert? Hat er Schaum vorm Mund?« Er grinste sie herausfordernd an.

Malin atmete geräuschvoll ein und kam sich von Sekunde zu Sekunde blöder vor. Wenn sie sich doch bloß in Luft auflösen könnte!

»Nein. Natürlich nicht. Sie sollten vielleicht einfach besser auf ihn aufpassen und …« Malin stockte, hob hilflos die Hände, ließ sie wieder sinken, öffnete den Mund und brachte doch keinen Ton mehr heraus. Ohne ein weiteres Wort verließ sie den Nachbarhof und hatte das Gefühl, sich noch nie so lächerlich gemacht zu haben.

Am Gatter des Hoftores ihrer Eltern stand Sven und blickte ihr neugierig entgegen. »Was hast du denn drüben auf Friedrichs' altem Hof gemacht?«

Malin hob kurz die Schultern und winkte dann betont beiläufig ab. »Nichts, Sven, absolut gar nichts!«, behauptete sie, und in Gedanken fügte sie hinzu: außer mich lächerlich.

Sven gab sich zu Malins Erleichterung mit ihrer Antwort zufrieden, auch wenn ihm das Fragezeichen direkt ins Gesicht geschrieben stand.

Gemeinsam fütterten sie die Stuten und Fohlen, und Malin versorgte Danny, der sich zunächst wieder in die hinterste Ecke seiner Box zurückzog, als sie ihm Heu in die Raufe stopfte, aber dann doch ein paar Schritte auf sie zumachte und sich liebevoll den Hals von ihr tätscheln ließ. Er streckte den Kopf in die Höhe, genoss sichtbar die Krauleinheit, und Malin wurde ganz warm ums Herz. Er begann, ihr zu vertrauen, er fing an, zu begreifen, dass er das auch konnte.

Bevor sie die Boxentür wieder zuzog, sprach sie noch einmal leise zu ihm: »Friss du schön dein Heu, mein Junge. Später komme ich zurück zu dir, und dann darfst du wieder raus auf den Paddock. Das verspreche ich dir.«

Nachdem die Pferde auf dem Hof versorgt waren, machte Sven sich auf den Weg zu der Herde unten auf der großen Weide am Fluss. Eigentlich hatte Malin vorgehabt, ihn zu begleiten. Doch dann hatte sie davon abgesehen. Claas musste jeden Moment zurückkommen. Er war nun schon bald eine halbe Ewigkeit fort. Malin wollte verhindern, dass er erneut allein auf dem Hof herumstand und dann womöglich völlig entnervt zurück nach Hamburg fuhr. Auch wenn er ihr vorhin mehr als fehl am Platz vorgekommen war, musste sie im Nachhinein zugeben, dass die Geste auf jeden Fall gut von ihm gemeint gewesen war. Er hatte sich ins Auto gesetzt und war zu ihr raus aufs Land gefahren. Um sie zu sehen, ihr zu helfen, was auch immer. Das war großartig. Punkt.

Außerdem hatte sie heute Morgen noch nicht mit Sybille telefoniert, und duschen sollte sie so allmählich auch endlich mal.

Als Malin kurz darauf im Badezimmer in den Spiegel blickte, konnte sie nur kummervoll aufstöhnen. Mehrere lange Strähnen hatten sich aus dem vorhin schnell gemachten Dutt gelöst und standen ihr in einem wirren Chaos vom Kopf ab, und der Staub des Stalles pappte an mehreren Stellen gräulich auf ihrem Gesicht.

Mit der Hamburger Karrierefrau Malin Heuer hat das wenig zu tun, dachte sie bitter, während sie sich ihrer verschwitzten Klamotten entledigte und unter die Dusche sprang. Malin spürte den warmen Wasserstrahl auf ihrer Haut, schloss die Augen und versuchte, sich zu entspannen. Mal einen Moment lang nicht an das Schicksal des Hofes, ihre Eltern, die Pferde, an ihren Job in Hamburg und all die kleinen und großen Probleme und Sorgen denken, die seit dem Unfall ihres Vaters unentwegt in ihrem Hirn rumorten.

Abschalten, Malin, oder an etwas Schönes denken, verordnete sie sich selbst und hatte gleich darauf Claas' entsetztes Gesicht vor sich, als der Hund des Nachbarn an seinem Hosenbein hing. Das war natürlich nicht die Wirkung, die sie sich erhofft hatte. Zumal, kaum dass sie angestrengt versuchte, das Bild wieder zu verdrängen, nun plötzlich der dunkelhaarige Mann vor ihrem inneren Auge auftauchte. Wie er sie gemustert hatte, von oben bis unten, leicht spöttisch, ein wenig verständnislos, unter Garantie hielt er sie für reichlich überspannt.

Himmel, an etwas Schönes zu denken oder eben an gar nichts funktionierte ja prima, stellte Malin selbstironisch fest und beendete in Windeseile die Dusche. Notdürftig trocknete sie sich ab, schlüpfte in frische Unterwäsche und umwickelte ihr nasses Haar mit einem Handtuch. Dann eilte sie in ihr ehemaliges Kinderzimmer zurück. Gerade rechtzeitig, um ihr Handy auf dem Bett klingeln zu hören.

»Ja?«, keuchte sie in den Hörer, ohne vorher aufs Display geschaut zu haben. Was sie gleich darauf bereute, denn bei dem Anrufer handelte es sich nicht um ihre Assistentin Sybille, wie sie vermutet hatte, sondern um ihren Chef Carsten Langwehr.

»Frau Heuer, sind Sie es?«, fragte er.

»Ähm ... ja, natürlich. Hallo, Herr Langwehr, was kann ich für Sie tun?«, versuchte sie nach dem stammelnden Beginn endlich geschäftsmäßig zu werden.

»Tja, da habe ich ja Glück gehabt, Sie ans Telefon zu bekommen«, gab er mit hörbarem Sarkasmus zurück. »Frau Hohnsens Versuche sind bislang nämlich erfolglos gewesen.«

Sybille hatte versucht, sie anzurufen? Komisch, denn eigentlich war das Telefonat nicht vor elf Uhr geplant gewesen. Das konnte nur bedeuten, dass es irgendwelche Probleme gab.

»Tut mir sehr leid, Herr Langwehr. Ich hatte das Telefon nicht die ganze Zeit bei mir«, beeilte sie sich zu erklären. Und nach einer kurzen Pause beschloss sie noch zu behaupten: »Ich war bei meinem Vater im Krankenhaus und hatte es ausgestellt.« Das war natürlich eine glatte Lüge, und eigentlich ging es ihren Chef auch nicht das Geringste an, was sie in ihrem Urlaub tat. Doch der Tonfall, dieser barsche Sarkasmus ließ sämtliche Alarmglocken in ihr schrillen. Irgendetwas stimmte nicht.

»Nun gut, ich will Ihre kostbare Zeit auch gar nicht länger als nötig in Anspruch nehmen, Frau Heuer. Wir hatten gestern Abend noch sehr spät ein spontanes Meeting mit der Werbeagentur Hansen. Denen ist es nun doch gelungen, einen echten amerikanischen Superstar als Gesicht für *Amazing View* zu gewinnen. Liz Cooper.«

»Was? Das ist ja sensationell!«, freute Malin sich. Zumal sie diejenige war, die dem Chef der Werbeagentur seit Wochen damit in den Ohren gelegen hatte, zu versuchen, Liz Cooper für die Kampagne zu verpflichten.

»Ja, stimmt! Da hat Mark Hansen wirklich einen guten Riecher gehabt. Liz Cooper ist absolut perfekt, und er hat keine Ruhe gegeben, bis sie schließlich eingewilligt hat.«

Malin musste schwer schlucken. Und eigentlich wollte sie den Sachverhalt klarstellen. Der Inhaber der Werbeagentur war nämlich anfangs nur schwer davon zu überzeugen gewesen, Liz Cooper anzufragen, und wenn Malin ihn nicht fast täglich gedrängt hätte, sich endlich mit dem Management des amerikanischen Filmstars in Verbindung zu setzen, wäre es niemals zu diesem grandiosen Deal gekommen. Aber hatte sie das wirklich nötig? Nein, denn jeder im Haus wusste, dass Liz Cooper Malins Idee war. Auch ihr Chef, obwohl er jetzt so tat, als sei ihm diese Tatsache völlig entfallen.

»Nur leider ist lediglich der kommende Dienstag für die Cooper für das Fotoshooting machbar, und sie kann auch dafür nicht nach Deutschland kommen, da sie momentan in London dreht. Zusammengefasst: Dienstag wird in London geshootet. Entweder mit Ihnen, Frau Heuer, oder Tobias Anger setzt sich in den Flieger.« Er machte eine kurze Pause, in der Malin eigentlich spontan widersprechen wollte. Ihm klarmachen, dass Tobias Anger bestimmt der Letzte war, von dem sie sich vertreten lassen wollte. Er würde sich die erneute Chance, ihr beim Chef den Rang abzulaufen, auf gar keinen Fall entgehen lassen. Nein, das durfte und konnte Malin nicht zulassen.

Was ihre Mutter betraf, konnte sie, wenn es sich nur um zwei Tage handelte, so lange bei Hanna wohnen, und Sven schaffte es bestimmt, für den kurzen Zeitraum den Hof allein zu verwalten. Okay, das mit Danny war vielleicht ein Problem. Aber irgendeine Lösung würde ihr auch dafür noch einfallen.

Doch bevor sie Carsten Langwehr versichern konnte, dass sie natürlich selbst nach London fliegen würde, war er ihr schon zuvorgekommen.

»Hier stehen noch unzählige Punkte auf der Agenda, die zu entscheiden oder anzugehen sind, Frau Heuer. Es bringt nichts, wenn Sie lediglich nach London fliegen und beim Shooting dabei sind. Ich habe deshalb beschlossen, die Kampagne ab sofort in Tobias Angers Verantwortung zu übergeben. Ich weiß, Sie haben hart dafür gekämpft, und ich schätze Sie auch sehr, das wissen Sie, Frau Heuer. Und ich habe auch Verständnis für Ihre momentane Situation. So was kommt irgendwann auf uns alle zu, und Familie – daran ist nicht zu rütteln – geht in solch schweren Zeiten eindeutig vor. Gerade deshalb habe ich diese Entscheidung getroffen, denn Sie müssen den Kopf frei für Ihre familiären Angelegenheiten haben. Doch Sie müssen bitte auch mich verstehen. Wir haben so viel Geld und Energie in *Amazing View* investiert, ich kann nicht zulassen, dass jetzt noch irgendetwas schiefgeht. Jeder, der daran arbeitet, muss dies zu 150 Prozent tun. Anders funktioniert es leider nicht.«

Malin schnappte nach Luft. Das konnte nicht sein. Nein, das durfte er ihr nicht antun. Nicht, nachdem sie wie eine Besessene dafür gearbeitet hatte.

»Herr Langwehr, ich versichere Ihnen, ich habe wirklich alles im Griff. Ich arbeite Hand in Hand mit meiner Assistentin, wir sind im ständigen Austausch, und deshalb kann ich Ihnen auch eine erfolgreiche Kampagne und die furiose Markteinführung von *Amazing View* garantieren. Sie können sich auf mich verlassen, und das nicht zu 150 Prozent, sondern zu 200 Prozent!«, redete Malin beschwörend auf ihren Chef ein.

Doch er blieb dabei. »Wenn Sie sagen, Sie bekommen Ihre familiären Angelegenheiten auch von Hamburg aus in den Griff, und erscheinen Montag wieder im Büro, dann bleibt alles beim Alten«, erklärte er unnachgiebig. »Ansonsten tut es mir zumindest für den Moment leid.

Das heißt natürlich nicht, dass ich Ihnen jetzt gleich wieder die Leitung des Produktmanagements wegnehmen werde, und das soll auch keine Erpressung sein. Bitte verstehen Sie mich nicht falsch.«

Wenn das keine Erpressung ist, schoss es Malin bitter durch den Kopf, was ist es denn dann?

»Frau Heuer? Malin, sind Sie noch dran?«, erkundigte Carsten Langwehr sich hörbar irritiert, weil Malin einen Moment lang tatsächlich die Worte fehlten. Aber was sollte sie dazu noch sagen? Außer dass es eine unfassbar große Sauerei von ihrem Chef war, sie so zu erpressen!

»Doch … ja, ich bin noch am Apparat«, murmelte sie mit einer Mischung aus Wut und Fassungslosigkeit.

»Wie entscheiden Sie sich?«, wollte er von ihr wissen.

In Malins Hirn arbeitete es fieberhaft. Sollte sie wirklich ihre Sachen packen und ihre Eltern mit dem ganzen Chaos allein lassen? War so ein Verhalten nicht sogar noch verwerflicher als das ihres Chefs?

Malin räusperte sich, weil plötzlich ein dicker Kloß in ihrer Kehle steckte. »Ich liebe meinen Job, Herr Langwehr, und ich würde alles dafür tun. Das wissen Sie. Aber wie Sie eingangs schon sehr richtig erwähnt haben, in bestimmten Situationen geht die Familie vor.«

»Gut. Das muss ich dann so akzeptieren«, gab er betont formell zurück. »Wir sehen uns nach Ihrem Urlaub in Hamburg. Bis dahin alles Gute, Frau Heuer!«

Malin hielt das Handy noch in der Hand, als ihr Chef schon längst nicht mehr in der Leitung war. Fassungslos starrte sie es an, fassungslos darüber, dass wegen eines einzigen Males des Nichtfunktionierens die Arbeit von zehn Jahren nichts mehr zählte. Fassungslos darüber, wie wenig Loyalität sie von Kollegen und Vorgesetzten erwarten konnte, wie schnell sie aussortiert und gegen einen vermeintlich Besseren ausgetauscht wurde.

Bestimmt war dies eine der bittersten Erfahrungen, die Malin in ihrem bisherigen Leben hatte machen müssen.

Claas kam auf den Hof gefahren, als Malin gerade das Haus verließ. Zuvor hatte sie eine Weile bittere Tränen in ihr Kopfkissen geweint. Aber irgendwann war der Entschluss in ihr gereift, dass der Verlust dieser tollen Kampagne zwar schmerzlich und unfassbar ungerecht war, aber sie sich davon bestimmt nicht unterkriegen lassen würde.

Tobias Anger würde seine Chance nutzen. Das war so sicher wie das Amen in der Kirche. Doch Malin behielt dennoch die Leitung des Produktmanagements, und wenn sie erst wieder in Hamburg war, würde sie erneut unter Beweis stellen, dass sie den Job aus gutem Grunde bekommen hatte. Was ihr jetzt noch mehr unter den Nägeln brannte, war das Gespräch mit ihrem Vater. Sie musste ihm von Stefan Blanckens Vorhaben erzählen und war sich sicher, dass sie schon an seiner ersten Reaktion ausmachen konnte, ob es sinnlos war, überhaupt weiter darüber nachzudenken, oder man tatsächlich mit Stefan Blancken in Verhandlung treten konnte. Noch war nicht über die Konditionen gesprochen worden, keine Zahl stand im Raum, die zumindest als Grundlage diente – und noch wusste er nichts von den Bedingungen, die Malin auf jeden Fall stellen wollte.

Als sie schließlich ins Bad ging und sich eiskaltes Wasser in ihr verweintes Gesicht spritzte, war sie froh, dem Druck ihres Chefs nicht nachgegeben zu haben. Dass sie ihren Eltern zur Seite stand, war die einzig richtige Entscheidung gewesen.

»Claas, da bist du ja wieder. Und, was hat der Arzt gesagt?«, begrüßte Malin ihn mit einem herzlichen Lächeln.

Claas zog sie in seine Arme und raunte ihr mit warmer Stimme ins Ohr: »Ich bin schwer verletzt, Malin. Der Doktor meinte, ich sei nur noch durch die leidenschaftlichen Küsse einer atemberaubenden Frau zu retten.«

Malin löste sich ein wenig aus seiner Umarmung, sodass sie ihm ins Gesicht blicken konnte. In seinen dunklen Augen lag ein weicher Schimmer.

»Claas, was machst du hier?«, fragte sie ihn ernst.

»Dich besuchen und am besten wieder mit zurück nach Hamburg nehmen!«, gab er mit einem Augenzwinkern zurück.

Malin war nicht nach Späßen zumute. Sie musste es jetzt wissen.

»Nein, ich möchte eine ernsthafte Antwort. Warum bist du hierhergekommen?«, drängte sie ihn zu sagen.

Claas atmete tief durch. »Verdammt, Malin, ist das nicht offensichtlich? Ich bin sehr an dir interessiert. Und nicht nur das, ich möchte mit dir zusammen sein. Es klingt womöglich ziemlich abstrus, aber so richtig bewusst ist mir das erst geworden, als du plötzlich nicht mehr in Hamburg warst.«

Malin sah ihn verwundert an. »Aber das ist gerade mal ein paar Tage her. Aus deinem Mund hört sich das an, als sei ich seit Wochen weg.«

Claas schloss die Augen, atmete erneut tief durch, und als er sie wieder aufschlug, lag ein gequälter Ausdruck darin. »Mir kommt es tatsächlich so vor«, gab er leise zu. »Ich hab dich wirklich vermisst, und das wollte, nein, das musste ich dir unbedingt sagen.« Seine Hand strich behutsam über Malins Rücken. »Also habe ich mich heute Morgen ganz früh ins Auto gesetzt und bin hierher zu dir gekommen.« Claas stockte, verzog das Gesicht, als hätte er in etwas sehr Saures gebissen, und meinte schließlich schulterzuckend: »Tja, und dann treffe ich als Erstes auf diesen aggressiven Hund und werde von ihm angefallen. Hast du eigentlich inzwischen herausgefunden, wem er gehört, und denjenigen auf seine Verantwortung aufmerksam gemacht? Auch in puncto ausreichender Impfschutz?«

Malin war sprachlos. Nicht nur, weil er ihr so plötzlich seine Gefühle gestand, sondern weil sie einfach das Bild nicht aus dem Kopf bekam, wie er nach dem kleinen Hund trat. Es war wirklich verrückt, aber diese Aktion hatte ihn für Malin tatsächlich ziemlich entzaubert.

Als er sie nun wieder an sich zog, schlang sie reflexartig die Arme um seinen Hals, und sein leises Aufstöhnen, bevor er sie küssen wollte, sorgte für einen Schauer bei Malin. Doch sie hätte nicht beschwören können, ob es ein Glücksgefühl war, das ihren ganzen Körper erfasste, oder eher Unbehagen.

Neben ihnen räusperte sich jemand. Malin rückte sofort von Claas ab und blickte nach links.

»Ähm ... Entschuldigung, ich wollte nicht stören«, murmelte Sven. Er machte einen tief verschämten Eindruck und schaffte es kaum, Malin und Claas anzusehen, während er fortfuhr: »Malin, der Hengst. Du musst mal kommen. Der liegt in seiner Box. Ich fürchte, er hat sich festgelegen.«

In einer einzigen fließenden Bewegung löste Malin sich aus Claas' Umarmung und stürmte los.

Zurück blieb Claas, kopfschüttelnd, den Mund aufgeklappt, ohne aber am Ende einen Ton hervorzubringen.

Kapitel 12

Pferde sind nicht unser ganzes Leben,
aber sie machen unser Leben *ganz*.

Weisheit

Malin fand Danny auf der Seite liegend in seiner Box vor. Sein Rücken war dicht an die linke Boxenwand gedrückt, sodass es ihm nicht möglich war aufzustehen. Das Fell an Hals und unter dem Bauch war bereits nass geschwitzt, die Augen waren ängstlich aufgerissen, die Nüstern blutrot.

»Schnell, Sven!«, rief Malin ihm hektisch zu. »Wir müssen ihn von der Wand wegkriegen!«

Malin schnappte sich das Halfter samt Führstrick, legte es dem Pferd an und versuchte so, den Kopf hochzuziehen. Sven stabilisierte den jungen Hengst, indem er an seinem Schweif zog. Tatsächlich gelang es den beiden so, das Pferd ein Stückchen von der Wand wegzuziehen. Es trat wild mit den Hufen um sich, versuchte erneut, auf die Beine zu kommen, während Malin und Sven ihm jetzt nur noch dabei zusehen und hoffen konnten.

Und dann, mit einem tiefen Stöhnen, schaffte Danny es endlich wieder auf die Beine.

»Hast du die Nummer vom Tierarzt, Sven?«, erkundigte Malin sich, während sie den Hengst einer eingehenden Musterung unterzog. Sie hätte sich ihm gerne genähert, um seine Beine abzutasten, doch Danny war noch immer so panisch, dass sie beschloss, ihn erst einmal behutsam aus der Box zu führen.

Sven nickte. »In meinem Handy eingespeichert.«

»Dann ruf ihn an!«, forderte Malin ihn auf. »Er muss kommen. Sofort!«

»Mach ich. Aber hier drinnen ist immer kein Empfang«, erklärte er und verließ im Laufschritt den Stall.

Malin führte den Hengst langsam die Stallgasse hinunter. Dabei wandte sie sich immer wieder zu ihm um, um zu sehen, ob er lahmte. Doch soweit sie das beurteilen konnte, ging er klar. Lediglich am Kronenrand seines linken Hinterhufs meinte sie eine Verletzung ausmachen zu können. Eine kleine Abschürfung, nichts Schlimmes.

»Alles ist gut, Danny«, sprach sie leise zu ihm. »Gleich kommt der Tierarzt, und bestimmt wird er feststellen, dass du dir nichts Schlimmes getan hast. Du gehst ganz klar, und diese Verletzung am Kronenrand ist nur fehlendes Fell.« Malin redete und redete und wusste dabei sehr genau, dass es ihre eigenen Ängste waren, die sie damit nicht übergroß werden zu lassen versuchte.

Als sie mit Danny am Halfter auf den Hof trat, stand Claas dort und blickte ihr fragend entgegen.

»Was ist denn mit ihm?«

»Er lag fest. Keine Ahnung, wie lange, und es sieht auch nicht so aus, als hätte er sich verletzt. Allerdings ist er ziemlich verschwitzt. Ich habe Sorge, dass er wegen des Stresses eine Kolik bekommt.«

Claas blickte, als hätte Malin ihm gerade einen Vortrag auf Japanisch gehalten. »Festgelegen? Kolik? Liebes, du sprichst in Rätseln.« Er schmunzelte. Bestimmt war es nicht böse gemeint, dennoch begann sich Malins Pulsschlag noch mehr zu beschleunigen, während sie an sich halten musste, um ihn nicht ärgerlich anzublaffen. Das hier war nicht zum Lachen!

»Und wie geht es jetzt weiter?«, wollte Claas erfahren, noch immer mit diesem unsicheren Grinsen um die Mundwinkel.

»Sven ruft den Tierarzt«, gab Malin knapp zurück. »So lange führe ich ihn Schritt.«

Nachdenklich verzog Claas das Gesicht. »Okay, ist denn so eine Kolik gefährlich?«

Ungeduldig winkte Malin ab. »Claas, bitte, jetzt nicht. Später erkläre ich dir alles, nur im Augenblick …«

Claas' Mundwinkel zogen sich nach unten. »Hm, kann ich irgendetwas für dich tun?«

Malin holte tief Luft. »Nein, wirklich nicht. Der Tierarzt kommt bestimmt gleich, und bis dahin muss ich Danny einfach nur in Bewegung halten.«

Kaum hatte sie ihren Satz zu Ende gebracht, da sackten Danny die Beine weg. Sven war auf der Suche nach Handyempfang irgendwo hinter dem Stall verschwunden, und Malin allein fehlte die Kraft, Danny vom Hinlegen abzuhalten.

»Claas, schnell, du musst ihn stützen!«, rief sie ihm aufgeregt zu.

Claas rührte sich nicht von der Stelle. Mit großen Augen stand er da und murmelte wenig begeistert: »Wie denn?«

»Stemm dich gegen ihn! Jetzt komm schon! Claas, ich brauche deine Hilfe!«

Claas machte einen Schritt auf Danny zu, streckte beide Hände nach ihm aus und scheute dann aber doch davor zurück, ihn zu berühren.

»Malin … ich …« Er sprach nicht weiter, doch es war auch so offensichtlich. Claas war den Umgang mit einem Pferd nicht gewohnt und traute sich deshalb auch nicht, sich mit seinem Körper gegen Danny zu stemmen. Es war sinnlos und im Moment auch der absolut falsche Zeitpunkt, ihm daraus einen Vorwurf zu machen.

»Dann lauf bitte und hol Sven!«, bat Malin ihn, während sie am Strick zog und zerrte, in dem verzweifelten Versuch, Danny auf den Beinen zu halten.

»Wo soll ich denn nach ihm suchen?«

»Keine Ahnung! Du warst doch hier draußen, als er aus dem Stall kam«, entgegnete Malin. »Dann hast du doch auch gesehen, in welche Richtung er verschwunden ist.«

Hilflos hob Claas die Schultern, setzte sich aber ohne ein weiteres Wort in Bewegung.

Er war gerade um das Stallgebäude herum verschwunden, als Jack, der ungestüme Jack Russel Terrier, auf den Hof gerannt kam. Fliegende Ohren, unternehmungslustige Augen und dazu wild kläffend. Aus vollem Lauf sprang er erst an Malin hoch, die das allerdings in dieser Situation herzlich wenig scherte. Ihre Aufmerksamkeit gehörte Danny und dem angestrengten Versuch, ihn auf den Beinen zu halten. Doch dann nahm sich Jack Danny vor, und tatsächlich führte sein wildes Herumspringen dazu, dass der junge Hengst auf den Beinen blieb.

Malin hätte es nicht beschwören und bestimmt nicht laut aussprechen wollen, aber es schien tatsächlich so, als beabsichtigte der kleine Jack mit seinem Gekläffe und Gehüpfe eben genau das.

Endlich kam Sven zurück. Von Claas jedoch keine Spur. Hatte er in seiner Hilflosigkeit die Flucht ergriffen? Oder blieb er mit Absicht fort, weil er befürchtete, Malin könnte ihn erneut auffordern, sich dem Pferd zu nähern?

»Wo kommt denn jetzt dieser Hund schon wieder her?«, regte Sven sich auf. »Hau ab«, motzte er ihn an.

»Nein, Sven, lass ihn. Er hält Danny mit seinem Theater vom Hinlegen ab!«, klärte Malin ihn auf.

Sven sah sie ungläubig an, doch dann erkannte auch er es und nickte. »Kluges Hündchen. Der Tierarzt ist jeden Moment da.«

Kurz darauf kam der Kleintransporter des mobilen Tierarztes auf den Hof gefahren. Dr. Kreibaum, den Malin noch von früher kannte und von dem sie fest angenommen hatte, dass er längst im Ruhestand sei, kam mit steifen Schritten, die auf Arthrose in mindestens einem Knie hindeuteten, auf sie zu.

»Malin, wir haben uns ja eine Ewigkeit nicht mehr gesehen«, begrüßte er sie erstaunt und freudig zugleich, wandte sich dann aber Danny zu, bevor Malin seinen Gruß erwidern konnte. »Was ist passiert?«

»Er lag in seiner Box fest. Wir wissen nicht, wie lange, und es sieht auch nicht so aus, als hätte er sich verletzt«, erklärte Malin. »Allerdings befürchte ich, dass der ganze Stress bei ihm jetzt eine Kolik ausgelöst hat. Auf jeden Fall hat er eben schon versucht, sich mitten auf dem Hof hinzulegen, und er schwitzt noch immer übermäßig stark.«

»Soso«, murmelte Dr. Kreibaum. »Das hört sich ja nicht so schön an. Ist das nicht der Desperados?«

Malin nickte. »Ja, ich habe ihn Danny genannt.« Im nächsten Moment kam sie sich wegen dieser Bemerkung fast ein wenig kindisch vor. Zumal sie den alten Tierarzt nun auch noch mit einem wissenden Lächeln murmeln hörte: »So ist das mit den Pferdemädchen, irgendwann packt es sie wieder …«

Malin wollte klarstellen, dass sie längst kein Pferdemädchen mehr war und auch, dass das Ganze hier sowieso bald nichts mehr mit ihr zu tun hatte, wenn der Hof erst einmal verkauft war. Das lag doch schon eine halbe Ewigkeit hinter ihr – dieser Misthaufengestank, der ewige Staub, das Wiehern der Pferde, der Geruch von Lederzeug in der Sonne, der warme Pferdeatem auf der Haut. Nichts davon gehörte mehr zu Malins Leben und somit zu ihr. Und dennoch brachte sie keinen Ton über die Lippen. Vor sich selbst rechtfertigte sie es damit, dass der Zeitpunkt für eine Klarstellung mehr als unpassend sei. Doch war das wirklich der Grund für ihr Schweigen?

»Du hast recht«, meinte Dr. Kreibaum, nachdem er zunächst Dannys Magen- und Darmbereich abgehört und anschließend sein Zahnfleisch begutachtet hatte. »Der entwickelt eine leichte Kolik. Ich spritze ihm gleich etwas Entkrampfendes, und dann wäre es gut, wenn ihr ihn noch ein bisschen in Bewegung halten könntet.«

Malin nickte, während sie Danny sanft den Hals klopfte. »Muss ich mir Sorgen machen?«, fragte sie mit belegter Stimme.

Der Tierarzt schüttelte den Kopf. »Nein, davon gehe ich nicht aus.«

Erleichtert atmete Malin auf. »Zum Glück.«

Dr. Kreibaum legte ihr die Hand auf die Schulter. »Der hat es dir wohl angetan! Ist aber auch ein Toller. Nur schwierig, hat dein Vater gemeint. Das läuft wohl nicht so gut mit den beiden. Na ja, aber jetzt bist du ja wieder da und kannst dich um seine Ausbildung kümmern. Dir scheint er ja zu vertrauen.«

Malin wollte vehement widersprechen. Sie war nicht wieder da. Blödsinn! Doch stattdessen hörte sie sich wie ferngesteuert wispern: »Merkt man das?«

»Es ist zwar schon eine halbe Ewigkeit her, aber das letzte Mal, dass ich dich so erlebt habe, diesen Glanz in deinen Augen, das war mit deinem Pony. Cleo hieß er doch, stimmt's?«

»Was?« Malin war wirklich baff. »Daran erinnern Sie sich noch?«

Dr. Kreibaum nickte mit einem väterlichen Lächeln, als jemand mit schnellen Schritten auf den Hof geeilt kam.

»Jack! Ich glaub das nicht. Du verrückter Hund, bist schon wieder abgehauen!«

Malins Herz beschleunigte sich, als sie Jacks Besitzer auf sich zukommen sah. Wie ein kleiner Junge, der die Standpauke des Vaters erwartete, zog er den Kopf ein und bedachte Malin mit einem reumütigen Blick. »Ich … mir fehlen die Worte«, gab er offen zu.

Schnell winkte Malin ab. Nicht nur, weil sie Jack für seinen Überfall dankbar war, sondern auch, um von ihrer eigenen Verlegenheit abzulenken. Jacks Herrchen ließ sie beinahe genauso zum verschüchterten Teenager werden wie die Tatsache, dass Dr. Kreibaum sie noch immer duzte und sie auch sonst so behandelte, als wäre sie das pferdeverrückte Mädchen von damals.

Was Malin dabei jedoch am meisten wunderte, war, dass es sie nicht im Geringsten störte.

»Kann ich irgendwie Jacks Überfall wiedergutmachen?«, wollte sein Herrchen von Malin erfahren. Dann aber musterte er Danny, und seine Augen begannen zu glänzen. »Was für ein bildschöner Kerl«, fand er.

»Er wollte sich hinschmeißen«, klärte Malin ihn auf – heilfroh, dass er nun seine Aufmerksamkeit ganz und gar auf Danny richtete. »Aber Jack hat ihn mit seinem Gekläffe und Herumgehüpfe davon abgehalten.«

Die Augenbrauen des Mannes schossen in die Höhe. »Kolik?«

Malin nickte.

»Eine leichte«, fügte Dr. Kreibaum hinzu, bevor er sich wieder Malin zuwandte, um sich zu verabschieden.

»Du kannst mich natürlich jederzeit anrufen, wenn du meinst, Danny geht es schlechter«, bot er ihr noch an. »Aber ich gehe nicht davon aus. Lass mal für heute das

Kraftfutter weg und Heu auch nur in Maßen. Am besten stellst du ihn so lange wie möglich auf den Paddock. Morgen kann er dann wieder ganz normal gefüttert werden. Grüß mir bitte deinen Vater, wenn du ihn das nächste Mal im Krankenhaus besuchst.«

Dann war Dr. Kreibaum weg. Sven verzog sich fast zeitgleich in den Hauptstall, wo er sich Dannys Box vornehmen wollte. »Ich tu dem am besten die Box ganz leer machen und dann mit Spänen einstreuen«, bot er an, was Malin für eine gute Idee hielt.

»Soso, du bist also ein Pferdemädchen«, stellte Jacks Herrchen mit einem schiefen Grinsen fest, als sie allein waren.

Tausend Erwiderungen lagen Malin auf der Zunge. Zum Beispiel, dass sie sich nicht erinnern konnte, ihm das Du angeboten zu haben. Und auch, dass sie bestimmt kein Pferdemädchen war, sondern eine Hamburger Karrierefrau. Doch das Einzige, was sie tat, war, knallrot anzulaufen. Absolut kindisch und dazu noch völlig überflüssig, ja lächerlich.

Was war das bloß mit diesem dunkelhaarigen Jack-Besitzer? Warum brachte allein seine bloße Anwesenheit sie nur so aus der Fassung?

»Ich muss leider los. Hab noch einen Termin«, erklärte er nun. »Wunderschönes Pferd. Ich drücke dir die Daumen, dass er sich schnell wieder erholt. Aber der Doc war ja ganz zuversichtlich. Und wegen Jack, auch wenn er jetzt so was wie der kleine hyperaktive Retter in der Not war, künftig passe ich besser auf. Versprochen!«

Er hob kurz die Hand, schenkte Malin ein letztes Lächeln, das ihr durch und durch ging, und marschierte dann mit großen Schritten vom Hof. Jack sprang wie angestochen um ihn herum, kläffend, glücklich, ein wirklich verrückter Hund.

Malins Pulsschlag hatte sich noch längst nicht wieder normalisiert, als Claas nach einer halben Ewigkeit endlich wieder auf der Bildfläche auftauchte.

»Ich habe jetzt wirklich überall gesucht, aber von diesem Sven ist nirgendwo eine Spur zu entdecken«, erklärte er atemlos. Sein Gesicht war von ähnlich hektisch roten Flecken überzogen wie Malins. Allerdings aus völlig anderen Gründen.

»Claas, er ist längst hier gewesen. Genauso wie der Tierarzt!«, gab Malin zurück. Viel zu vorwurfsvoll, wie sie selbst hörte. Das war nicht fair.

»Aber lieb von dir, dass du nach ihm gesucht hast«, fügte sie deshalb schnell noch hinzu.

Dennoch musterte er sie skeptisch. »Es tut mir leid, Malin. Ich bin wirklich überall gewesen. Aber gerade da hinten bei dem Waldstück und den Wiesen ist es so unübersichtlich und weitläufig. Wenn man dort jemanden sucht, weiß man überhaupt nicht, wo man zuerst anfangen soll.«

»Ich sag doch, alles okay, Claas. Mach dir keine Vorwürfe. Und du hast ja auch recht, hier kann man sich schon verlaufen, wenn man sich nicht auskennt.«

Claas' Augenbrauen wanderten nach oben. »Und warum höre ich dann bei jedem deiner Worte den Vorwurf so deutlich heraus?«, hielt er ihr vor.

Malin seufzte. »Das bildest du dir nur ein. Wirklich.« Sie stockte, zuckte mit den Achseln und erklärte schließlich: »Ich muss mich jetzt wirklich um Danny kümmern. Er muss noch eine Weile geführt werden.«

»Ich nehme nicht an, dass ich dir dabei irgendwie behilflich sein kann«, war sich Claas sicher.

Natürlich hatte er damit ins Schwarze getroffen. Doch wie er sie ansah, so unbeholfen und irgendwie verletzt, so hatte Malin Claas, den erfolgreichen und zumindest in beruflichen Angelegenheiten gerne mal ziemlich skrupellosen Wirtschaftsanwalt, noch nicht erlebt.

Versöhnlich machte sie einen Schritt auf ihn zu, woraufhin er jedoch zurückwich. Das Pferd war Claas nicht geheuer, auch wenn Danny ganz artig an Malins Seite blieb und selbst einem Laien klar sein sollte, dass keinerlei Gefahr von ihm ausging.

»Malin, entschuldige bitte, ich stelle gerade fest, dass es nicht die beste Idee war, dich hier so unangemeldet zu überfallen. Du hast zu tun, jede Menge sogar, und ich stehe dir eher im Weg, als dass ich dir behilflich sein könnte.«

»Claas …«

Doch er hob die Hand. »Ich fahre besser wieder nach Hamburg zurück, bevor ich mich noch mehr blamiere.« Er grinste. Kein fröhliches, ein verletztes Lächeln, was das schlechte Gewissen in Malin erneut aufkeimen ließ.

»Lass mich bitte Danny noch ein bisschen führen«, bat sie ihn. »Dann stelle ich ihn auf den Paddock und zeige dir den Hof. Was hältst du davon?«

Claas zögerte. Die Unentschlossenheit stand ihm ins Gesicht geschrieben. Doch schließlich nickte er.

»Ja, so machen wir es«, meinte er. »Aber wenn ich dir im Wege bin, dann sagst du es. Versprich mir das bitte, Malin!«

»Versprochen«, gab sie zurück und war erleichtert, dass er erleichtert war.

KAPITEL 13

Pferde sind wie *Luft* –
überlebensnotwendig.

Weisheit

Es war schon Nachmittag, als Malin von ihrer Mutter auf dem Handy angerufen wurde. Sie war gerade mit reichlicher Verzögerung dabei, Claas wie versprochen den Hof und das Gelände zu zeigen und seine Anwesenheit allmählich doch als positiv zu empfinden. Ihm konnte sie wenigstens von dem unmöglichen Verhalten ihres Chefs erzählen und sich von ihm einige wirklich gute und rechtlich nicht ganz irrelevante Ratschläge in dieser Sache geben lassen.

Malin fiel als Erstes auf, dass die Stimme ihrer Mutter fröhlich, ja fast schon euphorisch klang. »Wir waren ja vorhin bei Papa im Krankenhaus. Er hatte recht gute Laune und war ziemlich zuversichtlich gestimmt. Nur dass du nicht mitgekommen bist, hat ihn etwas geärgert, weil er nämlich dringend etwas mit dir besprechen möchte. Kannst du vielleicht heute noch zu ihm ins Krankenhaus fahren?« Ihre Mutter machte eine Pause, in der Malin eigentlich antworten wollte, doch dann redete sie weiter. »Und dann wollte ich dich noch fragen, ob es schlimm wäre, wenn ich heute Nacht bei Hanna bleibe. Sie hat mich eingeladen, weil wir uns die Fotoalben von früher zusammen anschauen wollen. Natürlich nur, wenn du dich dann nicht zu einsam im Haus und auf dem Hof fühlst? Hanna hat gemeint, sie kann mich sonst später auch noch mit dem Auto bringen, aber sie würde gerne ein Gläschen trinken, weißt du?«

Malin hatte absolut nichts dagegen. Das Verhältnis zu ihrer Mutter war noch immer angespannt, auch wenn es in dieser knappen Woche die eine oder andere Annäherung zwischen ihnen gegeben hatte. Eine kleine Atempause kam ihr da gerade recht, zumal sie so sicher sein konnte, dass Claas und ihre Mutter nicht aufeinandertrafen. Nur die Sache mit dem Krankenhausbesuch kam ihr absolut ungelegen.

»Danny hatte eine leichte Kolik. Ich mag ihn nicht so lange alleine lassen. Sven kommt erst gegen Abend zum Füttern. Aber ich rufe Papa an«, versprach sie.

Ein tiefes Seufzen am anderen Ende der Leitung. Dann wieder die Stimme ihrer Mutter, nur jetzt nicht mehr heiter und unternehmungslustig, sondern mit verstimmten Unterton. »Dann sind dir die Pferde wichtiger als dein Vater? Na ja, entweder die Arbeit oder eben die Pferde.«

Für einen kurzen Moment schloss Malin die Augen. Bleib ruhig, reagiere jetzt nicht gereizt, ermahnte sie sich.

»Mama, ich regele das schon mit Papa!«, erklärte sie denn auch betont freundlich. »Mach du dir einen schönen Abend, und wenn du morgen auch noch bei Hanna bleiben möchtest oder ihr etwas unternehmen wollt, dann ist das absolut in Ordnung für mich«, schlug Malin darüber hinaus vor.

Doch auch das kam mal wieder völlig falsch bei ihrer Mutter an. »Verstehe, du bist froh, wenn du mich nicht die ganze Zeit um dich haben musst.«

Malin holte tief Luft. »Mama, darauf sage ich jetzt nichts. Das ist mir wirklich zu albern. Macht euch einen schönen Abend und grüß bitte Hanna von mir. Tschüss!«

Nachdem sie das Handy in ihrer Hosentasche verstaut hatte, legte Claas sanft den Arm um ihre Schultern. »Irgendwie scheinst du momentan kein gutes Händchen für Telefonate zu haben.«

»Meine Mutter ... sie und ich, ich weiß auch nicht. Irgendwas läuft da schief. Schon immer. Na ja, lange Geschichte«, erklärte sie ausweichend.

Claas strich ihr sanft über die Haare. In seinem Bick lag so viel ehrliche Zuneigung, dass sich Malin wegen ihrer unguten Gefühle von vorhin fast ein wenig schämte.

»Ich habe Zeit, ich habe ein offenes Ohr, und auch wenn ich mir hier auf dem Land etwas deplatziert vorkomme, möchte ich dir zur Seite stehen und für dich da sein.«

Malin beugte sich vor und hauchte Claas einen zarten Kuss auf seine glatt rasierte Wange. Der Duft seines teuren Aftershave stieg ihr in die Nase. Sie spürte den feinen Stoff seines Designerhemds an ihrem nackten Unterarm und wurde von einer Welle des Vertrauten, des Wohlfühlens übermannt. Sie ließ es zu, dass er mit der rechten Hand ihr Kinn umfasste, während sich seine linke um ihren Hinterkopf legte. Seine Lippen suchten ihre, und seine Zunge bahnte sich einen Weg in ihren Mund. Zunächst war sein Kuss sanft, doch dann wurde er immer fordernder. Claas zog sie noch enger an sich, Malin spürte seine Erregung, hörte ihn keuchen und wünschte sich nichts mehr, als seine Gefühle, seine Leidenschaft erwidern zu können. Doch als sie schließlich die Augen schloss, wild entschlossen, sich auf Claas' Leidenschaft einzulassen, sah sie plötzlich Jacks dunkelhaariges Herrchen vor sich.

Erschrocken riss sie die Augen wieder auf und löste sich mit derselben Heftigkeit aus Claas' fordernder Umarmung.

»Was?«, keuchte er völlig fassungslos.

Entschuldigend hob Malin die Schultern. »Claas, ich … es ist einfach so, dass ich im Moment den Kopf nicht frei habe. Es sind so viele Entscheidungen zu treffen, und dann dieses plötzliche Wiederhiersein, das alles führt dazu, dass ich keinen klaren Gedanken fassen kann.«

Claas nickte verständnisvoll. Doch die Verletzung, die Malin ihm durch ihr Wegschubsen zugefügt hatte, stand ihm deutlich ins Gesicht geschrieben. »Ist es dir vielleicht doch lieber, wenn ich wieder fahre?«, fragte er leise.

Malin zerriss es fast das Herz, ihn so enttäuscht, so verletzt zu sehen, doch sie nickte.

»Bitte, Claas, versteh das nicht falsch«, bat sie ihn inständig. »Ich bin zurzeit einfach nicht ich selbst und …«

Er hob die Hand. »Schon gut, Malin, lass es. Ich hab es auch so verstanden.« Nun klang er ernsthaft gekränkt, fast schon ein wenig zynisch. »Du willst einfach keine feste Beziehung. Zumindest nicht mit mir. Ansonsten hättest du dir von mir helfen lassen. Und natürlich sind mir deine abschätzigen Blicke nicht entgangen, weil ich mit Hunden, Pferden und Co. nichts anfangen kann, weil das nun mal nicht meine Welt ist. Hättest du ernsthafte Gefühle für mich, würdest du mir das nicht insgeheim zum Vorwurf machen.«

Malin wollte etwas sagen, ihm widersprechen, doch er gab ihr keine Chance. »Nein, lass mich bitte ausreden. Ich habe mir schon eine ganze Weile Gedanken darüber gemacht, wie es mit uns weitergehen würde. Als du nun plötzlich zu deinen Eltern musstest, da war mir auf einmal alles klar. Für mich war nun eindeutig der Punkt erreicht, an dem ich mehr wollte, etwas Festes. Doch …« Er stockte, streckte die Hand nach ihr aus und strich ihr mit einer sanften Geste eine lange Haarsträhne aus dem Gesicht. »Du, Malin, du wünschst dir womöglich etwas ganz anderes. Einen anderen …«

Erneut versuchte Malin, etwas zu sagen. Das war doch völlig absurd, in welche Richtung dieses Gespräch plötzlich lief. Er konnte doch aus ihrer Ungeduld ihm gegenüber nicht ihre wahren Gefühle für ihn ableiten. Doch Claas ließ auch diesen Versuch nicht zu.

»Pssst«, machte er und legte ihr sanft den Zeigefinger auf die Lippen. »Nicht, Malin, sag jetzt bitte einfach mal nichts dazu«, bat er sie. »Ich fahre nach Hamburg zurück. Doch ich gebe uns noch nicht auf. Du hast recht, es ist gerade sehr viel, was du zu bewältigen hast. Aber du kannst dir sicher sein, ich bin für dich da. Ich warte in Hamburg auf dich, und wenn du alles geregelt hast und bereit für ein offenes Gespräch mit mir bist, dann schauen wir einfach, wohin es uns führt.«

Claas umfasste ihre Hand, zog sie an seine Lippen und küsste sie. Dann wandte er sich um und ging mit eiligen Schritten zurück auf den Hof. Malin stand wie erstarrt da und blickte ihm fassungslos hinterher.

Halte ihn zurück, schrie etwas laut in ihr. Los, Malin, du darfst ihn nicht gehen lassen. Claas ist der Jackpot, wie ihre Freundin Jette erst neulich fast ein wenig neidisch zu ihr gesagt hatte. Ein Mann, für den Frauen sterben würden.

Malin wusste das. Malin wusste das nur zu gut. Und dennoch ließ sie ihn gehen. Sie hörte, wie die Autotür zuklappte, kurz darauf der Motor gestartet wurde und Claas' Auto vom Hof fuhr. Zurück nach Hamburg. Zurück in sein gewohntes Leben. Auch in Malins – das ihr nie so fern und fremd vorgekommen war wie in diesem Augenblick.

Es war schon fast neun Uhr, als Malin auffiel, dass sie den ganzen Tag nichts gegessen hatte. Mit knurrendem Magen durchforstete sie den Kühlschrank, dann die Speisekammer. Beides war gut gefüllt, und dennoch war nichts dabei, worauf sie Appetit verspürte.

Kurz entschlossen eilte sie in ihr Zimmer hoch, kramte ihr Portemonnaie aus der Tasche hervor und machte einen kurzen Abstecher ins Badezimmer, wo sie sich vor dem Spiegel die Haare kämmte und zu einem neuen Zopf zusammenfasste. Noch ein bisschen Puder und einen Hauch von Wimperntusche, dann lief sie auch schon wieder nach unten.

Zu Fuß war es keine Viertelstunde zum Hotel und Restaurant *Zum Schafshirten*. Aus dem früher so gediegenen Landgasthof war inzwischen ein helles und schickes Wellnesshotel geworden, in dem sich gestresste Großstädter gerne übers Wochenende einquartierten, um in entschleunigender Atmosphäre Körper und Seele eine Auszeit zu gönnen.

Zu alten Landgasthofzeiten gab es hier die beste Currywurst mit Pommes rot-weiß weit und breit. Es war bestimmt nicht davon auszugehen, dass Malins absolutes Lieblingsessen aus ihrer Kindheit und Jugend noch auf der Speisekarte stand, dort fanden sich unter Garantie nur noch Speisen und Gerichte rund um das Thema Wellness und Co. wieder. Doch Hauptsache, es gab irgendetwas Warmes, was sie nicht selbst zubereiten musste. Malin wollte einfach nur am Tisch Platz nehmen und in schöner Umgebung etwas Leckeres essen und dazu ein Glas Rotwein trinken. Danach würde sie satt und zufrieden zurück nach Hause gehen, noch einmal nach Danny schauen und dann erschöpft ins Bett fallen.

So lautete ihr Plan. Als sie jedoch kurz darauf die weiße Tür des Restaurants aufzog, war ihr sofort klar, dass von einem entspannten Abend bestimmt keine

Rede mehr sein konnte. Vor ihr stand das dunkelhaarige Jack-Herrchen und starrte sie mindestens ebenso verblüfft an.

»Was machst du denn hier?«, rutschte es ihr heraus. Unwillkürlich war sie zum Du übergegangen.

Er hob kurz die Schultern und gab dann trocken zurück: »Wohnen!«

»Hier?« Malin verstand es nicht.

»Ja, hier! Zumindest übers Wochenende. Der Hof ist leider noch nicht bewohnbar. Ich hab's mal versucht, ganz abenteuerlich mit Kerzenlicht. Aber ehrlicherweise muss ich zugeben, dass ich zwar tief in meinem Herzen Abenteurer bin, aber ohne Strom und fließend Wasser dann doch wohl nicht dazu tauge.« Er lächelte, und Malin lief ein warmer Schauer über den Rücken. Himmel, was ging von diesem Mann bloß aus, das sie bei jedem Zusammentreffen mit ihm so verunsicherte … zum peinlichen Teenager werden ließ?

»Ach so. Ja, also, klar, jetzt verstehe ich das«, stotterte sie und schaffte es kaum noch, seinem Blick standzuhalten. Doch verlegen wegzuschauen, nein, das verbot sie sich selbst.

»Und du?«

»Was und ich?«

»Was machst du hier?«

Malin strich sich eine Strähne aus dem Gesicht. »Ach, so meinst du das. Ich habe Hunger.«

»Und keine Lust zum Kochen«, kombinierte er.

Malin nickte. »Ja, Kochen ist generell nicht so meins«, gab sie nun zu.

»Echt nicht?« Er sah sie verwundert an. »Ich koche für mein Leben gern.«

Malin zuckte mit den Schultern. Etwas Besseres wollte ihr dazu einfach nicht einfallen.

»Was dagegen, wenn ich dir Gesellschaft leiste?«, fragte er plötzlich.

»Wobei?« Im nächsten Moment hätte Malin sich für diese dusselige Frage glatt selbst ohrfeigen können.

»Beim Essen«, erklärte er auch schon das Offensichtliche.

Ja, ich habe etwas dagegen!, schrie eine verunsicherte Stimme in ihr. Malin war nur zu bewusst, dass sie mit ihm am Tisch keinen Happen herunterbekommen würde.

Dennoch stimmte sie zu. Alles andere wäre einfach nur unhöflich und kindisch gewesen.

»Prima. Das freut mich«, sagte er und strahlte sie zufrieden an.

Gemeinsam steuerten sie auf einen freien Tisch direkt am Fenster zu. Bevor er ihr den Stuhl zurechtrückte, fiel ihm aber endlich noch etwas ein. Etwas längst Überfälliges.

»Kann es sein, dass ich mich dir noch gar nicht vorgestellt habe?«

Malin nickte, und er schlug sich mit der flachen Hand an die Stirn. »Typisch, da lade ich dich zum Essen ein, und du kennst nicht einmal meinen Namen.«

»Erstens hast du mich nicht eingeladen, und zweitens beruht das ja auf Gegenseitigkeit«, stellte Malin klar.

»Natürlich habe ich dich eingeladen!«, behauptete er. »Mein Name ist übrigens Stefan.«

»Malin.«

Stefan schaute ihr tief in die Augen. »Schöner Name. Er passt zu dir.«

Verunsichert lachte Malin auf und spürte die Röte, die ihr langsam vom Hals hoch in ihr Gesicht kroch. Schnell wandte sie sich ab und ließ sich auf den Stuhl sinken.

Stefan folgte ihrem Beispiel.

»Worauf hast du Appetit?«, wollte er von ihr wissen.

Darüber musste Malin nicht lange nachdenken. »Auf Currywurst mit Pommes rot-weiß. Allerdings gehe ich nicht davon aus, dass so etwas auf der Speisekarte steht.«

Stefan lächelte sie erfreut an. »Du wirst mir immer sympathischer.«

»Weil ich auf Currywurst stehe?« Malin hätte sich selbst lobend auf die Schulter klopfen mögen, dass sie so etwas Ähnliches wie Schlagfertigkeit in seiner Gegenwart zustande gebracht hatte.

»Unter anderem«, gab Stefan zurück und musterte sie eindringlich und mit einem sonderbaren Lächeln, was dazu führte, dass Malin erneut die Unsicherheit in sich aufsteigen spürte.

Eine junge Kellnerin in weißer Bluse und schlichtem schwarzem Rock trat an den Tisch und erkundigte sich freundlich: »Haben Sie schon gewählt?« – und zog damit zu Malins großer Erleichterung Stefans Aufmerksamkeit auf sich.

»Soll ich einfach mal etwas vorschlagen, Malin?«, fragte Stefan. »Das mit der Currywurst ist nämlich tatsächlich so, wie du bereits vermutet hast.«

Einen kurzen Moment lang war Malin unentschlossen. Eigentlich konnte sie es nicht leiden, wenn jemand für sie bestellte. Claas hatte das bei ihrer ersten Essensverabredung auch probiert, mit dem Ergebnis, dass Malin kaum einen Bissen herunterbekommen hatte. Sie war einfach nicht der Typ Wilde Garnele an Lammcarpaccio mit Chorizo und Artischockencreme.

Doch Stefan, der ihr wildfremd war, von dem sie nichts wusste, außer dass er den schlimm heruntergekommenen Hof der Friedrichs gekauft hatte und einen ziemlich wilden Jack Russel Terrier namens Jack besaß, dem traute sie zu, dass er ihren Geschmack traf, und nickte ihm schließlich zu.

Zunächst bestellte er einen Aperitif für Malin und sich. Danach entschied er sich für das Steak mit bunter Pfefferkruste, Röstkartoffeln und einer kleinen Gemüseplatte. Zum Essen sollte die Kellnerin ihnen dann zwei Gläser Cabernet Sauvignon servieren.

»Okay?«, erkundigte er sich bei ihr.

»Absolut!«, gab Malin zurück.

Die Kellnerin entfernte sich vom Tisch, und danach herrschte einen Moment lang Schweigen zwischen ihnen. Stefan schien die Stille am Tisch nicht im Geringsten zu stören, während Malin sich das Hirn nach etwas Klugem, Witzigem – egal, einfach nach irgendetwas zermarterte, was sie von sich geben konnte. Doch da war nichts. Nur ein wild pochendes Herz und feuchte Handinnenflächen. Himmel, sie verhielt sich tatsächlich wie ein Teenager bei seiner ersten Verabredung.

Als das Essen kam, hing Malin der Magen schon fast in den Kniekehlen. Aber das war nicht der einzige Grund, warum sie sofort zu essen anfing, sondern sie war heilfroh, endlich irgendetwas tun zu können. Hastig probierte sie von den Kartoffeln und verbrannte sich prompt die Zunge. Sie versuchte, das viel zu heiße Essen aus dem Mund zu bekommen, indem sie es ohne zu kauen herunterschluckte. Keine gute Idee, stellte Malin gleich darauf fest, denn die Kartoffel war so groß, dass sie ihr im Hals stecken blieb. Malin räusperte sich, und als das nichts brachte, hustete sie und wurde schließlich leicht panisch.

Stefan reagierte sofort. Er sprang von seinem Stuhl auf, klopfte Malin ein paarmal hintereinander kräftig auf den Rücken, sodass die Kartoffel sich endlich löste und Malin sie herunterschlucken konnte.

»O Mann«, schnaufte Stefan neben ihr. »Hast du mir jetzt einen Schrecken eingejagt!«

Malin konnte nicht gleich antworten. Sie saß einfach nur regungslos da, während sich ihre Atmung langsam wieder beruhigte.

»Trink mal einen Schluck Wasser«, forderte Stefan sie auf und reichte ihr das Wasserglas.

Jetzt erst bemerkte Malin die neugierigen Blicke der anderen Gäste und kam sich plötzlich total lächerlich vor. Zu allem Überfluss eilte auch noch der Oberkellner herbei und erkundigte sich bei ihr, ob alles in Ordnung sei. Mit hochrotem Kopf versicherte Malin ihm, dass es ihr gut gehe, und war froh, als er sich damit zufriedengab und wieder abzog.

»Lass uns jetzt bitte einfach nur weiteressen!«, bat sie Stefan.

Er nickte zögerlich. »Wenn du sagst, dass wirklich wieder alles okay ist?«

»Ist es!«, erklärte Malin und begann, demonstrativ mit der Gabel im Gemüse herumzustochern.

Doch der Appetit war ihr vergangen. Der Schreck steckte ihr noch in den Knochen, sodass sie nun jeden Happen ewig kaute, bevor sie sich traute, ihn herunterzuschlucken. Ihr Teller war nicht einmal zur Hälfte leer, als sie Messer und Gabel beiseitelegte.

»Bist du schon satt?«, wunderte sich Stefan.

Malin nickte. »Ich hatte eh keinen richtigen Hunger«, log sie.

»Magst du vielleicht eine Nachspeise? Irgendeine Mousse, die man nicht zerkauen muss?«, neckte Stefan sie und grinste.

Malin schenkte ihm einen Blick aus zusammengekniffenen Augen. »Sehr lustig«, knurrte sie.

Doch davon ließ er sich nicht einschüchtern. Lachend beugte er sich über den Tisch zu ihr herüber und tätschelte vertraulich ihre Hand. »Ach, komm schon, Malin, von einer Kartoffel lässt du dir doch wohl nicht die gute Laune verderben.«

Einen Moment lang sahen sie sich an. Stefan grinste frech. Und Malin konnte nichts dagegen tun, als zum wiederholten Mal zu denken, dass er umwerfend gut aussah. Bei Weitem nicht so attraktiv und perfekt wie Claas und auch nicht annähernd so stilsicher gekleidet wie er. Stefan trug ein graues T-Shirt zur verwaschenen

Jeans und war auf eine raue, ja fast schon wilde Art und Weise anziehend. Ungezähmt männlich, kam es Malin in den Sinn, vermischt mit einem beinahe kindlichen Charme und Humor.

»Wo ist eigentlich Jack?«, fragte Malin schließlich. Tatsächlich hatte sie sich schon die ganze Zeit darüber gewundert, aber irgendwie versäumt, Stefan nach ihm zu fragen.

»Oha, das nenne ich mal geschickt das Thema gewechselt«, unterstellte er ihr lachend.

Malin tat unschuldig. »Inwiefern?«

Er lehnte sich auf dem Stuhl zurück. »Na ja, du lenkst ab.«

»Ich wüsste nicht, wovon, und erst recht nicht, warum«, konterte sie.

Stefan neigte den Kopf leicht nach links und betrachtete sie eine Weile, bevor er ganz unvermittelt vorschlug: »Komm, lass uns hier abhauen. Ich brauche dringend frische Luft, und du siehst mir auch danach aus.«

Verwundert zog Malin die Augenbrauen hoch. Eigentlich war sie in den vergangenen Tagen mehr an der frischen Luft gewesen als in den letzten zehn Jahren. Zumindest kam es ihr so vor. Und eigentlich hatte sie vorgehabt, etwas zu essen, ein Glas Wein zu trinken und hier gemütlich eine Weile lang sitzen zu bleiben – doch wenn sie ehrlich zu sich selbst war, hatte sich ihr Plan in dem Moment erübrigt, als Stefan plötzlich vor ihr gestanden hatte.

Stefan erhob sich vom Tisch, aber Malin zögerte. »Wir müssen noch bezahlen.«

Stefan grinste sie an. »Die schreiben das hier automatisch aufs Zimmer.« Dann ergriff er Malins Hand und zog sie mit sich aus dem Restaurant, und sie ließ es einfach geschehen.

Kapitel 14

In riding a horse,
we borrow *freedom*.

Helen Thompson

Eine Weile gingen sie schweigend nebeneinanderher durch die Dämmerung, bis Stefan schließlich sagte: »Es gibt hier ganz in der Nähe einen kleinen See. Ein wunderschönes Fleckchen Erde. Kennst du ihn?«

Malin nickte. »Natürlich. Ich bin hier aufgewachsen. Habe fast zwanzig Jahre meines Lebens hier verbracht.«

»Du sagst das so komisch«, horchte Stefan erstaunt auf. »Fast so, als würdest du es bereuen.«

Malin seufzte. »Bereuen ist das falsche Wort. Als Kind bin ich hier sehr glücklich gewesen. Vor allem wegen der Pferde. Aber je älter ich wurde, desto mehr hatte ich das Gefühl, hier zu ersticken. Irgendwann habe ich dann damit angefangen, die Monate, Wochen, Tage zu zählen, bis ich endlich hier wegkäme.« Malin war selbst überrascht, wie offen sie Stefan von sich erzählte. Normalerweise war das nicht ihre Art. Aber anscheinend war nichts mehr normal bei ihr, sobald sie ihm gegenüberstand.

»Hm, ich mag das hier alles sehr. Mir gefällt der Ort, der weite, unverbaute Blick, den man hier hat, und vor allem die Ruhe. Ich stehe auf diese Art von Beschaulichkeit, auch wenn es irgendwie spießig klingt.«

»Kommst du vom Land?«, wollte Malin wissen.

Er verneinte mit vielsagendem Grinsen. »Nein, mitten aus dem gefährlichen Großstadtdschungel!«

»Das dachte ich mir. Es ist nämlich ein himmelgroßer Unterschied, ob man nur davon träumt, natürlich absolut idyllisch verklärt, oder, so wie ich früher, jeden Tag stundenlang im Schulbus hocken oder sich noch länger auf dem Rad abstrampeln musste, um zur Schule zu kommen. Kino oder irgendein kulturelles Angebot – Fehlanzeige.«

Stefan runzelte überrascht die Stirn. »Dann gibt es nichts, was dir hier gefallen hat?«

Doch so wollte Malin es dann auch wieder nicht stehen lassen. »Doch, doch, ich habe eine wirklich schöne Kindheit hier verbracht. Ganz besonders mit meinem Pony Cleo.«

Lag es an ihrem wehmütigen Blick, dass er meinte, sie trösten zu müssen, oder konnte er nicht anders, als sie zu berühren? Was auch immer ihn dazu veranlasste, er streckte die Hand nach ihr aus. Strich ihr mit den Fingerspitzen sanft über den Unterarm. Es war ein neues Gefühl, das Malins Haut zum Kribbeln brachte, und gleichzeitig schwang etwas Vertrautes darin mit.

»Du zitterst ja. Ist dir kalt?« Stefan rückte näher an sie heran. »Soll ich dich wärmen?«

Plötzlich spürte Malin einen dicken Kloß im Hals. Bestimmt klang ihre Stimme deshalb so fremd, als sie erwiderte: »Ich weiß nicht, ob das so gut wäre …«

Stefan schwieg, aber nur mit dem Mund, seine Augen hingegen sprachen Bände. Er schaute sie unverwandt an, mit einem Blitzen, das Malin immer nervöser werden ließ. So unverhofft, wie er sie mit den Fingerspitzen berührt hatte, legte er nun den Arm um sie.

»Warum meinst du, dass es keine gute Idee ist?«, flüsterte er mit rauer Stimme.

Seine Nähe, sein männlicher Duft, seine Stimme ganz nah an ihrem Ohr, eine jähe Woge der Zuneigung durchströmte Malin, so heftig, dass ihr der Atem stockte und ihr Herz für ein paar Schläge unregelmäßig hüpfte.

Sie wandte ihm das Gesicht zu, musterte ihn ernst und erstaunt zugleich. Was war das, was sie für diesen Wildfremden empfand? Wie konnte es sein, dass es ihm gelang, mit einem einzigen Blick, einem Wort, einer beiläufigen Berührung ein regelrechtes Feuer in ihr zu entfachen? Warum wünschte sie sich nichts mehr, als dass er sie endlich küsste, obwohl vor wenigen Stunden noch Claas derjenige war, der sie im Arm gehalten hatte. Claas, der eigentlich ihr Freund war, ihre feste Beziehung – zumindest hatte bis vor Kurzem alles darauf hingedeutet.

»Stefan, was …?«, krächzte Malin.

Doch er bremste sie mit seinen Augen aus, die sich tief in ihre bohrten. Malin stand da und konnte sich kaum noch rühren. Jeder Zentimeter ihres Körpers hielt inne – in der aufregenden Gewissheit, dass sie noch niemals jemanden so gewollt hatte wie diesen wildfremden Mann ihr gegenüber.

Malin hätte nicht sagen können, wie lange sie so verharrten. Es kam ihr wie eine Ewigkeit vor. Und dennoch waren es nur wenige Augenblicke, bevor er sich plötzlich zu ihr vorbeugte und mit belegter Stimme sagte: »Du spürst also auch, dass da etwas zwischen uns ist?«

Malin schluckte schwer. Was sollte sie antworten? Die Wahrheit.

»Ja, ich spüre es«, hauchte sie. »Ich weiß auch nicht …« Weiter kam sie nicht. Stefan zog sie in seine Arme. Seine Lippen fanden ihre, und seine Zunge bahnte sich den Weg in ihren Mund. So zärtlich, so unfassbar liebevoll, dass Malin die Luft wegblieb. Sie war wie paralysiert. Unfähig, sich zu bewegen, stand sie da und genoss diesen Kuss und Stefans Nähe mit jeder Faser ihres Körpers. Malin wurde von ihren eigenen Gefühlen so überwältigt, dass da kein Platz für Skrupel wegen Claas mehr war oder wegen der Tatsache, dass sie in den Armen eines Fremden förmlich dahinschmolz.

Genauso plötzlich, wie Stefan sie geküsst hatte, löste er sich wieder von ihr und sah sie eindringlich an. »Ich muss dir etwas sagen … oder wohl eher gestehen. Mein vollständiger Name ist Stefan Blancken.«

Malin war von dem Kuss noch völlig benommen und verstand im ersten Moment überhaupt nicht, was er ihr da gerade eröffnet hatte. Sie sah ihn einfach nur mit verklärtem Blick an und wünschte sich, er möge sie weiterküssen.

Doch dann fing sie langsam an zu begreifen, kämpfte sich wie durch einen milchigen Schleier zurück in die Realität. »*Der* Stefan Blancken?«, hauchte sie völlig perplex.

Stefan nickte zunächst, schüttelte dann aber den Kopf. »Nicht der, mit dem du telefoniert hast. Aber natürlich weiß ich von dem Telefonat.«

Malin hob hilflos die Hände und ließ sie gleich wieder fallen. »Wie, nicht der, mit dem ich telefoniert habe? Gibt es etwa zwei von deiner Sorte?«

»Genau genommen sogar drei«, erklärte Stefan und grinste verstohlen. »Meine Eltern hielten es vor 35 Jahren für eine gute Idee, mich genauso wie meinen Großvater und meinen Vater zu nennen. Ist sozusagen eine Art Familientradition.«

»Und der Stefan Blancken, der mich wegen des Hofes meiner Eltern angerufen hat, war dann also dein Vater?«

Stefan nickte.

Eine Weile lang betrachtete Malin ihre Hände, bevor sie das aussprach, was ihr seit Stefans Eröffnung durch den Kopf schwirrte, ihren Magen zu einem Klumpen werden ließ und ihr bitteres Unbehagen bereitete.

»Dann hast du mit deiner Charmeoffensive also nur bezweckt, mich für die Kaufabsichten deines Vaters zu gewinnen. Oder wie darf ich das Ganze bitte schön verstehen?«, fragte sie mit tonloser Stimme und brennendem Blick.

Stefan entglitten sämtliche Gesichtszüge. »Um Himmels willen, nein! Wie kommst du denn bloß darauf?«

Malin lachte spöttisch auf »Na ja, das ist doch wohl naheliegend«, fand sie.

Stefan machte einen Schritt auf sie zu, wollte ihre Oberarme umfassen, doch Malin wehrte ihn ab. »Lass das!«, zischte sie mit kalter Stimme, obwohl alles in ihr wie Feuer brannte.

Es war unfassbar, wie weh es Malin tat, dass Stefan sie offenbar nur benutzt hatte. Dabei war im Grunde genommen noch gar nichts zwischen ihnen geschehen. Klar, der Kuss war wunderschön gewesen, und Malin hatte sich gewünscht, er würde niemals enden. Doch er hatte zumindest den Anstand besessen, sich zu outen, seine wahren Absichten offenzulegen, bevor sich weitaus mehr zwischen ihnen entwickeln konnte.

»Okay, ich nehme an, das Essen kannst du unter Spesen verbuchen. Trotzdem vielen Dank dafür, deine Wahl war nicht die schlechteste«, erklärte Malin bemüht lässig. »Schönen Gruß an deinen Vater. Auch ohne den Einsatz seines Supersohnes hatte ich ernsthaft in Erwägung gezogen, mit meinen Eltern über sein Angebot zu sprechen. Allerdings weiß ich jetzt nicht mehr so recht, ob das wirklich eine gute Idee ist. Wer zu solchen Mitteln greift, ist unter Garantie auch niemand, der etwas zu verschenken plant. Ich gehe davon aus, dass das Angebot für den Hof meiner Eltern kaum ein gutes sein wird und es deshalb auch zu keinem Vertragsabschluss kommt.«

Mit verbissener Miene nickte sie ihm noch einmal zu, bevor sie auf dem Absatz kehrtmachte und mit langen Schritten davoneilte. Und während sie die menschenleere Dorfstraße entlanglief, überkam sie eine Flutwelle aus Enttäuschung, angereichert mit ganz viel Schamgefühl. Sie bohrte sich in ihren Magen, stach in ihr Herz und schien ihr mit gehässiger Stimme zuzurufen: Tja,

Malin, so wie du Claas, so Stefan nun dir! Die gerechte Strafe für dich!

Malin konnte den Hof ihrer Eltern schon in der Ferne ausmachen, schwarze Umrisse, die sich trotz der inzwischen vollständigen Dunkelheit davon abhoben.

Sie beschleunigte ihren Schritt, am liebsten wäre sie gelaufen, schnell weggerannt von der Stelle, an der sie noch vor wenigen Augenblicken wie ein hirnloser Teenager herumgeknutscht hatte.

Plötzlich legte sich eine Hand von hinten um ihren Unterarm und bremste sie. Wütend fuhr Malin herum und fuhr Stefan atemlos an: »Was soll das?«

Er verdrehte die Augen. »Diese Frage sollte ich wohl besser dir stellen.«

»Wie bitte?« Malins Stimme klang ganz schrill, so perplex war sie über die Dreistigkeit, die er anscheinend besaß.

»Was denkst du denn von mir?« Stefan schnaufte. »Dass ich mich an dich rangemacht habe, weil wir auf den Hof deiner Eltern scharf sind?«

Malin versuchte, ihm ihre Hand zu entziehen, aber er ließ nicht los. »Ja, genau das denke ich von dir. Und jetzt lass mich gefälligst los!«

Stefan schüttelte energisch den Kopf. »So ein Unsinn! Das eine hat mit dem anderen überhaupt nichts zu tun. Es ist reiner Zufall, dass wir den Hof deiner Eltern für unser Vorhaben kaufen wollen und dass ich mich in dich …« Er stockte, seine Gesichtszüge wirkten nun gequält. »Ja, vielleicht hätte ich mich unter diesen Umständen von dir fernhalten müssen. Aber als du vorhin im Restaurant plötzlich vor mir gestanden hast, Malin, ich weiß doch selbst nicht, was das zwischen uns ist. Schon bei unserem ersten Zusammentreffen war ich vom Fleck weg total fasziniert von dir. Und da wusste ich noch nicht, dass du diejenige bist, deren Hof wir unbedingt kaufen wollen.«

Malin starrte ihn an. Sie wollte wütend sein, ihn unmöglich finden, durchtrieben, hinterhältig, berechnend – doch ganz tief in ihrem Inneren wusste sie, dass Stefan all das nicht war.

»Bitte, glaub mir doch, Malin, das eine hat mit dem anderen absolut nichts zu tun. Ich verspüre noch immer dieses unbändige Verlangen, dich zu küssen, und bestimmt nicht, weil ich mir davon irgendetwas anderes erhoffe, als dass du meinen Kuss erwiderst.«

Malin schluckte schwer, und vielleicht war es dieser Hauch eines Zögerns, der Stefan ermutigte, ihre Hand an seinen Mund zu führen und einen Finger nach dem anderen zärtlich zu küssen. So innig, dass Malin leise stöhnte.

»Es klingt kitschig, das ist mir durchaus bewusst, aber hast du schon mal was von Liebe auf den ersten Blick gehört?«

Nein, dachte Malin, an so etwas glaube ich nicht!, doch sie nickte.

Stefans Hand legte sich in ihren Nacken, gleichzeitig glitt die andere um ihre Taille. Er zog sie an sich. »Du kannst mir vertrauen«, hauchte er ihr ins Ohr, während er mit der Zunge ihr Ohrläppchen liebkoste.

Konnte sie das wirklich? Oder war das Ganze nicht einfach zu offensichtlich? Malin war sich nicht vollständig sicher, sie wusste nicht, worauf das hier hinauslief. Doch es fühlte sich so unbeschreiblich gut an.

Ein tiefes Seufzen entfuhr ihr, als Stefans Zungenspitze ihren Hals hinabwanderte. Zum Glück lag seine Hand fest um ihre Taille, sonst wäre sie womöglich ins Schwanken geraten, so weich fühlten sich ihre Knie auf einmal an.

Am Ausschnitt ihres Shirts hielt er kurz inne und zeichnete ihn mit dem Zeigefinger nach.

»Stefan«, keuchte sie leise.

»Soll ich aufhören?« Seine Enttäuschung war hörbar.

Doch Malin hatte ganz andere Pläne. »Ich bin alleine auf dem Hof, im Haus. Kommst du mit mir?«

»Bist du dir sicher?«

Sie nickte. »So sicher ich mir nur sein kann …«

Kapitel 15

Your horse can only
be as *brave*
as you are.

Stefan sah noch umwerfender aus als sonst, wenn das überhaupt möglich war. Das zerzauste Haar, dieser glühende Blick, mit dem er sie betrachtete, und diese entspannten Gesichtszüge, das alles zusammen ließ ihren Atem stocken.

»Malin.« Mehr sagte er nicht. Aber es klang wie ein Liebeslied, wie eine wunderschöne Liebeserklärung, es klang nach einem Versprechen.

Noch niemals in ihrem Leben war Malin so geliebt worden. So fordernd, unnachgiebig, ausdauernd, und noch niemals zuvor hatte sie solch eine Lust beim Sex empfunden.

Stefans Blick wanderte über ihr Gesicht, und zuletzt schaute er ihr tief in die Augen.

»Es war wunderschön«, flüsterte er.

Malin nickte nur, sagen konnte sie nichts.

»Bereust du es?« Er fasste ihr Schweigen völlig falsch auf.

»Nein!«

Sie verloren sich in einem tiefen Kuss, bevor Malin atemlos flüsterte: »Ja, es war wunderschön, Stefan, ich habe es genossen, ich habe es so sehr genossen … Alles ist gut.«

Dabei war überhaupt nichts gut. Sie hatte sich gerade voller Leidenschaft und züngelnder Begierde einem im Prinzip noch immer wildfremden Mann hingegeben. In ihrem alten Kinderzimmer. Auf dem Hof ihrer Eltern. Den ausgerechnet Stefan und seine Familie zu kaufen beabsichtigten.

Sie war froh, dass kein Gedanke an all das diesen Moment gestört hatte, diese Lust, diese Leidenschaft, die sie für Stefan empfunden hatte und noch immer empfand. Doch so allmählich kam Malin wieder in der Realität an.

»Du siehst so nachdenklich aus. Magst du mich an deinen Gedanken teilhaben lassen?«, raunte er ihr ins Ohr, um sie dann doch nicht antworten zu lassen, denn er begann sie zu küssen.

Atemlos schnappte Malin nach Luft und wollte ein wenig von ihm wegrücken, doch in dem schmalen Jugendbett war das kaum möglich.

»Was ist los, schöne Frau, komm schon, sag es mir. Soll ich gehen? Möchtest du den Rest der Nacht lieber alleine verbringen?«

Malin stützte sich auf dem Ellbogen auf und betrachtete Stefan einen kurzen Moment nachdenklich, bevor sie zu einer Erklärung ansetzte: »Ich bin sonst nicht so …«

Stefans Augenbrauen wanderten nach oben, sein Mund verzog sich amüsiert. »Was meinst du damit?«, fragte er – doch die Frage war rein rhetorisch, er wusste genau, was sie damit sagen wollte. Das war auch Malin bewusst, dennoch war es ihr wichtig, es auszusprechen. »Normalerweise gehe ich nicht beim ersten Date mit einem Mann ins Bett.«

Stefan sah sie unschuldig an. »Dann ist doch alles okay, Malin, schließlich hatten wir kein Date. Zumindest kein offizielles.« Er grinste, und Malin knuffte ihn in den Oberarm.

»Du bist unmöglich«, beschwerte sie sich – was nicht ganz ernst gemeint war. Bestimmt nicht. Dafür war sie viel zu angetan von diesem dunkelhaarigen Mann, der wie ein Orkan über sie gekommen war und von dem sie sich wünschte, dass er das immer wieder tat, niemals aufhörte damit. Und gleichzeitig kam sie sich kindisch vor, komplett hormongesteuert und verklärt, kein bisschen wie sie selbst.

»Was hat dich eigentlich hierher verschlagen?«, wollte Malin schließlich von ihm wissen.

Stefan lachte. »Hey, soll das hier ein Verhör werden?«

Verlegen machte sie einen Rückzieher. »Nein … ähm, entschuldige bitte, ich wollte dich bestimmt nicht aushorchen.«

Stefan schmunzelte. »Alles okay, Malin, ich habe keine dunklen Geheimnisse.«

Malin nickte. »Das ist gut.«

»Hm …«, machte er, schwieg dann eine Weile, dachte nach und erklärte schließlich: »In erster Linie wohl die Arbeit.«

»Inwiefern?«

Er tastete mit der freien Hand nach einer ihrer Haarsträhnen und begann damit, sie sich langsam um den Finger zu drehen.

»Ich habe die letzten Jahre quasi nichts anderes gemacht. Bis dann irgendwann förmlich die Luft bei mir raus war, mir der Sinn fehlte bei alldem, wonach ich jahrelang gestrebt hatte. Ruhm, Erfolg, noch mehr Geld …«

»Hattest du so etwas wie einen Burn-out?«, fragte Malin vorsichtig und sich selbst gleich darauf, ob sie das Recht hatte, ihm eine derart persönliche Frage zu stellen.

Doch Stefan schien damit absolut kein Problem zu haben. Offen gestand er ihr: »Na ja, ich befand mich wohl auf dem direkten Weg dorthin. In der Regel sechs Tage die Woche mindestens zwölf Stunden nur der Job und nichts als der Job, auf Dauer ist das auf jeden Fall ungesund.«

Malin nickte – und stellte insgeheim Parallelen zu ihrem eigenen Leben fest.

»Was machst du beruflich … oder hast du gemacht?«

Vielsagend verzog Stefan das Gesicht. »Investmentbanker.«

»Nein!« Malin starrte ihn ungläubig an. Alles hätte sie sich bei ihm vorstellen können, alles, aber nach einem karrieregeilen Banker sah er absolut nicht aus. Aber erinnerte ihr Äußeres denn momentan an eine bestimmt nicht weniger karriereorientierte Betriebswirtin? Wohl auch nicht.

Und Stefan setzte noch einen drauf. »Ich lebe und arbeite in Frankfurt.«

»Ich kann es kaum glauben«, gab Malin offen zu.

Stefan grinste. »Hm, du solltest mich mal im Anzug sehen, ich kann auch schick und spießig.«

Trotzdem konnte Malin es nicht fassen. »Und ... und ... was verschlägt dich dann bitte schön ausgerechnet hierher? Ich meine, Frankfurt liegt nicht gerade um die Ecke. Und warum, um alles in der Welt, wollt ihr hier eine große Reitanlage bauen? Wie passt das mit deinem Frankfurter Leben zusammen?«

Stefan stützte sich nun ebenfalls auf seinem Ellbogen auf. »Ex-Leben, Malin. Ich habe die Notbremse gezogen. Auslöser dafür war der Kindheitstraum meines alten Herrn. Er ist wie ich ein passionierter Reiter und träumt seit Jahren davon, irgendwo in ländlicher Lage eine hochmoderne Reitanlage zu errichten. Zufälligerweise hat sich in meinem Kopf dieser Gedanke auch immer mehr verfestigt, und als ich dann den Hof der Friedrichs im Internet entdeckt habe, habe ich nicht lange nachgedacht und ihn gekauft. Aber im Grunde genommen war das ein Schnellschuss, denn für das, was mein Vater und ich uns eigentlich vorgestellt haben, ist er viel zu klein.«

»Und deshalb seid ihr so an dem Hof meiner Eltern interessiert«, ergänzte Malin.

Stefan seufzte tief. »Ja, das sind wir. Aber das hat mit uns absolut nichts zu tun, Malin. Das musst du mir bitte glauben.« Er blickte ihr tief in die Augen, und Malin drohte in seinen zu versinken. Als er die Hand nach ihr ausstreckte, seine Fingerspitzen unendlich zärtlich über ihren Hals strichen, stand ihre Haut dort, wo er sie berührte, sofort wieder in Flammen.

Auch wenn es ihr unendlich schwerfiel, schob sie seine Hand weg. »Stefan, bitte hör mir einen Moment zu.«

»So ernst«, staunte er.

Malin seufzte. »Ich muss das einfach klarstellen, es ist mir wichtig.«

»Okay«, sagte Stefan gedehnt. »Ich bin gespannt.«

Malin versuchte, etwas von ihm abzurücken, doch noch immer war das Bett viel zu schmal, um sich seiner attraktiven Männlichkeit gänzlich entziehen zu können. Seiner Wärme, seinem herben Duft, seiner muskulösen Brust und dem flachen Bauch. Das, was sie gerade mit ihm erlebt hatte, war noch immer so spürbar, dieser Rausch, dieses Verlangen loderte noch immer in ihr, ein einziger Augenaufschlag von ihm, und sie würde erneut in Flammen stehen.

»Noch vor einer Woche hätte ich meinen Eltern sofort zum Verkauf ihres Hofes geraten«, begann sie bemüht sachlich. »Aber inzwischen weiß ich nicht, ob das tatsächlich der beste Rat ist, den ich ihnen geben kann. Meine Mutter hat mir gestanden, dass sie hier weg möchte, doch ich vermute beinahe, dass das nur vorgeschoben war. Sie hat Angst um meinen Vater, möchte nicht, dass er sich totmalocht. Sein Unfall war ein großer Schock für sie.«

»Und deshalb wirst du ihnen vom Verkauf abraten«, beendete Stefan den Satz für sie. Nicht enttäuscht, keine Spur, eher sehr verständnisvoll.

Malin seufzte. »Das würde ich gerne. Nur leider schaffen sie es finanziell nicht mehr lange …«

Stefan hob die Hand und massierte ihr sanft den Nacken, während Malin ihm regelrecht ansah, wie es in seinem Kopf arbeitete.

»Und wenn sie hier auf dem Hof wohnen blieben?«, meinte er schließlich.

Malin machte große Augen. Konnte er ihre Gedanken lesen?

»So etwas in der Art habe ich mir tatsächlich schon selbst überlegt«, gab sie zu. »Nur mal angenommen, ihr würdet tatsächlich den Hof kaufen, wie soll das dann in der Praxis aussehen? Wollt ihr nicht selbst …«

»Stopp«, fiel er ihr schmunzelnd ins Wort. »Du willst doch nicht ernsthaft hier und jetzt darüber mit mir verhandeln.« Stefans Finger zeichneten die feinen Linien um ihren Mund nach, bevor sie langsamer vom Kinn zum Hals und dann immer weiter nach unten glitten. »Ich habe da eine viel bessere Idee«, kündigte er so vielversprechend an, dass Malin ein warmer Schauer über den Rücken jagte.

»Und die wäre?«, ging sie mit rauer Stimme auf sein Spiel ein.

Doch statt etwas zu sagen, küsste er sie zärtlich. Als sein Kuss immer fordernder wurde, entfachte er damit erneut das Feuer in ihr. Ihre Hände gingen auf Forschungsreise, sie glitten über seine Brust, wanderten weiter zu seinen harten Bauchmuskeln, umkreisten seinen Bauchnabel.

Ein leises Stöhnen entwich ihm, bevor er leise auflachte. »Zum Glück scheinst du das ganz genauso zu sehen«, flüsterte er ganz nah an ihrem Ohr.

»Ja, zum Glück«, hauchte Malin.

Kapitel 16

Pferde sind die
Sieger
unserer Herzen.

Malin atmete die würzige Waldluft tief ein, während sie sich den rhythmischen Bewegungen der dunkelbraunen Stute überließ. Das letzte Mal war sie vor über zwölf Jahren diesen geschwungenen Weg entlanggeritten, und dennoch fühlte es sich so an, als wäre es erst gestern gewesen.

Das alles hier war ihr noch immer so vertraut. Der stetige Hufschlag, das Knarren des Lederzeugs, das zufriedene Schnauben ihres Pferdes – selbst das sanfte Rosa und helle Grün, in die nun, in der Stunde vor Einsetzen der Dämmerung, die untergehende Sonne die Wipfel der Bäume tauchte.

Malin lenkte ihre Stute auf eine kleine Lichtung und parierte sie durch. Sie beugte sich leicht im Sattel vor und tätschelte dem Pferd liebevoll den verschwitzten Hals, während sie ihren Blick über das weitläufige Gelände schweifen ließ.

In den letzten Tagen hatten sich die Ereignisse regelrecht überschlagen. Nach der gemeinsamen Nacht mit

Stefan hatte Malin am nächsten Morgen ihren Vater im Krankenhaus besucht, wo er ihr ohne Umschweife und für Malin völlig überraschend eröffnet hatte, dass er plane, ihr den Hof vorzeitig zu überschreiben. Was sie anschließend damit anfangen würde, läge dann in ihrer Verantwortung. Seinen plötzlichen Entschluss erklärte er damit, dass sein behandelnder Arzt ihm ziemlich deutlich zu verstehen gegeben habe, dass es eine halbe Ewigkeit dauern würde, bis er auch nur annähernd der Alte wäre. Außerdem hatte Gisa sich wohl endlich ein Herz gefasst und ihm mit Rückendeckung von Hanna gestanden, wie sie sich die nächsten gemeinsamen Jahre mit ihm am liebsten vorstellte.

»Der Hof, die Pferde, all das wird mir schrecklich fehlen. Aber wenn ich ehrlich zu mir selbst bin, dann ist das Ganze uns schon längst über den Kopf gewachsen«, gestand er Malin, die glaubte, ihren Ohren nicht zu trauen. So ein Eingeständnis aus dem Mund ihres unerschütterlichen Vaters! Der Unfall schien ihn wirklich nicht nur physisch, sondern auch mental ziemlich aus der Bahn geworfen zu haben.

»Ich hatte viel Zeit zum Nachdenken, mehr, als mir lieb war, und am Ende konnte ich nur zu diesem Entschluss kommen. Es geht einfach nicht mehr …«

»Ich will euren Hof nicht, Papa«, hatte Malin dennoch klargestellt. »Aber ich werde euch dabei behilflich sein, eine gute Lösung zu finden …«

Natürlich waren ihr dabei sofort Stefan und das Angebot seines Vaters in den Sinn gekommen. Doch sie ließ es ihrem Vater gegenüber in diesem Moment noch unerwähnt.

Erst als sie am Donnerstag zusammen mit ihrer Mutter Hannes Heuer aus dem Krankenhaus abholte, um ihn auf direktem Weg in eine gut hundert Kilometer entfernte Rehaklinik zu bringen, beschloss sie, zumindest schon mal einen vorsichtigen Vorstoß in diese Richtung zu unternehmen.

»Wie wäre es denn, wenn ihr den Hof verkauft, vielleicht an jemanden, der dort ein Gestüt errichtet, aber in eurem Haus wohnen bleiben könntet? Quasi ein vertraglich geregeltes Wohnrecht auf Lebenszeit?«, fragte sie betont beiläufig.

Hannes Heuer winkte ab. »Kind, was du wohl denkst. Auf so was lässt sich doch niemand ein. Hier in der Gegend stehen unzählige Höfe zum Verkauf. Die Alten haben doch alle das Problem, dass keiner von den jungen Leuten den Betrieb übernehmen will. Meinst du wirklich, da kann man noch großartig Bedingungen stellen, wenn man das Glück hat, einen zu finden, der Interesse zeigt?«

»Unter gewissen Umständen vielleicht schon«, hatte Malin erwidert, dann aber das Thema mit ihren Eltern nicht weiter vertieft. Zunächst wollte sie mit Stefan sprechen. Das mit dem Wohnrecht musste klargehen, sonst brauchten sie gar nicht mehr darüber zu reden.

Stefan hatte am Abend zuvor zurück nach Frankfurt gemusst, wollte aber am Wochenende wieder hierherkommen. Die Tage bis zu seiner Abreise waren Malin wie ein einziger Rausch vorgekommen. Da waren nur noch das Verlangen, mit ihm zusammen zu sein, und die Sehnsucht, wenn das nicht möglich war. Wann immer sie sich vom Hof wegstehlen konnte, war sie zu ihm ins Hotel gegangen oder sie hatten stundenlange Spaziergänge durch den Wald, die Feldmark bis hin zu dem kleinen See unternommen, wo sie eng umschlungen am Ufer hockten, sich küssten, unterhielten und sich nach und nach besser kennenlernten.

Malin hatte in den letzten Jahren einige Beziehungen gehabt und ein paar Mal auch schon ihr Herz ein wenig dabei verloren, vielleicht war sie sogar mit Claas auf dem Weg dorthin gewesen. Doch dann war ganz plötzlich und ohne jede Vorwarnung Stefan in ihr Leben getreten und hatte es völlig auf den Kopf gestellt. Das, was sie für ihn empfand, schon nach diesen paar Tagen, war so intensiv, so tiefgehend, so … sie hätte es nicht in Worten ausdrücken können, ohne dass es sich schrecklich kitschig angehört hätte.

Und wollte sie Stefans Worten glauben, so erging es ihm ganz genauso.

»Auf die Gefahr hin, dass ich mich lächerlich mache, aber es fühlt sich so an, als wärst du mein Gegenstück, nach dem ich all die Jahre vergeblich gesucht habe. Du machst mich ganz, Malin, du machst mich richtig und unendlich glücklich, und ich rede mich gerade um Kopf und Kragen und schäme mich dabei ein kleines bisschen vor mir selbst«, hatte er ihr am Abend seiner Abreise gestanden, bevor er sie lachend in seine Arme gezogen hatte.

Himmel und Hölle, wie recht er hat, war es Malin durch den Kopf geschwirrt, seine Worte waren schnulziger, als Rosamunde Pilcher es sich jemals hätte ausdenken können, doch in ihr sah es ganz genauso aus. Das mit Stefan, das war zurzeit ihre neue Realität. Wie sich allerdings die Zukunft gestalten würde – sie bald wieder in Hamburg, er halb in Frankfurt und halb hier auf dem Land, ihre Eltern auf einem Hof, der, wenn er tatsächlich an Stefan verkauft werden sollte, natürlich eine Ewigkeit umgebaut werden musste –, darüber hatte Malin sich noch keine abschließende Meinung gebildet. Vieles stand an, vielleicht auch so einiges, was für sie Veränderungen mit sich brachte. Ihre Gedanken gingen hin und her, liefen kreuz und quer, der Kopf rauchte ihr schon, und als es ganz besonders schlimm wurde, war ihr plötzlich eingefallen, wie sie das früher gemacht hatte, wenn sie einen klaren Gedanken fassen musste, wenn ihr der Durchblick abhandengekommen war.

Kurz darauf hatte sie im Stall gestanden, und Sven waren fast die Augen herausgefallen, als sie ihn fragte, welches der Pferde, die unten auf der Weide standen, denn wohl so weit geritten war, dass sie einen kleinen Ausritt machen könnte.

»Du willst reiten? Echt?«

Malin hatte genickt und Sven nicht mehr viele Worte verloren, er war nur losgeradelt und kurz darauf mit der dunkelbraunen Stute Leona zurückgekommen. Er hatte Malin gezeigt, welche Trense und Sattel sie nehmen konnte, und ihr das Putzzeug herbeigeschafft. Als sie kurz darauf ihren Fuß in den Steigbügel gestellt hatte und sich behutsam in den Sattel schwang, stand Sven da und hatte übers ganze Gesicht gestrahlt.

»So soll es sein«, fand er. »Das passt!«

Malin hatte nur gelächelt, natürlich übertrieb Sven – obwohl sie zugeben musste, dass es sich verdammt gut anfühlte, endlich mal wieder auf einem Pferd zu sitzen.

Seufzend nahm Malin die Zügel wieder auf und presste sanft ihre Unterschenkel gegen die Flanken der Stute. Obwohl Leona eine halbe Ewigkeit nicht mehr geritten worden war, reagierte sie sofort und trabte an.

»Braves Mädchen«, lobte sie die Stute und gab mit den Zügeln noch etwas nach.

Es schien so, als hätte Leona nur darauf gewartet, endlich losstürmen zu können. Womöglich waren aber auch die nervigen Bremsen daran schuld, von denen es hier in der Nähe des Waldsees nur so wimmelte. Sie schwirrten um ihre Köpfe herum, stachen der Stute in den Hals und ließen sie immer unruhiger werden, sodass sie einen großen Satz nach vorne machte und dann angaloppierte. Malin versuchte erst gar nicht, sie wieder in den Trab durchzuparieren, sondern gab ihr noch mehr Zügel hin, damit sie sich richtig langmachen konnte. Ihre Hufe flogen über den weichen Sandboden, Leona vollführte ein paar übermütige Buckler, die Malin jedoch überraschend gut sitzen konnte, und galoppierte schließlich so artig dahin, dass Malin sich fast nur tragen lassen musste. Was für ein himmlisches Gefühl, dachte sie und hätte vor lauter Glückseligkeit die ganze Welt umarmen können.

Da passierte es. Irgendein Vogel flog krächzend aus dem Dickicht. Leona machte einen großen Satz zur Seite. Doch Malin gelang es auch diesmal, im Sattel zu bleiben, allerdings vollführte Leona nun weitere Bocksprünge. Erst ging sie nur mit dem Hinterteil ein paarmal leicht hoch, doch dann schmiss sie sich ruckartig zur Seite und machte dabei die wildesten Bocksprünge, sodass Malin ein gutes Stück aus dem Sattel gehoben wurde. Bevor sie es überhaupt kapierte, lag sie schon auf dem Boden.

»Verdammt!«, fluchte sie, während sie die Zügel fest in der Hand behielt, sodass die Stute keine Chance hatte davonzustürmen.

Der Boden war zum Glück recht sandig, sodass sie relativ sanft gelandet war. Doch als Malin sich langsam wieder hochrappeln wollte, spürte sie einen stechenden Schmerz im linken Fußknöchel. Auftreten war unmöglich, bestimmt hatte sie ihn sich verstaucht oder vielleicht sogar gebrochen.

Leise fluchte sie vor sich hin. Zu Fuß würde sie es nicht zurück zum Hof schaffen, dazu bereitete der Knöchel zu heftige Schmerzen. Also blieb ihr nichts anderes übrig, als irgendwie wieder aufs Pferd zu kommen.

Das Stechen im Knöchel ging ihr durch und durch, doch sie biss so gut wie möglich die Zähne zusammen und schaffte es tatsächlich aufzusteigen.

Als sie wenig später den Hof wieder erreichten, hatte Malin noch immer Tränen in den Augen. Sven, der breit grinsend neben dem Hauptstall stand, nahm zunächst ihren schmerzverzerrten Gesichtsausdruck überhaupt nicht wahr. Erst als Malin ihn bat, einen Hocker aus dem Stall zu holen, verzog er fragend das Gesicht.

»Wie jetzt, schaffst du es etwa nicht so vom Pferd wieder runter?«

»Ich habe mich verletzt, Sven«, gab sie zwischen zusammengebissenen Zähnen zurück und spürte zu allem Überfluss, wie ihr erneut die Tränen heiß und brennend in die Augen schossen.

»Was? Warum? Ich meine, was ist passiert?«, rief Sven besorgt.

Malin versuchte abzuwinken, doch dann kullerten auch schon die ersten dicken Tränen über ihre erhitzten Wangen.

»Ich bin gleich zurück«, versprach Sven und stürmte los. Nicht in den Stall, wo der kleine Hocker stand, sondern hinüber zum Wohnhaus.

»Sven, wo willst du denn hin?«, rief Malin ihm hinterher. »Nicht meine Mutter holen!« Doch er reagierte nicht und rannte einfach weiter.

Es dauerte nicht lange, da war er wieder zurück. Natürlich in Begleitung ihrer Mutter.

»Kind, was ist passiert? Sven sagt, du bist vom Pferd gestürzt? Hast du dich verletzt? Wo denn? Ist es schlimm?«, redete ihre Mutter aufgeregt auf sie ein. »Soll ich den Krankenwagen rufen?«

»Blödsinn«, gab Malin unwirscher zurück als beabsichtigt. Aber das Theater, das ihre Mutter gleich wieder veranstaltete, war völlig übertrieben. Und Sven hätte sie auch würgen können. Warum hatte er nicht einfach nur den verdammten Hocker aus dem Stall holen können? Jetzt stand ihre Mutter neben dem Pferd und machte gleich wieder aus einer Ameise einen Elefanten.

»Wie kriegen wir dich denn jetzt bloß aus dem Sattel?«, jammerte sie nun verzweifelt weiter. »Malin, warum machst du nur immer so unüberlegte Sachen? Musst du denn gleich ausreiten, wo du doch gar keine Übung mehr hast?«

Malin schluckte den aufsteigenden Ärger so gut wie möglich herunter. War doch klar, dass ihre Mutter mal wieder nichts Besseres zu tun hatte, als ihr Vorwürfe zu machen.

»Mama, bitte, es ist nichts Schlimmes passiert. Ich habe mir nur den Knöchel etwas verknackst. Kein Drama. Wenn ihr mir jetzt bitte den Hocker holen würdet, damit ich absteigen kann …«

Sven rührte sich nicht von der Stelle und starrte sie wie ein hypnotisiertes Kaninchen an.

»Sven!«, motzte Malin. »Hol mir jetzt endlich den verdammten Hocker!«

Doch erst als Gisa Heuer ihm auffordernd zunickte, setzte er sich in Bewegung.

Malin konnte nur den Kopf schütteln. Über Sven, über ihre Mutter, aber tatsächlich am meisten über sich selbst. Im Grunde genommen hatte ihre Mutter recht, es war mehr als leichtsinnig gewesen, nach so vielen Jahren gleich ins Gelände zu reiten, und noch dazu auf einem Pferd, das sie erstens noch nie zuvor geritten hatte und das zweitens generell eine halbe Ewigkeit nicht mehr unter dem Sattel gewesen war.

Was für eine idiotische Aktion von ihr, das musste sie sich insgeheim selbst eingestehen.

Zum Glück hatte Malin sich den Knöchel nur verstaucht und nicht gebrochen, so viel stand nach der Untersuchung durch den Hausarzt ihrer Eltern fest.

Dennoch würde sie eine ganze Weile damit zu tun haben. Mindestens die nächsten fünf Tage, so hatte es ihr der Allgemeinmediziner verordnet, musste sie den Fuß hochlegen und kühlen. Danach wollte er sie wieder in seiner Sprechstunde sehen.

Malin war zutiefst gefrustet. Jetzt war es ihr nach einigem Hin und Her tatsächlich gelungen, so etwas wie eine vorübergehende Lösung zu finden, indem Sven noch mindestens zwei weitere Monate auf dem Hof aushalf, sie am Wochenende aus Hamburg kam und sich dann um alles kümmerte. Ihre Mutter sollte eigentlich während der Zeit bei Hanna wohnen, doch das hatte sie konsequent abgelehnt.

»Ich komme schon alleine zurecht. Wenn Sven sich um die Pferde und den Hof kümmert, dann reicht es ja, wenn du am Wochenende hierherkommst. Zumindest so lange, wie Papa in der Reha ist.«

Und nun musste sie ihren Chef anrufen und ihm gestehen, dass sie nicht wie vereinbart am Montag wieder im Büro erscheinen würde. Ihr war sehr wohl bewusst, dass er darauf alles andere als erfreut reagieren würde, als sie schließlich mit flauem Gefühl im Magen die Nummer ihrer Assistentin wählte.

»Hallo, Sybille, wie geht es dir?«, begann sie mit betont freundlicher Stimme.

Doch Sybille war eine Frau mit mehr als nur einer Antenne und dazu eine, die sie durch und durch kannte.

»Was ist passiert, Malin?«, wollte sie wissen. »Das mit deinen Eltern läuft wohl doch alles nicht so reibungslos ab, was?!«

»Nein, an meinen Eltern liegt es nicht«, stellte Malin klar. »Ich bin das Problem.«

»Inwiefern? Hast du dich in einen Bauern verliebt und planst eine Karriere als Landfrau?« Sybille lachte – nicht ahnend, dass sie mit ihrem lapidaren Spruch gar nicht mal so weit daneben getippt hatte. »Das war natürlich ein Scherz«, schob sie schnell hinterher, vermutlich weil ihr Malins Schweigen darauf nun doch nicht ganz geheuer vorkam.

Malin räusperte sich. »Ich bin krankgeschrieben. Mindestens die nächste Woche, wenn nicht sogar die darauffolgende auch.«

»O nein«, rief Sybille mitleidig. »Malin, sorry, und ich lass noch so einen doofen Spruch ab. Was ist denn passiert? Ich meine, was fehlt dir?«

Einen Moment überlegte Malin, ob sie ihr die vollständige Wahrheit sagen sollte. Noch vor zwei Wochen hätte sie es ohne zu zögern getan, Sybille war schließlich mehr als nur ihre Assistentin, sie war ihre Vertraute. Die befreundete Kollegin an ihrer Seite, die man brauchte, wenn man in einem Unternehmen wie diesem als Frau vorankommen wollte. Doch irgendetwas ganz tief in ihrem Unterbewusstsein hielt sie davon ab und ließ sie kurz und knapp antworten: »Ich habe mir den Knöchel verstaucht.«

»Oh, wie das denn?«

Malin seufzte. »Tja, einfach nicht aufgepasst, und

schon war es passiert. Eine wirklich dumme Sache«, erwiderte sie ausweichend.

»Okay«, sagte Sybille gedehnt. »Soll ich es dem Chef ausrichten, oder weiß er schon davon?«

Malin holte tief Luft. »Nein, ich werde es ihm natürlich selbst sagen. Was ich von dir erfahren wollte, Sybille, wie ist zurzeit die Stimmung?«, gab sie nun ehrlich zu. »Ich möchte gewappnet sein, wenn ich ihm gleich von meiner Krankschreibung beichten werde. Verstehst du?«

»Und ob ich dich verstehe«, versicherte Sybille ihr. »Und was die Stimmung betrifft, ich will dich jetzt nicht unnötig stressen und dir erst recht keinen Kummer bereiten oder gar den Grund für eine Panikattacke liefern, aber der gute Tobias arbeitet mit größter Energie und Leidenschaft daran, dir nicht nur die Projektleitung in Sachen *Amazing View* abzunehmen, sondern auch die des Produktmanagements. Er wächst momentan regelrecht über sich hinaus, man erkennt ihn kaum wieder. So viel Elan hat der sonst nie. Du kannst dir bestimmt vorstellen, wie hoch die Luftsprünge sind, die er vollführt, wenn er von deiner Krankmeldung erfährt.«

Malin schluckte schwer, weil ihr der Gedanke an ihren intrigierenden Kollegen Sodbrennen bereitete, doch auch wenn sie gewollt hätte, ändern konnte sie nichts daran.

»Ja, das kann ich mir sogar bildlich vorstellen. Ich hab sein schadenfrohes Gesicht direkt vor Augen«, gab sie trocken zurück. »Nur …«, Malin stockte, dachte über jedes Wort noch einmal genau nach, bevor sie es aussprach, »vielleicht ist es im Moment tatsächlich die beste Lösung. Selbst wenn ich wieder gesund bin, werde ich noch eine ganze Weile an den Wochenenden zu meinen Eltern fahren müssen. Hier ist nämlich noch längst nicht alles geregelt. Und du weißt ja, dass das nur schwer mit der Leitung des Produktmanagements zu vereinbaren sein wird.«

Sybille sagte eine Weile nichts, was selten, nein, nie vorkam. Dann räusperte sie sich leise und meinte: »Dann hat Claas also mit seiner Vermutung gar nicht mal so danebengelegen. Anders kann ich es mir nämlich nicht erklären, warum du so sang- und klanglos deinen Job aufgeben willst, für den du so viele Jahre mehr als jeder andere in der Firma gearbeitet hast.«

Malin konnte Sybilles fast schon ärgerliche Verwunderung nachvollziehen, wobei von Jobaufgabe nicht die Rede sein konnte. Nur sah sie sich momentan einfach nicht in der Lage, ihrem mit ihr ständig konkurrierenden Kollegen etwas entgegenzusetzen. Worauf sie sich jedoch so überhaupt keinen Reim bilden konnte, war die Sache mit Claas. »Claas? Was hast du denn mit Claas zu tun, und von welcher Vermutung redest du da eigentlich?«

»Ich habe ihn neulich zufällig beim Einkaufen getroffen, und bei der Gelegenheit hat er sich noch mal bei mir für die Adresse deiner Eltern bedankt. Als ich ihn gefragt habe, wie du auf die nette Überraschung reagiert hast, meinte er leicht angesäuert, dass du wohl wieder Gefallen am Landleben gefunden hättest und dafür nun erheblich weniger an ihm.«

Im ersten Moment wollte Malin sich aufregen. Dass er ihrer Assistentin gegenüber so etwas behauptete, ging wirklich zu weit. Doch dann kam ihr in den Sinn, was sie alles getan hatte und was ihm gegenüber bestimmt nicht fair war.

»Die Überraschung ist ihm leider tatsächlich nicht ganz so geglückt …«, gab sie ausweichend zurück. Dann holte sie noch einmal tief Luft, machte sich innerlich bereit und bat Sybille schließlich: »Bist du dann wohl so lieb und verbindest mich mit Carsten Langwehr?«

»Viel Glück«, wünschte Sybille ihr noch, kurz bevor die spröde Stimme ihres Chefs in der Leitung erklang.

KAPITEL 17

Trage die *Schritte* deines Pferdes im Herzen,
und ihr werdet immer den richtigen Weg gehen.

Sprichwort

Was für ein Idiot!« Helen fläzte sich von einer Sofaecke in die andere. »Wie kann man nur so gewissenlos sein? Ich krieg das noch immer nicht in meinen Kopf.«

Die Cousinen saßen sich im gediegenen Wohnzimmer der Heuers gegenüber, Helen auf dem schweren Sofa mit rustikaler Holzlehne, Malin im Fernsehsessel aus schwarzem Leder, den verletzten Fuß auf dem dazugehörigen Hocker hochgelegt und mit Kühlpads umwickelt.

Auf dem Tisch zwischen ihnen standen mehrere weiße Porzellanschüsseln mit Knabbereien, zwei Weingläser und eine Platte mit Käse-Weintrauben-Sticks.

»Aber deine Reaktion finde ich Weltklasse, Malin. Richtig genial.«

Malin konnte die Begeisterung ihrer Cousine für ihre mehr als spontan-emotionale Aktion inzwischen nicht mehr so ganz teilen. Schließlich war sie jetzt arbeitslos, und diese Vorstellung bereitete ihr eindeutig Unbehagen.

Carsten Langwehr hatte natürlich alles andere als begeistert auf ihre Krankmeldung reagiert, mit nichts anderem hatte sie gerechnet. Dass er allerdings so weit gehen würde, ihr zu unterstellen, dass sie die Krankheit nur vortäuschte, weil sie ahnte, dass er ihr keine Urlaubsverlängerung bewilligen würde, hatte dann das Blut in ihren Adern doch zum Kochen gebracht. Ein Wort hatte das andere gegeben, und er hatte ihr schließlich ziemlich ungehalten wenig Gutes, aber vor allem mangelnde Loyalität vorgeworfen, sodass Malin irgendwann einfach der Kragen geplatzt war.

Wie konnte es jemandem an Loyalität mangeln, der den Job zu seinem Lebensmittelpunkt gemacht hatte und ihm alles andere unterordnete?

Nach und nach war der Tonfall zwischen ihnen am Telefon immer schärfer geworden, bis Malin sich plötzlich sagen hörte: »Wenn ich tatsächlich so eine illoyale und unzuverlässige Mitarbeiterin für Sie bin, Herr Langwehr, dann sollte ich vielleicht besser Ihr Unternehmen verlassen.«

Rums! Das hatte gesessen.

»Tja, was nützt mir der kurze Triumph, wenn ich jetzt arbeitslos bin«, brummte Malin nun mit säuerlicher Miene.

»Immerhin hat er versucht, dich von deiner Kündigung abzubringen«, erinnerte Helen sie und fügte dann mit ihrem typischen Alles-wird-gut-Grinsen hinzu: »Und wer weiß, vielleicht ist das ja alles Schicksal. Ich meine, der Unfall deines Vaters, der Hof, dieser junge Hengst, der es dir so angetan hat, Sven, der tatsächlich gleich wieder seinen neuen Job gekündigt hat ... Malin, die warten hier doch förmlich alle nur auf dich.«

Vehement schüttelte Malin den Kopf. »Nein, Helen, das kannst du gleich mal wieder vergessen. Ich werde unter gar keinen Umständen den Hof meiner Eltern übernehmen.«

Helen beugte sich zum Tisch vor, nahm ihr Weinglas in die Hand und führte es an die Lippen. Doch dann stellte sie es auf die gekachelte Marmorplatte zurück, ohne auch nur daran genippt zu haben.

»Warum eigentlich nicht?«, fragte sie und blickte Malin fest in die Augen. »Du hast deine ach so heiß ersehnte und hart erkämpfte Karriere gemacht, du hast es allen gezeigt, jetzt kannst du doch einfach mal wieder einen Gang runterschalten.«

Malin war völlig verdattert. »Was redest du denn da, Helen? Ich habe doch nicht so hart gearbeitet, um es irgendjemandem zu zeigen. Warum auch? Zumal ich nicht einmal wüsste, wem!«

Helen rutschte wieder ganz aufs Sofa zurück und kratzte sich am Kinn, eine Angewohnheit, um Zeit zu schinden, wie Malin wusste, denn schon als Kind hatte sie das so gemacht.

»Jetzt rede gefälligst!«, verlangte sie von ihrer Cousine.

Helen schaute zur Wohnzimmertür hinüber, als befürchtete sie, jemand könnte sie belauschen. Dabei wusste sie ganz genau, dass niemand sonst im Haus war.

Gisa Heuer hatte sich zusammen mit Hanna auf den Weg ins Kino gemacht, wo sie nach Gisas eigener Aussage seit fast zwanzig Jahren nicht mehr gewesen war.

Hannes hatte kein Interesse daran, und getrennt unternahmen sie nun mal nichts.

»Malin …«, begann Helen vorsichtig. »Ich möchte bestimmt keine alten Wunden bei dir aufreißen.«

»Was für Wunden?« Malin verstand absolut nicht, was ihre Cousine gerade von sich gab und worauf ihr sonderbares Gerede hinauslaufen sollte.

Helen fuhr sich durch die Haare. Sie wollte Zeit gewinnen und bereute offenbar inzwischen, dass sie überhaupt davon angefangen hatte. Nur wovon, bitte schön? Malin stand wirklich auf dem Schlauch.

»Helen, du kannst nicht erst irgendwelche abstrusen Andeutungen machen und dann herumdrucksen«, hielt sie ihr vor.

Helen biss sich auf die Unterlippe, kaute einen Moment darauf herum und zuckte schließlich mit den Schultern. »Was soll's, dann mach ich mich eben unbeliebt. Ich bin fest davon überzeugt, dass du nur wegen deiner Mutter hier weggegangen bist. Dass es dir immer an Anerkennung gefehlt hat, weil du ständig das Gefühl hattest, sie würde dich überbemuttern. Ihre ewige Sorge um dich, diese übertriebene Angst, dass dir auch etwas passieren könnte so wie ihnen.«

»Welche ›ihnen‹?«, hauchte Malin, obwohl sie längst ahnte, worauf Helen hinauswollte. Sie selbst hatte es ihr schließlich vor vielen, vielen Jahren einige Male zutiefst verzweifelt anvertraut. Das letzte Mal, als Cleo gestorben war und ihre Mutter vor lauter Sorge um sie einfach nicht begreifen wollte, dass sie um ihn trauerte und nicht gleich in ärztliche Behandlung gehörte.

»Du wolltest hier nicht weg, Malin. Du bist hier immer glücklich gewesen, die Pferde waren dein Leben. Aber immer nur diese Überbehütung, weil du schließlich das einzige Kind warst, das ihr geblieben ist, da konntest du letztendlich nicht anders, als irgendwann die Flucht zu ergreifen.«

Malin musste schwer schlucken. Was Helen da gerade behauptete, war Unsinn. Völliger Quatsch. Auch wenn es tatsächlich manchmal unerträglich für sie gewesen war, diese ständige Überbesorgtheit in den Augen ihrer Mutter zu erkennen. Und dann war da ihr Vater, der mindestens einmal zu oft von dem ältesten Sohn der Kruses geschwärmt hatte, der den Hof seiner Eltern schon als Sechzehnjähriger perfekt geschmissen hatte. Und selbst wenn Ralf keine Lust auf Landwirtschaft gehabt hätte, waren da ja noch drei jüngere Brüder, von denen es sich unter Garantie mindestens einer nicht nehmen lassen würde, in die Fußstapfen des Vaters zu treten. Ja, die Kruses hatten es wirklich gut und konnten ganz beruhigt in die Zukunft schauen, für ihr Altenteil war auf jeden Fall gesorgt.

Malin atmete tief durch. Helen hatte recht. Es brannte noch immer wie Feuer in ihr, ganz besonders das Gespräch zwischen Gisa und Hanna, das sie als Kind zufällig mitbekommen hatte.

Gisa hatte Apfelkuchen gebacken und ihre Schwester samt Nichte Helen zum Kaffeetrinken eingeladen. Die beiden Cousinen waren erst eine halbe Ewigkeit bei Cleo im Stall gewesen. Doch dann wollte Helen unbedingt im Garten und hinten bei den Stutenweiden Verstecken spielen. Malin suchte sich ausgerechnet den in voller Blüte stehenden Rhododendronbusch direkt hinter dem Holztisch und den vier dazu passenden Stühlen als Versteck aus, an dem Gisa und Hanna saßen und den selbst gebackenen Apfelkuchen aßen. Und da hatte Gisa Heuer die Worte gesagt, die Malin schon als kleines Mädchen in Alarmbereitschaft versetzt hatten.

»Ich habe ständig Angst, dass ich Malin auch noch verlieren könnte. Es ist schrecklich, aber nachts träume ich sogar davon, dass ihr etwas zustößt, und wache dann schweißgebadet auf.«

»Aber du kannst sie doch nicht überbehüten, Gisa, du musst ihr doch auch mal etwas zutrauen«, hatte Hanna entgegnet.

»Das kann ich aber nicht. Ich kann einfach nicht aus meiner Haut.«

O ja, Helen hatte recht. Malin war tatsächlich von hier geflüchtet, weil sie es nicht länger ertragen konnte, dass ihre Mutter sie mit ihrer Sorge und Angst erdrückte, ihr die Luft zum Atmen raubte, sie sich unter ihren Augen einfach nicht entfalten und frei entwickeln konnte.

»Weinst du?«, fragte Helen leise.

»Unsinn«, gab Malin zurück und wischte sich verstohlen mit dem Handrücken die Tränen von den Wangen. »Und wenn, dann nur wegen des Jobs. Wie konnte ich nur so blöd sein zu kündigen. Jetzt bekomme ich die nächsten drei Monate noch nicht einmal Arbeitslosengeld, wenn ich nicht gleich was Neues finde.«

»Wenn du Geld brauchst, wir können dir jederzeit aushelfen«, bot Helen sofort an. Typisch ihre Cousine:

Durch den ewig langen und teuren Umbau ihres alten Hauses waren sie sowieso schon knapp bei Kasse, und trotzdem wollte sie Malin unterstützen.

»Das ist lieb von dir, aber ich habe eben auf hohem Niveau gejammert«, gab Malin mit einem Schmunzeln zu, heilfroh, dass Helen nicht weiter an dem wunden Punkt herumzureiben beabsichtigte.

»Wie meinst du das … auf hohem Niveau?«

Malin grinste noch breiter. »Dass mein Konto reichlich gefüllt ist und ich davon locker, na, sagen wir mal, schätzungsweise die nächsten zwei Jahre leben könnte, ohne auch nur einen einzigen Handschlag machen zu müssen. Wer nämlich viel arbeitet, Cousinchen, dem bleibt kaum Zeit, all das schöne Geld, das er verdient hat, auszugeben. Also wandert es aufs Konto und vermehrt und vermehrt und vermehrt sich …«

Helen schnappte sich eines der Kissen, die in der Mitte einen akkuraten Knick hatten, und warf es Malin über den Tisch direkt an den Kopf.

»Ey, was soll das?«, beschwerte Malin sich bei ihr. »Lass das! Ich bin verletzt und kann mich nicht wehren.«

Doch Helen hielt schon das zweite Kissen in den Händen. »Wer nicht weiß, dass Geld zum Ausgeben erfunden wurde, der hat es nicht anders verdient«, stellte sie fest.

Sie hob das Kissen und wollte es auf Malin werfen, als es an der Tür klingelte.

»Glück gehabt. Aber freu dich nicht zu früh. Ich frage Sven nur schnell, was er will, und dann kannst du dich auf 'ne richtige Kissenschlacht gefasst machen«, drohte sie ihr augenzwinkernd an und eilte zur Haustür.

Doch als sie wenig später zurück ins Wohnzimmer kam, war sie nicht allein. Der Mann an ihrer Seite war auch nicht Sven, sondern Stefan, der etwas erstaunt guckte, weil Malin beide Hände schützend vors Gesicht hielt und nur durch einen schmalen Schlitz zwischen Zeigefinger und Mittelfinger lugte.

»Hier ist jemand für dich«, verkündete Helen, während Malin langsam die Hände sinken ließ.

»Stefan«, hauchte sie, und ihr Herz hämmerte einen kleinen Tusch. Sein Anblick bescherte ihr ein warmes Glücksgefühl, am liebsten wäre sie aufgesprungen und hätte sich ihm in die Arme geworfen. Hier im biederen Wohnzimmer ihrer Eltern, unter den neugierigen Blicken ihrer Cousine.

»Was hast du mit deinem Fuß gemacht?«, wollte er mit sorgenvollem Blick auf ihr hochgelegtes Bein wissen.

»Ich bin vom Pferd gefallen«, gestand sie ihm.

»Was? Und warum erfahre ich erst jetzt davon?« Stefan war mit zwei Schritten bei ihr, ging neben ihr in die Hocke und tätschelte ihr liebevoll den Unterarm.

»Es ist nichts Schlimmes«, erklärte sie und konnte vor lauter Glückseligkeit, ihn so unerwartet vor sich zu sehen, mit dem Strahlen gar nicht mehr aufhören. »Aber sag mir lieber, was du hier machst! Ich meine, schon jetzt.«

Stefan blickte ihr tief in die Augen, und Malin bekam am ganzen Körper eine Gänsehaut.

»Das«, sagte er leise und küsste sie.

Als sich ihre Lippen nach einer halben Ewigkeit endlich voneinander lösten, war Malin völlig atemlos. Dann fiel ihr Helen ein, und sie schob Stefan leicht von sich.

»Stefan«, sagte sie mit belegter Stimme. »Darf ich dir meine Cousine und beste Freundin Helen vorstellen. Helen, das ist Stefan, mein …«

Sie sah ihn an und fügte fast schon feierlich hinzu: »… Freund.«

KAPITEL 18

If your horse says no, you either asked the wrong question or asked the *question* wrong.

Pat Parelli

Danny trabte mit erhobenem Kopf um Stefan herum. Jeder Schritt ein Highlight, ein Dahinschweben, wie Malin es noch nie zuvor bei einem Pferd gesehen hatte. Sie stand am Rande des Paddocks, auf dem Stefan in der Mitte den jungen Hengst longierte. Jack saß dicht neben ihr am Boden, presste seinen kleinen Körper gegen ihre Wade, als wollte er den Kontakt zu ihr nicht abreißen lassen.

Seitdem Stefan mit dem jungen Hengst arbeitete, war der wie ausgewechselt. Er schien ein Händchen für sensible Pferde zu haben, auch wenn Sven das ganz anders sah.

»Ich trau dem irgendwie nicht«, brummte er, als er kurz neben ihr am Paddockrand stehen blieb und Malins begeisterten Blick bemerkte.

»Ach, Sven, du alter Miesepeter, was ist es denn jetzt wieder, was dir Komisches an ihm aufgefallen ist, hm?« Malin knuffte ihn kameradschaftlich in den Oberarm. »Findest du nicht, dass du langsam etwas übertreibst?«

Er murmelte irgendetwas in seinen Bart und zog dann mit finsteren Blicken in Stefans Richtung ab.

Sven war die absolute Ausnahme, ansonsten hatte Stefan jeden in ihrer Familie sofort für sich begeistern können. Ihre Mutter war richtig gut gelaunt, und Malin kam es fast so vor, als sähe sie in Stefan den Beschützer ihres einzigen Kindes, den sie sich so erhofft hatte, sodass sie endlich aufhören konnte, sich um sie zu sorgen.

Helen samt Ehemann und Eltern platzten bald vor Freude, denn sie erhofften sich von Stefans Reiterhofplänen auch, dass Malin zurück nach Stolzenburg zog.

Warum sollte sie bitte schön in Hamburg wohnen bleiben, wo sie eh keinen Job mehr hatte und ihr Liebster plante, über kurz oder lang ebenfalls hierherzuziehen. Sein dunkelbrauner Wallach Hot Chocolate hatte schon längst eine Box auf dem Hof bezogen. Spätestens wenn die Reitanlage fertig war und drüben das alte Haus der Friedrichs von Grund auf renoviert wurde, war das doch das perfekte neue Zuhause für Malin und Stefan, fanden sie.

Am glücklichsten über die Beziehung der beiden schien jedoch Hannes Heuer zu sein. Nachdem Malin ihn zusammen mit Stefan an einem Nachmittag in der Reha besucht und ihn endlich in Stefans Kaufabsichten eingeweiht hatte, war er völlig aus dem Häuschen. Dass aus seinem Hof eine supermoderne Reitanlage werden sollte, dass Stefan und sein Vater beabsichtigten, seine Zucht in seinem Sinne weiterzuführen, und er und Gisa obendrein noch in ihrem Haus wohnen bleiben konnten, das übertraf Hannes' kühnste Hoffnungen bezüglich der Zukunft seines Hofes um Längen.

Stefan kam Malin wie ein Held nur ohne Superman-Dress vor, er schien nicht nur der Mann ihrer Träume, sondern auch der Retter ihrer Eltern zu sein. Und nun auch noch dieses Feingefühl im Umgang mit Danny! Malin war von Minute zu Minute verzückter von Stefan.

»Er ist einfach nur ein Traumpferd«, rief Stefan ihr zu. »Wir müssen ihn unbedingt behutsam fördern …«

»Das habe ich auch vor«, gab Malin zurück. »Mein Vater hat ja zum Glück inzwischen eingesehen, dass Danny nicht unbedingt der zweite Totilas werden muss.« Sie lachte, doch Stefan horchte überrascht auf.

»Ach, er wollte ihn kören lassen und dann als Deckhengst einsetzen?«

Malin winkte ab. Das Thema war zum Glück rein altersmäßig inzwischen längst vom Tisch. Die ersten Körungstermine standen in ein paar Tagen an, und Danny war weder angemeldet noch dementsprechend dafür ausgebildet.

»Das Zeug hätte er unter Garantie dafür«, war sich Stefan sicher. Er schnalzte mit der Zunge und rief: »Vorwärts, mein Junge, Galopp!«, und Danny galoppierte augenblicklich an. Sein Galopp war ebenso spektakulär wie der Schritt und Trab, raumgreifend und trotz seines noch so jungen Alters mit einer enormen Bergauf-Tendenz.

»Schau ihn dir an!«, rief Stefan begeistert. »Ich kann verstehen, dass dein Vater sich richtig viel von ihm erhofft hat.«

Malin klappte den Mund auf. Stefan sollte gar nicht erst auf dumme Gedanken kommen, zumal es jetzt sowieso zu spät war. Danny konnte zwar schon richtig gut an der Longe laufen, doch körperlich war er einfach noch nicht so gut in Schuss, dass man über eine Vorstellung, quasi in letzter Minute, noch nachdenken konnte.

»Ich möchte ihn für mich behalten«, sagte Malin so leise, dass sie sich nicht sicher war, ob Stefan es gehört hatte.

Nach einigen weiteren Galopprunden rief er Danny ein beruhigendes »Brrrrrr!« zu, woraufhin der schöne Rapphengst sofort zum Trab und nach einer halben Runde zum Schritt durchparierte. Er ließ ihn noch ein paar Runden im Schritt an der Longe gehen, dann lockte er ihn zu sich in die Mitte. Behutsam klopfte er ihm den schweißnassen Hals und führte ihn dann zu Malin an den Paddockzaun.

»Gute Idee!«, sagte er nur und lächelte Malin so herzlich an, dass sich ihr Pulsschlag gleich wieder beschleunigte.

»Ich bin nur leider so gar nicht mehr in Übung«, gab sie zu bedenken. »Was man unschwer an meinem Sturz von Leona erkennen kann.« Vielsagend verzog Malin das Gesicht.

»Das hätte auch einem Profi passieren können«, meinte Stefan und legte ihr seine warme Hand auf die Schulter. »Du warst einfach auf die Buckler nicht vorbereitet, und dann noch mit der glatten Jeans im Sattel, hey, da wäre selbst Isabell Werth im Sand gelandet.« Er grinste, und Malin verwuschelte ihm liebevoll das vom warmen Sommerwind schon etwas zerzauste dunkle Haar. »Spinner«, murmelte sie.

Er beugte sich über den Zaun und kam ganz nah mit seinem Gesicht an ihres heran. »Soso, du findest also, dass ich spinne?«

Malin wollte etwas sagen, doch Stefan hatte schon ihren Hinterkopf umfasst und küsste sie.

Es war ein zärtlicher, ein unendlich liebevoller Kuss, der bei Malin für einen wohligen Schauer sorgte. Doch bevor er an Intensität noch zunehmen konnte und die beiden die Welt um sich herum gänzlich vergaßen, sprang Jack wie angestochen auf und stürmte kläffend davon.

Sie lösten sich voneinander und sahen dem verrückten Hund hinterher, bis ihnen klar wurde, dass es einen Grund für sein Losstürmen gab. Ein großer silberner Range Rover kam gerade auf den Hof gefahren.

»Wer ist das?«, fragte Malin. »Hast du eine Ahnung?«

Stefan nickte. »Er hat zwar kein Wort davon erwähnt, als ich gestern mit ihm telefoniert habe, aber ja, ich weiß, wer das ist, mein Vater.«

»Dein Vater?« Malin blickte an sich herunter. T-Shirt, leicht staubige Jeans und ausgetretene Sneakers. Obwohl ihr Knöchel längst wieder abgeschwollen war und kaum noch wehtat, hielt sie es in engeren Schuhen nicht lange aus.

Leicht aufgeregt versuchte sie ihre Haare, die in einem lässigen Dutt am Hinterkopf zusammengefasst waren, etwas zu ordnen. Im nächsten Moment kam sie sich wegen ihrer Nervosität kindisch vor.

Die ältere Ausgabe von Stefan, was Größe und Statur betraf, nur mit stark ergrautem Haar und einem etwas anderen Kleidungsstil, stieg aus dem Auto und kam mit einem gewinnenden Lächeln auf Malin und Stefan zu.

»Du musst Malin sein. Ich darf doch Du sagen, oder?«

Den Hauch einer Sekunde war Malin perplex, doch dann nickte sie. »Ja, klar doch. Guten Tag.« Sie bemerkte selbst, wie förmlich sich ihr *Guten Tag* angehört hatte, doch irgendwie verunsicherte dieser forsche Mann mit seinen eisgrauen Augen sie ein wenig. Malin hätte es nicht in Worte fassen können, es war eher so ein diffuses Gefühl. Doch bevor sie weiter darüber nachdenken konnte, hatte er sie schon in seine Arme gezogen und hauchte ihr erst links, dann rechts einen Kuss auf die Wange.

Stefan lachte, als er Malins überforderten Gesichtsausdruck sah. »Daran wirst du dich gewöhnen müssen. Mein alter Herr ist immer gleich sehr vertraulich.«

Dann aber wandte er sich an seinen Vater. »Was machst du hier? Der Notartermin ist erst morgen.«

Stefan Blancken senior rollte bedeutungsvoll mit den Augen. »Ich hatte in der Gegend zu tun, und da dachte ich mir, warum zurück nach Frankfurt fahren, wenn ich eh morgen wieder hierherkommen muss?«

Stefan musterte ihn misstrauisch. »Was hattest du, bitte schön, hier in der Gegend zu tun?«

Von Stefan hatte Malin inzwischen erfahren, dass sein Vater seit zwei Jahren im Ruhestand war. Mit seiner Solartechnikfirma hatte er in den letzten Jahren ein kleines Vermögen verdient und dann noch das Glück gehabt, zu verkaufen, bevor es zum großen Solarenergie-Einbruch und der daraus resultierenden Pleitewelle diverser kleiner und großer Firmen gekommen war.

Doch mit seinem Ruhestand konnte und wollte sich der Endsechziger nicht abfinden. Stefan hatte mal gemeint, dass sicherlich alles anders gekommen wäre, wenn seine Mutter nicht vor zehn Jahren bei einem tragischen Autounfall ums Leben gekommen wäre. Die beiden hatten sich für ihr Rentnerdasein fest vorgenommen, erst die Welt zu bereisen und sich dann auf dem Land niederzulassen.

Doch ein rücksichtsloser Autofahrer, der mit erhöhter Geschwindigkeit durch den dichten Frankfurter Innenstadtverkehr gerast war und dabei die Radfahrerin übersah, hatte dieser schönen Zukunftsillusion ein jähes Ende bereitet. Seitdem, so behauptete Stefan, war aus seinem Vater ein rastloser und teilweise verbitterter Mann geworden. Allerdings kam er Malin gerade alles andere als verbittert vor. Er sah sich begeistert auf dem Hof um, bevor er wegen Danny regelrecht ins Schwärmen geriet. Doch als er die Hand hob, um dem jungen Hengst den Hals zu klopfen, wich der mit viel Weiß im Auge vor ihm zurück.

»Bitte nicht persönlich nehmen«, bat Malin ihn. »Aus uns noch immer nicht ganz einleuchtenden Gründen hat er in der Regel Angst vor Männern.«

»In der Regel?«, fragte Blancken senior.

»Na ja, Stefan ist die Ausnahme«, gab Malin lächelnd zurück.

Sein Vater trat nahe an den Zaun, sodass er seinem Sohn die Hand auf die Schulter legen konnte. Dann blickte er ihm direkt in die Augen, und als Malin ihn mit einer vor Stolz und Zuneigung ganz warmen Stimme sagen hörte: »Stefan ist in allem die Ausnahme, weil er etwas ganz Besonderes ist. Der beste Sohn, den sich ein Vater nur wünschen kann. Und auch der beste Mann, den eine Frau nur kriegen kann, Malin. Vergiss das niemals, so einen wie Stefan, den bekommst du kein zweites Mal«, wurde ihr tatsächlich ganz warm ums Herz.

Doch Stefan lachte laut auf und stellte erst einmal klar: »Malin, glaub dem alten Schauspieler bloß kein Wort. Dasselbe behauptet er nämlich mit der gleichen Theatralik von meiner älteren Schwester und meinem jüngeren Bruder.«

Stefan Blancken senior wies empört alles von sich, doch auch das war alles andere als ernst gemeint.

Nachdem sich Stefan und Hannes Heuer quasi im Eilverfahren handelseinig geworden waren, ging es im selben rasanten Galopp in Richtung Notartermin weiter. So kam es, dass nicht einmal vier Wochen nachdem Malin und Stefan sich das erste Mal begegnet waren, tatsächlich der Hof in Stefans Besitz überging, mit seinem Vater als stillem Teilhaber. Malin und Stefan hatten darüber hinaus beschlossen, in Sachen Gestüt und Reiterhof gemeinsame Sache zu machen. Und auch Stefan Blancken senior wollte zeitnah seine Zelte in Frankfurt abbrechen und sich hier in der Nähe ein kleines Haus oder eine schöne Wohnung suchen.

Irgendwie schien Malins Leben plötzlich eine ganz neue Wendung genommen zu haben. Zurück dorthin, von wo sie immer weg- und wohin sie niemals zurückkehren wollte, und nun mit noch mehr Familie, als sie sich je hätte vorstellen können!

Es gab Momente, da war sie unsicher, ob sich das alles wirklich gut und richtig für sie anfühlte.

Klar, ihre Eltern waren happy, Stefans Vater ebenfalls, Stefan … ja, er war überglücklich, man sah es ihm direkt an. Er war rundum zufrieden und stürzte sich mit Feuereifer in den Umbau des Hofes und plante gleichzeitig die Renovierung des alten Friedrichs-Hauses, in das er mit Malin einziehen wollte.

Sie hatten nie wirklich darüber gesprochen, doch es war einfach die logische Konsequenz aus ihrem momentan recht spartanischen Zusammenleben – mal in Malins altem Kinderzimmer, aber die gemeinsamen Nächte dann doch meistens in Stefans fast schon Dauer-Hotelzimmer.

Hin und wieder fuhr Malin nach Hamburg in ihre Wohnung, um fehlende Kleidungsstücke oder anderes zu holen. Jedes Mal streifte sie dann fast wehmütig durch die Zimmer, und diese Melancholie hielt noch eine ganze Weile lang an, wenn sie längst wieder im Auto saß und Hamburg hinter sich gelassen hatte.

Die Kündigung ihrer Wohnung war im Prinzip längst beschlossen, nichts als eine reine Formsache, und dennoch war da irgendetwas in ihr, eine Art Sperre, die sie daran hinderte, das Schreiben aufzusetzen. Morgen bestimmt, sonst eben übermorgen. Aber auf jeden Fall noch diese Woche … oder die nächste …

Sobald sie wieder auf dem Hof war, in Stefans Armen lag oder mit Danny arbeitete, der sich prächtig entwickelte und sie von Tag zu Tag mehr in ihrer großen Pferdeleidenschaft bestärkte, war die Wehmut wie weggefegt.

Stefan war die Liebe ihres Lebens, dem es inzwischen sogar gelungen war, selbst den griesgrämigen Sven für sich zu gewinnen. Alles, was er anfasste, geschah mit so einer Leichtigkeit, einer Zuversicht und einer Begeisterung, dass sie einfach jeden ansteckte. Er war ein Macher durch und durch, aber dabei niemals unsensibel. Malin konnte es manchmal noch immer nicht fassen, dass er der Mann an ihrer Seite war und es bleiben wollte. Geplant habe ich für immer, hatte er ihr nach einer berauschenden Liebesnacht ins Ohr geflüstert und Malins Herz damit fast zum Überschäumen gebracht.

Einzig das Verhältnis zu ihrer Mutter war noch manchmal etwas angespannt. Stefan war das natürlich aufgefallen, und als er sie nach dem Grund für ihr etwas distanziertes Verhältnis zueinander befragte, hatte sie ihm erst geantwortet, dass es einfach so wäre und schon immer so gewesen war. Doch damit hatte Stefan sich nicht zufriedengeben wollen, und Malin hatte ihm schließlich von dem mitgehörten Gespräch erzählt und dass seitdem die Distanz zwischen ihnen noch größer und unüberwindbarer geworden war.

»Vielleicht hast du ihre Worte aber auch nur falsch aufgefasst«, meinte Stefan und riet ihr, sich unbedingt mit Gisa Heuer auszusprechen. In Stefans glücklichem Universum kam keine Mutter vor, die ihr Kind überbehütete, weil sie zuvor zwei verloren hatte, und damit bewirkte, dass ihr einziges die Flucht ergriff und sich von ihr abwandte, was sie wiederum als Kränkung auffasste.

Es war ein Freitagnachmittag, Malin hatte einen Ausritt mit Leona gemacht, mit der sie sich inzwischen reiterlich gut zusammengerauft hatte, und stand verschwitzt, aber glücklich in der Stallgasse, wo sie Leona absattelte, als das Handy in ihrer Reithosentasche klingelte.

Stefan kam ihr in den Sinn, der sich immer darüber amüsierte, dass sie selbst beim Reiten das Handy in der Tasche trug, und ihr prophezeite, dass es ihr bestimmt irgendwann herausfallen würde und dann kaputtginge – die gerechte Strafe übrigens dafür, dass sie beim Reiten dieses nervige Teil mit sich herumschleppte. Sie sah ihn regelrecht vor sich, wie er missbilligend das Gesicht verzog, als sie es aus der Tasche zog, aufs Display schaute und die Hamburger Nummer sofort erkannte.

KAPITEL 19

Dein Hufschlag
ist mein
Herzschlag.

Und schon wieder war es ein Telefonat, das Malins Pläne von einem auf den anderen Moment über den Haufen warf und ihr Leben in eine ganz andere Richtung zu lenken versuchte.

»Frau Heuer, wir brauchen Sie hier!« Carsten Langwehrs Stimme schepperte durch die Leitung. »Wie kann ich Sie überreden zurückzukommen?«

Zuvor war Sybille am Apparat gewesen, im Auftrag von Carsten Langwehr, der sie darum gebeten hatte, Malin schon mal auf seinen Anruf vorzubereiten. Im besten Fall für sein Anliegen nachgiebig zu stimmen.

Tobias Anger, ihr Ex-Kollege und Nachfolger und der angeblich so grandiose Kopf von *Amazing View,* hatte mit seinem Überehrgeiz die Kampagne ordentlich in die falsche Richtung gesteuert und es am Ende sogar fertiggebracht, dass nach einem persönlichen Treffen das Gesicht der Kampagne, Liz Cooper, den Job hingeschmissen hatte. Unwiderruflich, ließ sie durch ihr Management klipp und klar mitteilen.

Eine Vollkatastrophe für Carsten Langwehrs Unternehmen, denn die Kampagne mit Liz als Aushängeschild war bereits gebucht, vieles längst bestellt und in die Wege geleitet. Sollte es nun bei ihrem Entschluss bleiben, bedeutete das einen enormen finanziellen Verlust für das Unternehmen.

Bei einem Krisengespräch hatte Sybille dann ganz beiläufig verlauten lassen, dass so etwas unter Malins Leitung und Verantwortung niemals passiert wäre. Daraufhin war Carsten Langwehr erst bleich und schließlich dunkelrot geworden. Sybille hatte schon damit gerechnet, dass er sie im hohen Bogen aus dem Konferenzzimmer und anschließend auch gleich aus der Firma werfen würde, als er plötzlich mit tonloser Stimme erklärte: »Ich bin so ein Idiot, ich habe meine beste Mitarbeiterin einfach gehen lassen …«

Als Sybille Malin davon erzählte, kam sie nicht umhin, so etwas wie leichte Genugtuung zu verspüren. Doch jetzt hatte sie ihren Ex-Chef am Apparat und wollte ihm eigentlich deutlich zu verstehen geben, dass sich ihre Pläne grundsätzlich geändert hatten. Es war nur eine Frage der Zeit, wann sie endgültig nach Stolzenburg umziehen und ihre Zelte in Hamburg ganz genauso abbrechen würde, wie Stefan es in Frankfurt getan hatte. Ein neues Leben auf dem Land, mit den Pferden und der Familie, aber vor allem mit Stefan.

»Herr Langwehr, ich …«

»Bitte sagen Sie mir jetzt nicht sofort ab, Frau Heuer«, fiel er ihr ins Wort. »Schlafen Sie ruhig eine Nacht darüber. Die Zeit sollten Sie sich unbedingt nehmen.«

Malin seufzte. »Aber es ist sinnlos. Ich habe mich schon für etwas anderes entschieden«, erklärte sie.

Einen kurzen Moment lang schwieg Carsten Langwehr, dann aber fragte er sie: »Und warum höre ich zwar Ihre Worte, aber gleichzeitig das Bedauern darin wesentlich lauter mitschwingen?«

»Wie kommen Sie denn darauf?«

Er lachte leise auf. »Na ja, ich kenne Sie ziemlich gut. Und ich weiß ganz genau, wann der Ehrgeiz in Ihnen geweckt ist. Es mag ja sein, dass Sie sich inzwischen umorientiert haben und auf dem Land glücklich und zufrieden sind, aber wenn Sie meine ehrliche Meinung dazu hören möchten, dann reden Sie sich das in erster Linie nur ein, weil Sie unbedingt wollen, dass es so ist.«

»Blödsinn!«, gab Malin barsch zurück.

Carsten Langwehr atmete hörbar durch. Die Anspannung, unter der er stand, war selbst über die Entfernung hinweg spürbar. »Wie gesagt, schlafen Sie eine Nacht darüber. Vielleicht wäre es ja auch eine Option für Sie, wenn Sie nur vorübergehend zurückkommen würden. Eigentlich hätten Sie ja auch eine Kündigungsfrist einhalten müssen.«

»Dann schlagen Sie also vor, dass ich morgen wieder im Büro erscheine, mich um *Amazing View* kümmere und nach der gesetzlichen Kündigungsfrist endgültig aufhöre? Oder wie darf ich das verstehen?«

Er räusperte sich. »Wie auch immer es Ihnen recht ist. Ich wäre auch sehr damit einverstanden, wenn Sie Ihre Kündigung ganz zurücknähmen. Ich weiß, ich habe mich wie ein Trampeltier im Porzellanladen verhalten und mich Ihnen gegenüber alles andere als verständnisvoll gezeigt.«

»Elefant«, verbesserte Malin ihn.

»Von mir aus auch Elefant, Frau Heuer. Beides ist garantiert zutreffend. Ich kann mich dafür nur noch einmal aufrichtig bei Ihnen entschuldigen und hoffen, dass Sie zumindest für die Dauer der Markteinführung von *Amazing View* wieder zu uns zurückkommen werden.«

»Okay, ich denke darüber nach«, versprach sie ihm schließlich.

»Gut«, gab er hörbar erfreut zurück. »Dann telefonieren wir morgen wieder miteinander?«

»Ich melde mich«, blieb Malin vage. Sie wollte sich nicht gleich wieder von ihm auf etwas festlegen lassen, und zu große Hoffnung konnte und wollte sie ihm erst recht nicht machen. Erst einmal musste sie für sich darüber nachdenken und dann natürlich mit Stefan reden. Wenn sie nun doch wieder in ihren alten Job zurückging, und sei es nur vorübergehend, bedeutete das auf jeden Fall, dass sie nur an den Wochenenden nach Stolzenburg kommen konnte.

Als sie das Telefon zurück in ihre Hosentasche steckte und Leona fertig absattelte, ihr anschließend die Beine draußen mit einem Schlauch abspritzte und ihr schließlich noch ein paar Leckerlis gab, tat sie all das wie ferngesteuert. Ihre Gedanken schwirrten um das Telefonat mit Carsten Langwehr und um die Frage, warum sie plötzlich so ein aufgeregtes Kribbeln verspürte.

Dass er sie unbedingt zurückgewinnen wollte, o ja, das schmeichelte Malin ohne Frage. Aber das allein war es nicht, nicht nur die Genugtuung. Malins Interesse an der Arbeit, an dem Projekt, an *Amazing View*, die Verantwortung, daraus etwas ganz Großes und Erfolgreiches zu machen – all das war plötzlich wieder da.

Helen hatte unrecht, sie arbeitete nicht, um es irgendjemand anderem zu beweisen. Malin tat das für sich. Es machte ihr Spaß, sie liebte ihren Job, die Herausforderung, das war ihr Leben.

Und dann war da Stefan, der eben genau solch ein Leben nicht mehr führen wollte. Wie konnte es also gelingen, seine Wünsche und Träume mit ihren zu vereinbaren?

Es musste einen Weg geben, Malin war sich sicher, dass es einen gab.

Die Pferde standen friedlich grasend auf der Weide, als Malin für Leona das Gatter öffnete und sie hineinließ. Mit einem übermütigen Buckler galoppierte sie zu ihrer Stutenherde zurück, verfiel in den Trab, umrundete die anderen einmal und blieb schließlich neben der Fuchsstute Kaja stehen und begann zu grasen.

Seufzend lehnte Malin sich an einen der Holzpfosten und ließ ihren Blick über das Anwesen schweifen. Hier draußen war es wirklich wunderschön, so ruhig und friedlich.

Malin schloss die Augen und hielt ihr Gesicht in die Sonne. Um sie herum herrschte Stille. Nur Vogelgezwitscher war zu hören und hin und wieder das zufriedene

Schnauben eines Pferdes. Die Luft roch nach Sommer, und Malin fühlte sich wie im Paradies. Ein wohliges Glücksgefühl durchströmte sie ...

Und dann war da auf einmal wieder Carsten Langwehr, der ihr prophezeite, dass ihr die Ruhe und Natur, das idyllische Landleben auf Dauer nicht reichen würden, und gleichzeitig ihre eigene Unruhe und die Befürchtung, dass er womöglich recht damit hatte.

Gedankenverloren wollte sie sich umdrehen, als sich zwei starke Arme von hinten um sie legten. Im nächsten Moment hörte sie Stefans Stimme, die ihr ins Ohr flüsterte: »Na, du schöne Frau, was machst du hier so ganz alleine ...?«

Die Frage war nicht ernst gemeint. Schließlich hatte er gesehen, wie sie von dem Ausritt mit Leona zurückgekommen war und sie anschließend auf die Weide gebracht hatte.

Dennoch antwortete sie: »Mit offenen Augen träumen ...«

»Hoffentlich von mir«, lachte Stefan leise und knabberte an ihrem Ohr.

Sie spürte seine Hand wie zufällig über ihre Hüfte streichen, und gleich darauf überlief sie eine Gänsehaut. Malins Pulsschlag beschleunigte sich, und dann war da plötzlich eine gehässige Stimme, die ihr zurief: *Na los, sag ihm schon, dass du auf das Leben hier mit ihm keine Lust hast! Dass du wieder wegwillst.*

Nur stimmte das so absolut nicht. Sie wollte nicht von Stefan weg. Bestimmt nicht. Sie liebte ihn, so, wie sie noch niemals jemanden geliebt hatte.

Malin wandte sich zu ihm um, betrachtete sein Gesicht, die langen Wimpern, die gerade Nase, den schön geschwungenen Mund, der so gut küssen konnte. Er umfasste ihren Nacken und zog sie an sich. Der erste Kuss war vorsichtig. Fragend sah er ihr in die Augen, und sie hörte ihn sagen: *Alles in Ordnung, Malin*?, ohne dass er ein Wort gesprochen hätte. Malin nickte, und der zweite Kuss fiel wesentlich leidenschaftlicher aus.

Stefans Hände wanderten unter ihr Shirt und langsam den Rücken hinauf. Malin kam es kurz in den Sinn, dass sie vom Reiten noch völlig verschwitzt war, doch als seine linke Hand sich einen Weg nach vorne bahnte und zärtlich ihre Brust umspielte, wurde ihr gleich noch wärmer, und der Gedanke an schweißnasse Haut verlor gänzlich an Bedeutung.

Stefans Atem beschleunigte sich, und sie küssten sich immer weiter, immer drängender, bis er sich schließlich keuchend von ihr löste.

»Lass uns ein paar Meter gehen …«, schlug er mit bedeutungsvollem Blick vor.

Malin nickte, und als er ihre Hand nahm, folgte sie ihm ohne ein weiteres Wort hinüber zu den ersten Ausläufern des Forstes, dorthin, wo das Geflecht aus Bäumen, Ästen und Blättern so dicht war, dass es ihnen als Rückzugsort für zwei diente.

Dann blieben sie stehen. Seine Augen versenkten sich in ihre, sodass sie immer mehr zu einer Einheit wurden, es gab nichts, was sie zu trennen vermochte. So viel Gefühl füreinander, so viel Zuneigung und Leidenschaft.

Stefan hob die Hand, zeichnete mit den Fingern die Adern an ihrem Hals nach, wanderte weiter zu ihrem Busen und liebkoste mit einer genussvollen Langsamkeit ihre Brustwarze. Sehnsüchtig stöhnte Malin auf, und endlich lag sein Mund auf ihrem, und ihre Zungen fanden sich. Stefans zweite Hand war nun damit beschäftigt, ihr Shirt hochzuschieben. Sie unterbrachen ihren Kuss für einen Moment, das Shirt glitt zu Boden. Der BH folgte, und schließlich machte sich Stefan am Reißverschluss ihrer Reithose zu schaffen. Erneut löste sich sein Mund von ihrem, damit auch sie ihn ausziehen und er anschließend ihre Schultern, ihren Hals, ihr Dekolleté mit lauter kleinen Küssen überziehen konnte.

Malin stöhnte, als Stefans Hände über die Rundungen ihres Pos streichelten. Im nächsten Moment umfasste er ihre Oberschenkel und hob sie kraftvoll in die Höhe. Ohne dass sich seine Lippen von ihren lösten, trug er sie ein paar Schritte zur Seite. Dort, wo der Untergrund ein Gemisch aus Gras und Moos war, löste er sich von ihr und breitete sein Shirt aus. Malin ließ sich darauf nieder, und als sie einen kurzen Augenblick später sein Gewicht auf ihrem Körper spürte, verlor die Welt um sie herum an Bedeutung.

Eine ganze Weile später liefen sie Hand in Hand zurück zum Hof. Malins Gesicht glühte noch immer, Stefans Haar war zerzaust. Wer auch immer sie so sehen würde, wüsste sofort, was sie gerade miteinander erlebt hatten, wie himmlisch gut es war und wie sehr sie einander zugeneigt waren.

Das mit Stefan und ihr, da war sich Malin absolut sicher, passte in jeder Beziehung perfekt. Und deshalb würde auch ihre vorübergehende Rückkehr in den alten Job nichts daran ändern. Sie liebten sich, sie vertrauten sich, sie wollten eine gemeinsame Zukunft.

»Stefan, ich muss meinen Vertrag erfüllen«, gestand sie ihm, als sie schon fast den Hof erreicht hatten.

Er blieb stehen und blickte ihr forschend ins Gesicht. »Du musst oder du willst?«

Himmel, wie gut er sie schon kannte!

Malin lächelte wie ertappt. »Na ja, beides irgendwie. Mein Ex-Chef hat mich vorhin angerufen und regelrecht angefleht, wenigstens vorübergehend zurückzukommen. Bei denen ist gerade so einiges in Schieflage geraten, und …«

»Und du kannst nicht anders, als den Karren aus dem Dreck zu ziehen, stimmt's?« Er klang nicht vorwurfsvoll. Vielleicht eine Spur enttäuscht, aber dennoch verständnisvoll.

Malin zuckte mit den Schultern. »Ich habe wahnsinnig viel Zeit und Energie und auch ein Stück Herzblut in *Amazing View* gesteckt. Und irgendwie kann ich nicht zulassen, dass das Ganze nun floppt.«

Stefan nickte. »Verstehe ich absolut. Zumal du ja eigentlich eh nicht vorhattest, deinen Job aufzugeben … Das ist ja eher aus einer Laune heraus entstanden«, erinnerte er sie.

Malin biss sich auf die Lippen, sagen konnte sie nichts.

»Wir schaffen das, Malin«, versprach er ihr und zog sie in seine Arme.

Malin stand da und konnte sich kaum rühren. Jeder Zentimeter ihres Körpers hielt inne in der Gewissheit, dass sie es sich so sehr wünschte.

»Schatz, eine Fernbeziehung auf Zeit. Davon lassen wir uns doch nicht beeindrucken, oder?«

»Ganz bestimmt nicht«, antwortete Malin und war sich dessen ganz sicher.

Kapitel 20

Das Pferd ist ein *Tänzer* an deiner Hand:
ein Tänzer in die Unendlichkeit.

Rudolf G. Binding

Stefan, du, ich fürchte, ich schaffe es dieses Wochenende nicht. Kannst du nicht vielleicht nach Hamburg kommen?« Malin saß auf der äußersten Kante ihres Schreibtisches und beobachtete durch die Glasscheibe hindurch ihren Chef im Gespräch mit Sybille, während sie mit Stefan telefonierte.

»Geht nicht. Samstagfrüh werden die neuen Pferdeboxen geliefert. Mein Vater ist unterwegs und schaut sich Reithallenböden an, deiner soll sich nach wie vor schonen, und Sven, nun ja, dir ist wohl klar, dass ich ihn damit nicht alleine lassen kann.«

Malin seufzte betrübt. »Schade. Dann sehen wir uns also tatsächlich erst übernächstes Wochenende …«

Eine kleine Pause entstand, bevor Stefan mit sonderbarer Stimme fragte: »Bist du dir sicher?«

Malin war bereits von der Schreibtischkante gerutscht und mit dem Handy in der Hand zur Bürotür gegangen. Carsten Langwehr wartete auf sie. »Ja, warum sollte ich mir nicht sicher sein?«, gab sie etwas gehetzt zurück.

Carsten Langwehr winkte ihr zu, sie solle endlich mit dem Telefonieren aufhören und gefälligst zu ihm ins Büro kommen, wie Malin ahnte.

»Weil du das letztes Wochenende auch schon gesagt hast und an dem davor ebenfalls. Wenn ich mich nicht verzählt habe, dann sind das vier Wochenenden in Folge.«

»Blödsinn!«, behauptete Malin.

Ihr Chef hatte das Großraumbüro inzwischen verlassen, an das sich Malins anschloss. Im nächsten Moment steckte Sybille den Kopf zur Tür herein.

»Er ist sauer«, sagte sie nur.

Hilflos zuckte Malin mit den Schultern, bevor sie den Hörer zuhielt und erklärte: »Es gibt Probleme zu Hause. Stefan ist irgendwie genervt. Auf jeden Fall klingt seine Stimme so. Ich brauche noch eine Minute, dann komme ich nach. Sei so lieb und sag ihm das«, bat sie ihre Assistentin.

»Dass du Probleme mit Stefan hast?«, wunderte Sybille sich.

Malin winkte ab. »Das natürlich nicht. Nur, dass ich sofort nachkomme.«

Sybille verschwand mit vielsagendem Blick, und Malin nahm ihre Hand vom Hörer.

»Stefan, Schatz, können wir vielleicht später darüber reden? Ich muss in ein ganz dringendes Meeting. Mein Chef ist schon auf hundertachtzig, weil er eine halbe Ewigkeit auf mich warten muss.«

»Ein halbe Ewigkeit telefonieren wir noch nicht miteinander, Malin, da täuscht entweder er sich oder du dich«, gab Stefan zurück.

Malin hörte ihn auflachen und hoffte, dass nun alles wieder gut zwischen ihnen wäre.

Doch Stefans Lachen hatte einen anderen Grund. »Weißt du, es ist verrückt. Jetzt bist du seit fast fünf Monaten wieder in Hamburg, und eigentlich wolltest du direkt nach der Kampagne aufhören. Okay, ich hab's verstanden, du hängst halt an dem Job. Und wenn du an den Wochenenden nach Hause kommst, dann geht das bestimmt auch noch eine Weile gut. Aber, Malin, wenn du gar nicht mehr kommen magst, wenn es hier nichts gibt, das du vermisst, dann solltest du zumindest so ehrlich sein und es sagen.«

»Was? Nein, Stefan, niemals! Ich vermisse dich doch auch ganz schrecklich. Nur …«

Sybille kam erneut in ihr Büro gerauscht. »Malin, der Chef kann nicht länger warten. Kannst du jetzt bitte kommen?!«

Malin nickte ihr zu und sprach gleichzeitig in den Hörer. »Ich versuche, am Sonntag zumindest für ein paar Stunden nach Stolzenburg zu kommen. Dann reden wir. Ich muss jetzt los. Stefan, ich flehe dich an, bitte versteh das und sei nicht sauer.«

Malin meinte ihn »Okay« murmeln zu hören und beendete schnell das Telefonat, bevor er doch noch etwas hinzufügen konnte.

Sie musste jetzt auf der Stelle zu ihrem Chef, das war einfach wichtiger. Carsten Langwehr wollte mit ihr über die Entwicklung eines ganz neuen Produktes sprechen. Nachdem *Amazing View* dank ihr zu einem großartigen Erfolg geworden war, plante er, diese Kampagne ebenfalls in Malins Hände und Verantwortung zu legen. Eigentlich hätte sie absagen müssen, denn mit dem Reiterhof und angeschlossenen Gestüt in Stolzenburg, das sie zusammen mit Stefan leiten wollte, war so eine Fulltime-Projektleitung nicht zu vereinbaren. Schon jetzt war sie ständig innerlich zerrissen. Stefan hockte in Stolzenburg mit der ganzen Arbeit und Verantwortung und musste sich obendrein auch noch um drei ältere Herrschaften kümmern, während sie hier in Hamburg nun wieder voll und ganz ihren beruflichen Karriereplänen nachging.

Allerdings hatte Malin nicht vor, es auf Dauer so zu lassen. Sie wollte noch das nächste Projekt übernehmen, und wenn das genauso erfolgreich war, den Weg in die Selbstständigkeit riskieren. In Zeiten des Internets musste man nicht unbedingt in einer Großstadt ansässig sein.

Nur noch das eine Projekt, dann würde sie ihren Job und ihre Wohnung kündigen und ihren Lebensmittelpunkt nach Stolzenburg verlegen.

Doch dazu sollte es gar nicht mehr kommen. Als Malin am Sonntag erneut bei Stefan anrief, zutiefst betrübt und auch wirklich traurig, dass sie einfach nicht aus Hamburg wegkonnte, reagierte er so verletzt, dass sie sich das erste Mal, seit sie sich kannten, heftig stritten.

Am Ende war Malin in Tränen aufgelöst, und Stefan bat sie um eine Auszeit.

»Und was bedeutet, bitte schön, eine Auszeit? Willst du dich von mir trennen?«, schluchzte sie.

Stefan antwortete nicht, aber das allein sagte mehr als tausend Worte.

Der 6. Oktober war ein Samstag und ein ungewöhnlich warmer Tag. Stefan hätte sich für die offizielle Eröffnung des Reiterhofes und Gestüts kein schöneres Wetter wünschen können. Ein toller Start und eine astreine Werbung für den Hof, der innerhalb kürzester Zeit zu einem wirklichen Schmuckstück geworden war.

Dabei musste Stefan gar nicht mehr viel werben für die hochmoderne Anlage: Sämtliche der 54 Pensionsboxen waren bereits belegt, sogar eine kleine Warteliste mit weiteren Interessenten gab es schon.

Während sich der Reiterhof mit den Einstellerpferden, die allesamt in Paddockboxen untergebracht waren, einem großen Springplatz, zwei Dressurplätzen und der neuen hochmodernen Reithalle im vorderen Bereich befanden, war der Gestütsbereich weiter nach hinten verlagert worden. Ein Vorschlag, den Hannes Heuer gemacht hatte, der sich zwar körperlich noch immer etwas schonen musste, aber seinen Möglichkeiten entsprechend im Gestüt mithalf.

Stefan war dankbar für seine Unterstützung, das wusste Malin von Helen, die sie seit der Auszeit zwischen Stefan und ihr ständig auf dem Laufenden hielt. Helen war es auch, die Malin gut zugeredet hatte, zur Eröffnung zu kommen.

Als sie nun mit klopfendem Herzen auf den Hof fuhr, stockte ihr fast der Atem. Es war unglaublich, was für ein traumhaft schönes Anwesen aus dem alten landwirtschaftlichen Betrieb mit kleiner Pferdezucht geworden war. Und das in dieser verhältnismäßig kurzen Zeit – sagenhaft! Ein treffenderes Wort fiel ihr dafür nicht ein.

Der Hof war voller Menschen, die Malin nicht kannte. Zwischen Festzeltgarnituren, zwei großen Grillstationen und Auslagen mit diversen Salaten sowie einem Kuchenbuffet wuselten sie gut gelaunt herum. Die Stimmung war heiter wie das Wetter, es wurde viel gelacht und natürlich noch mehr gefachsimpelt, wie es unter Reitern nun mal so üblich war.

Auf dem Dressurplatz fand eine kleine Show statt, und hinten beim Springplatz entdeckte Malin einen Stand mit Reitsportzubehör.

Sie hielt Ausschau nach einem bekannten Gesicht, aber hier waren nur Fremde zu sehen. Unglaublich, wie sich das Ganze in den letzten Wochen, seit sie nicht mehr hier gewesen war, verändert hatte.

Malin beschloss, zum Haus ihrer Eltern zu gehen. Ihr war sehr wohl bewusst, dass ihre Eltern sie wahrscheinlich nicht mit offenen Armen empfangen würden, nachdem sie Stefan mit dem ganzen Chaos hier einfach hatte sitzen lassen und in ihr altes ungebundenes Hamburger Leben zurückgekehrt war. Doch noch länger wie bestellt und nicht abgeholt herumstehen wollte sie auch nicht.

Im Haus traf sie niemanden an. Was hatte sie eigentlich erwartet? Die beiden werkelten natürlich mit auf dem Hof herum.

Sie hielt sich rechts, weil dort am wenigsten Menschen zu sehen waren, und stand kurz darauf vor einem mit weißen Holzplanken und Pfosten neu eingezäunten Weidestück. Im hinteren Teil entdeckte sie Danny, der Seite an Seite mit Stefans Wallach Hot Chocolate graste.

»Danny!«, rief sie, und die Köpfe der beiden Pferde schnellten nach oben. Während Hot Chocolate nur kurz aufblickte und dann weitergraste, kam Danny angetrabt.

Malin kletterte zwischen den Holzplanken hindurch und klopfte Danny sanft den Hals.

»Na, mein Junge. Wie geht es dir? Hast du mich vermisst?«

Danny schnaufte, wendete sich ab und trabte wieder davon.

Okay, die Message war ziemlich eindeutig gewesen. Natürlich bildete Malin sich nicht ein, dass er sich wirklich etwas dabei dachte oder ihr mit Absicht die kalte Schulter zeigte, weil sie seit Wochen nicht mehr hier gewesen war. Doch irgendwie fasste sie für sich seine Reaktion als eine Art Vorbereitung auf die Reaktion auf, die die anderen ihr zeigen würden.

Stefan, ihre Eltern, sein Vater, Helen, ihre Tante und ihr Onkel – alle, die Stefan bei seinem Vorhaben unterstützt hatten.

Eine Weile blieb sie noch am Rande der Weide stehen, dann kletterte sie durch die Planken und lief langsam zurück auf den Hof.

Als sie um das Haus ihrer Eltern herumging, stand plötzlich ihre Mutter vor ihr. Malin war so in Gedanken versunken, dass sie fast in sie hineinlief.

»Malin!«

Sie blieb abrupt stehen, hob den Blick und machte sich innerlich auf Vorwürfe gefasst.

Doch es kam anders.

»Da bist du ja endlich«, freute sich Gisa Heuer und strahlte sie an.

Bevor Malin etwas sagen konnte, hatte ihre Mutter sich bei ihr eingehakt und sie mit sich zum Hauseingang gezogen.

»Papa muss sich mal einen Moment ausruhen, weißt du. Er war den ganzen Morgen draußen auf dem Hof.« Sie schüttelte den Kopf wie über einen unartigen kleinen Jungen. »Ich kann reden und reden, er will einfach nicht vernünftig sein.«

Gisa Heuer schloss die Haustür auf und schob Malin in den Flur. »Papa wird sich freuen, dich zu sehen«, behauptete sie überzeugt und öffnete die Wohnzimmertür.

Hannes Heuer saß auf dem Ledersessel, die Beine auf dem Hocker davor, und hielt die Augen geschlossen.

Sofort wollte Malin wieder auf dem Absatz kehrtmachen. »Er schläft«, flüsterte sie Gisa zu.

»Nein, das macht er nicht!«, widersprach ihr Vater ihr.

»Ich dachte«, sagte Malin leicht perplex und blieb unschlüssig bei der Tür stehen.

Ihre Mutter drängte sich an ihr vorbei und ließ sich seufzend aufs Sofa plumpsen. Lächelnd klopfte sie auf den freien Platz neben ihr. »Komm schon, Malin, setz dich zu uns!«, forderte sie sie auf.

Irgendwas ist anders, dachte Malin, als sie der Aufforderung ihrer Mutter nachkam. War es Gisas fast schon ansteckend gute Laune oder das zufriedene Lächeln in Hannes Heuers Mundwinkeln oder beides zusammen?

»Hast du Stefan denn schon gesehen?«, wollte ihre Mutter wissen.

Malin schüttelte den Kopf.

»Dann weiß er gar nicht, dass du hier bist?«, fragte ihr Vater.

Malin nickte. »Ich war bisher nur bei Danny. Er steht ja jetzt mit Hot Chocolate zusammen auf der Weide. Schön, dass die beiden sich so gut verstehen.«

»Ja, er hat sich prächtig entwickelt, der junge Hengst.« Er lächelte sie warm an. »Sven meinte, du hättest ihm das Vertrauen zurückgegeben.«

Malin winkte ab. »Vielleicht zu Beginn, aber dann hat Stefan angefangen, mit ihm zu arbeiten …« Sie stockte, weil ihr Magen sich plötzlich so kummervoll zusammenzog. Stefan. Die Sehnsucht nach ihm brannte wie ein Feuer in ihr. Und der Gedanke, dass er wegen ihrer eigenen Dummheit für alle Zeiten für sie verloren sein könnte, trieb ihr die Tränen in die Augen.

Abrupt sprang sie vom Sofa auf. Sie wollte nicht vor ihren Eltern weinen.

Mit drei Schritten war sie bei der Tür und im Begriff, das Wohnzimmer zu verlassen.

»Stefan zeigt gerade ein paar Interessenten die Weiden unten am Fluss«, hörte sie ihre Mutter sagen. »Wenn du dich beeilst, triffst du ihn dort bestimmt noch an.«

Malin fand ihn nicht an der Weide am Fluss, sondern drüben bei den Stallungen. Er unterhielt sich angeregt mit zwei jungen Frauen, beide auffallend hübsch und in Reitkleidung. Stefan erklärte ihnen gerade die Futtermaschine: wie oft am Tag die Pferde dadurch automatisch ihr Futter verabreicht bekamen und wie vielen Minuten

Laufzeit eine bestimme Menge entsprach. Die Frauen hingen regelrecht an seinen Lippen, die Dunkelhaarige legte immer wieder vertraulich ihre Hand auf Stefans Arm und strahlte ihn dabei an.

Der Anblick versetzte Malin einen schmerzhaften Stich. Ihr Magen zog sich zusammen, ihr Herz begann zu rasen, die Eifersucht fing an, zerstörerisch in ihr zu brodeln.

Aber hatte sie eigentlich das Recht, eifersüchtig zu sein? War es nicht so, dass sie Stefan verlassen hatte, weil der Job und ihre Karriere ihr wichtiger gewesen waren?

Plötzlich musste sie an die Worte denken, die Stefans Vater vor einer ganzen Weile zu ihr gesagt hatte: »So einen wie Stefan kriegst du nie wieder.«

Die Dunkelhaarige schien einen Witz gemacht zu haben. Stefan und die beiden Frauen lachten, bevor er sich zur Stalltür umwandte und das Lachen in seiner Kehle erstarb. Seine Gesichtszüge entglitten ihm, anscheinend hatte er wirklich nicht mit ihr gerechnet.

»Hallo«, sagte Malin schüchtern.

Sie sah Stefan tief durchatmen und sich dann an die beiden Frauen wenden. »Können wir unsere Hofbesichtigung vielleicht später fortsetzen?«

Die Blonde nickte sofort. Die Dunkelhaarige hingegen wollte anscheinend das Feld nicht kampflos räumen und schob schmollend die Unterlippe vor. »Ach schade, ich dachte, du zeigst uns jetzt noch das Gestüt. Darauf war ich nämlich ganz besonders gespannt.«

»Jessi, jetzt komm schon!«, forderte ihre blonde Freundin sie auf, weil Stefan nichts mehr sagte und nur noch damit beschäftigt war, ein Halfter, das schief am Haken baumelte, richtig hinzuhängen.

»Wenn's nicht anders geht«, maulte die Brünette genervt und ließ sich von der anderen die Stallgasse entlang mitziehen, an Malin vorbei, die sie abschätzig musterte, bevor sie in die Sonne trat.

»Ich wollte dich nicht stören ... euch«, erklärte Malin mit dünner Stimme.

Langsam setzte Stefan sich in Bewegung, das Halfter rutschte trotz seiner vorherigen Bemühung in die schiefe Position zurück. Doch Stefan beachtete es nicht mehr, sein Blick war fest auf Malin gerichtet.

»Da bin ich wieder«, wisperte sie unsicher, weil sein Gesichtsausdruck ihr nichts über seine Gefühle verriet.

»Das ist gut«, sagte er leise.

»Ist es das wirklich?«

Er nickte.

Malin atmete zitternd durch. »Ich möchte bleiben, Stefan ...«

Er neigte den Kopf leicht zur Seite und blickte ihr tief in die Augen. »Übers Wochenende?«

»Länger.«

»Wie viel länger?«

»Für immer«, hauchte sie. »Wenn du das überhaupt noch möchtest ...?«

Statt zu antworten, breitete er seine Arme aus, und Malin flog hinein. Lauter kleine Küsse landeten auf ihren Haaren, seine Arme pressten sie so eng an ihn, als wollte er sie nie wieder loslassen.

»Und was ist mit deinem Job? Hamburg? Deine Karrierepläne?«, raunte er ihr nach einer halben Ewigkeit ins Ohr.

»Gekündigt! Endgültig! Ich brauche das nicht mehr.«

»Und bist du dir sicher, dass du es in ein paar Wochen nicht wieder bereust?«

Malin nickte. »So sicher ich mir nur sein kann«, sagte sie, und dann – endlich – küsste er sie.

Malin klammerte sich an ihm fest. Nie wieder würde sie ihn loslassen. Mit ihm wollte sie hier leben und glücklich sein, mit Stefan und den Pferden, das war es, wonach sie sich die letzten Wochen schmerzlich gesehnt hatte.

Epilog

Auch wenn wir nicht die gleiche
Sprache sprechen,
verstehe ich dich!

Sven stand am Rande des Reitplatzes und kaute auf einem Grashalm herum. Sein Blick war misstrauisch, die Körperhaltung verriet Alarmbereitschaft, das Handy war griffbereit.

Auf der grünen Holzbank vor dem Stall, mit Sicht auf den Reitplatz, saßen Gisa und Hannes Heuer. Leicht breitbeinig, weil ihm das Hinterteil nach dem gestrigen zweistündigen Ausritt ziemlich wehtat, lehnte Stefan Blancken senior an der Stallwand daneben.

»Ich sag mal lieber nichts dazu«, brummte Sven.

»Prima!«, fand Malin das.

»Aber wenn ich nichts sage und dann was passiert, dann sagst du später womöglich zu mir: ›Warum hast du nichts gesagt, Sven‹«, mutmaßte er.

Malin seufzte, doch sie gab geduldig zurück: »Nein, Sven, ich verspreche dir, das werde ich nicht machen.«

»Und wenn doch?« Sven war heute wieder in allerbester Plauderlaune. Das würde jetzt die ganze Zeit so weitergehen. Inzwischen ärgerte Malin sich, dass sie den anderen ihren ersten Reitversuch auf Danny angekündigt hatte. Jetzt standen und saßen sie alle um den Reitplatz herum und bedachten sie mit skeptischen Blicken.

»Sei doch endlich mal leise, Sven!«, forderte Hannes Heuer ihn auf.

Gisa legte ihm die Hand auf den Unterarm. »Sag mal, Hannes, ist dir nur in dem Hemd hier draußen nicht ein bisschen frisch? Die Aprilsonne hat ja noch nicht so eine Kraft. Nicht dass du dir noch eine Erkältung einfängst.«

Hannes winkte ab. »Du weißt doch, Gisa, ich habe innere Hitze«, gab er grinsend zurück.

Seitdem er Rentner war, lag Gisas ganzes Augenmerk auf ihrem Mann. Hatte sie früher ständig versucht, Malin in Watte zu packen, und bei jedem ihrer Schritte Angst gehabt, ihr könnte etwas passieren, so war nun Hannes derjenige, den sie mit all ihrer Liebe und Sorge umhegte und pflegte. Im Gegensatz zu Malin schien ihm jedoch diese Rundumfürsorge seiner Frau zu gefallen, sodass beide einen sehr zufriedenen Eindruck machten.

»Malin, bleib bitte mal mit deiner Aufmerksamkeit bei Danny«, sagte Stefan und klopfte dem vierjährigen Wallach beruhigend den Hals. »Sven hört eh nicht auf zu reden, du kennst ihn doch.«

»Ja«, brummte Malin einsichtig. »Du hast ja recht.«

Stefan lächelte sie an. »Wollen wir es jetzt versuchen?«

Malin nickte.

Stefan führte Danny noch eine weitere Runde auf dem Zirkel, während Malin den Verschluss ihrer Reitkappe kontrollierte. Dann hielt er den Rappen vor ihr an. Malin nahm den Aufstieghocker, stellte ihn behutsam an Dannys linke Seite und klopfte ihm erst sanft den Hals, dann die Schulter, weiter über den Rücken, überall, wo sie von dieser Position aus hinkam, berührte sie ihn.

»Okay, ich riskiere es jetzt«, kündigte sie Stefan an, und als er ihr ermutigend zulächelte, stieg sie behutsam auf den Hocker und stellte dann vorsichtig den linken Fuß in den Steigbügel. Ein paarmal legte sie etwas Gewicht in den Bügel. Danny blieb artig stehen, kein noch so kleiner Schritt zur Seite oder nach vorne, kein ängstliches Zurückweichen. Lediglich an den Zügeln in Stefans Händen knabberte er herum und versuchte auch immer wieder, die Longe mit seinem Maul zu erwischen.

Noch einmal holte Malin tief Luft, dann schwang sie sich behutsam in seinen Sattel.

»Wow. Ich sitze auf Danny!«, stellte sie überglücklich fest und strahlte so sehr, dass die Aprilsonne daneben verblasste.

Stefan war ebenso begeistert darüber, wie artig der Rappe sich das erste Mal unterm Reiter benommen und mit welcher Ruhe Malin ihn bis hierher ausgebildet hatte.

»Ich führ dich jetzt mal eine Runde auf dem Zirkel. Mal schauen, was er davon hält.«

Doch auch im Schritt blieb Danny ganz gelassen. Er vertraute ganz und gar auf Malin und Stefan, als wollte er sagen: Ihr wisst schon, was ihr tut.

Nach einigen weiteren Runden im Schritt, zweimaligem Handwechsel und dann sogar noch einer Runde ohne Longe fand Stefan, dass es genug sei.

Malin hätte noch stundenlang in Dannys Sattel bleiben können. Es war einfach nur fantastisch, ihn zu reiten. Ihr absolutes Traumpferd, das sie nun sogar selbst angeritten hatte – mit der Unterstützung ihres Traummannes.

Als sie kurz darauf so behutsam, wie sie aufgestiegen war, wieder abstieg, belohnte sie Danny mit jeder Menge Leckerlis und klopfte ihm eine halbe Ewigkeit lang begeistert den Hals.

Stefan beugte sich zu ihr vor und gab ihr einen Kuss. »Das hast du super gemacht, Malin«, fand er.

Drüben auf der Bank platzte Hannes fast vor Stolz. »Meine Tochter! Das hat sie von mir.«

Gisa rammte ihm sanft den Ellbogen in die Seite. »Und meine, Hannes, und meine …«

»Eben durch und durch ein Pferdemädchen«, meinte Stefan Blancken senior und lachte.

Nur Sven hatte die Stirn noch immer in Falten gelegt und konnte das Schwarzsehen einfach nicht lassen.

»Na ja, beim ersten Mal sind sie alle artig. Aber wartet nur, wenn der erst mal kapiert, dass er viel stärker als Malin ist. Dann liegt sie ruckzuck wieder im Dreck. Aber was soll's, ich sag mal lieber nichts dazu …«

Schmunzelnd klopfte Stefan ihm auf die Schulter. »Mach dir mal keine Sorgen, ich bin doch da und passe auf Malin auf.«

Dann wandte er sich an Malin. Ein warmer Schauer lief ihr über den Rücken, als sich ihre Blicke trafen und Stefan ihr versprach: »Immer und für immer.«